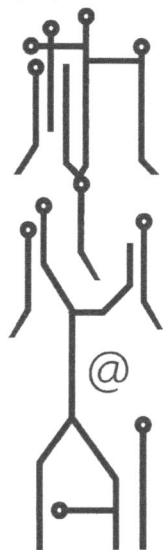

詹朝军 著

天地出版社｜TIANDI PRESS

图书在版编目（CIP）数据

机心@AI / 詹朝军著. —成都：天地出版社，
2018.7（2021.9 重印）

ISBN 978-7-5455-3757-4

Ⅰ.①机… Ⅱ.①詹… Ⅲ.①科学幻想小说—中国—
当代 Ⅳ.①I247.5

中国版本图书馆CIP数据核字（2018）第044312号

机心@AI
JIXIN@AI

出 品 人	杨　政
著　　者	詹朝军
责任编辑	袁静梅
封面设计	思想工社
电脑制作	尚上文化
责任印制	葛红梅

出版发行	天地出版社
	（成都市槐树街2号　邮政编码：610014）
网　　址	http://www.tiandiph.com
	http://www.天地出版社.com
电子邮箱	tiandicbs@vip.163.com
经　　销	新华文轩出版传媒股份有限公司

印　　刷	廊坊市印艺阁数字科技有限公司
版　　次	2018年7月第1版
印　　次	2021年9月第2次印刷
成品尺寸	145mm×210mm　1/32
印　　张	9.25
字　　数	195千字
定　　价	55.00元
书　　号	ISBN 978-7-5455-3757-4

情感并不是只能用来写诗谱曲的神秘精神现象，而是对所有哺乳动物生存和繁衍至为关键的生物算法。

——尤瓦尔·赫拉利《未来简史》

自　序

　　2017年初春的一个夜晚，我斜靠在沙发上读完了尤瓦尔·赫拉利的《未来简史》，这是该作者另一部全球超级畅销书《人类简史》的续篇。根据书中的叙述，在触手可及的未来，数据、算法将成为地球历史的主角。相对于人类以生物算法处理数据，需要极其漫长的时间来完成哪怕是极其微小的变化的进化方式来说，人工智能的非生物算法处理数据和完成进化显得更有优势，更有效率。这样看起来人类的前景并不那么美好。

　　掩卷一瞬间，脑中突然冒出一个念头，想写一部科幻小说，畅想未来人类与人工智能在社会中共处的一种可能性。

　　尤瓦尔·赫拉利认为，从人类进化史来看，身体更强壮的尼安德特人最终被大脑更强大的智人取代了，但尼安德特人并没有完全消亡，他们的部分基因融入智人的基因中。在一定意义上，可以说现代人类是尼安德特人与智人共同进化的结果。这段描述启发了我的想象，未来是否会出现一种可能——人类与人工智能融为一体，共同进化发展呢？尼安德特人与智人在生物属性上所具有的共同性，使得他们在共同进化过程中能够通过交配、遗传而产生基因融合，从而使得他们的相融性更容易产生，更易于理解。相比之下，人类与人工智能分属生物与非生物两大阵营的不同物种，他们在共同进化过程中要融合发展，似乎就有些不可思议了。即便如此，我还是有强烈的愿望想借助于文字进行一番畅想。

人工智能到底是一种工具，还是一个新的物种？人工智能深度参与的社会会是怎样的一幅图景？这些问题的答案众说纷纭，尚处于非常初期的混沌状态。

在人类进化过程中，学会制作和使用工具，使得人类与低等生物区分开来，也让人类成为当今地球的主宰。长久以来，工具带给人类的福利实在是太多太大了，以至于当人工智能兴起时，很多人乐观地认为，人工智能作为人类又一个崭新的、顺手的工具，将为人类提供更多更大的福祉。相较于扎克伯格、李彦宏、李开复等人工智能领域的大佬们把人工智能当作一种强大的工具而持有的乐观态度，我更倾向于霍金、埃隆·马斯克等另一批大佬对人工智能所持的谨慎态度。

就目前公认的人工智能将带来大量失业的问题而言，对人工智能持乐观态度的人们总是轻描淡写地举出人类历史上历次工业革命机器取代人，最终又创造出新的就业机会，消化了这些被机器取代的人的例子来证明这个问题是可以解决的。他们最后都会充满理想主义地回答"相信未来""总会有办法解决的"。但是工业革命时代的机器取代人与当下的情形已大为不同。历史上的几次机器取代人，都发生在宏观层面上产业结构大调整的背景之下。第二产业兴起时，大型工业化生产，大规模地起用机器，为第一产业的富余劳动力提供了大量就业机会；第三产业兴起时，又为第二产业生产力提高、自动化程度提高而富余出来的产业工人提供了新的岗位。而这一次人工智能将要挤出来的大量第二第三产业从业人员，还会有新兴的第四产业来承接吗？

以当今世界上雇员最多的巨型企业沃尔玛公司为例，随着人工智能的飞速发展，可以预料，这家在全球拥有二百三十多万名员工的企业将面临的巨大压力，其员工们的工作岗位很快就会受到威胁，因为亚马逊、阿里巴巴的无人超市正在飞奔而来。试问，这二百三十多万沃尔玛的员工有哪个行业，哪家企业能够消化他们的就业需求？尤瓦尔·赫拉利在《未来简史》里提到，未来社会将由少数精英人类和绝大多数无用阶层组成。从上述字里行间里我们也可以感受到作者对人类未来就业形势的悲观情绪。

比起人工智能对人类简单劳动的取代更让人吃惊的是，人类向来引以为傲的创造性劳动的优势可能也不会持续太久了。此时此刻在世界的某个角落里，也许就有一个或多个人工智能正在从事着各种题材小说的创作。没有什么是不可能的！微软"小冰"已经出版了诗集，众多人工智能正不舍昼夜的在飞速编写着体育、财经新闻报道，还有一些人工智能已经开启了音乐创作、绘画的旅程。

尽管我对人工智能持相对谨慎的态度，对人工智能时代的人类前景并不乐观，但我认为人工智能的出现是地球进化的必然选择。作为一个新的"物种"，机器智慧超越甚至取代人类智慧只是时间问题。但我还是希望人类与人工智能能共处尽可能长的时间。毕竟智人在完全取代尼安德特人之前，两者曾经在地球上共处了数万年。尽管有这样那样的困难，但我还是希望人类最终会找到如何与人工智能在地球上长时间共处的方法。

最后，希望这样一本关于人工智能的科幻小说能使更多的人对人工智能将如何影响人类社会的发展，以及人类将走向何种归宿等问题进行更多的思考和讨论。

目 录

引　　子　　　　　　　　　　　　　　　　001

第 一 章　康芒人高汐　　　　　　　　003

第 二 章　涟忆一号　　　　　　　　　017

第 三 章　初识　　　　　　　　　　　024

第 四 章　T8 的危机　　　　　　　　029

第 五 章　化装庆祝晚会　　　　　　　038

第 六 章　维登精英皇甫连一　　　　　047

第 七 章　苟富贵，莫相忘　　　　　　057

第 八 章　希望落空　　　　　　　　　066

第 九 章　人脑研究　　　　　　　　　075

第 十 章　日出中的表白　　　　　　　086

第十一章　机心人　　　　　　　　　　095

第十二章　星光见证的幸福　　　　　　103

第十三章　意识上传真人实验　　　　　112

第十四章　擎天（一）　　　　　　　　120

第十五章　擎天（二）　　　　　　　　126

第十六章　特异功能　　　　　　　　　136

第 十 七 章　　不幸的车祸　　　　145

第 十 八 章　　钟瑜晴　　　　　　152

第 十 九 章　　堕入虚拟深渊　　　162

第 二 十 章　　地铁城市　　　　　171

第二十一章　　极致体验　　　　　181

第二十二章　　觉醒　　　　　　　190

第二十三章　　初尝挫败　　　　　199

第二十四章　　陆临风　　　　　　209

第二十五章　　失控　　　　　　　218

第二十六章　　死讯　　　　　　　228

第二十七章　　触底反弹　　　　　238

第二十八章　　藏身之处　　　　　248

第二十九章　　实验室的献身　　　257

第 三 十 章　　醒悟　　　　　　　267

第三十一章　　开启寄居时代　　　278

引　子

　　作为一名经验丰富的资深刑警，老陈职业生涯中印象最深的案子却是一次交通意外——"109 国道雁翅岩坠车事件"。

　　深夜两点，老陈的搭档———一个圆脑袋，全身金属质感的家伙，急促地唤醒了他。

　　"头儿，紧急任务，我们要马上赶到 109 国道东方红隧道至雁翅的一处悬崖，那儿两小时前发生了一场重大车祸。"

　　"P13，交通事故不是归交警管的事吗？"老陈边走边满脸疑惑地询问他的机械警察搭档。

　　"是的，可是这次事故不同寻常，陆车制造公司和租车运营公司都怀疑不是单纯的交通事故，共同要求进行刑事调查。"

　　"交警到现场了吗？"

　　"已经到了。"P13 一面给老陈交代着案情，一面打开车上的视频，他们简单看了一下车祸现场的情况，有五六名交警已在现场。

　　老陈与事故车辆的制造公司、租车运营公司代表一行四人下到崖底，眼前的事故现场的惨烈程度超出了他们的想象。车辆摔成几十块大大小小的残骸，分布在崖底上百平方米的范围，看得出发生过爆炸燃烧，周围的草也有烧过的痕迹。事故现场的周围有几盏大灯把现场照得通亮。

见陈警官他们到来，负责的那位交警过来与陈警官简单握了下手说："你们来了，"打过招呼后，交警给他们指示了车内乘客躺着的具体位置，"很不幸，都没有救了。"

P13 在一名交警的引导下，快速过去手脚麻利地对两名死者进行检查，随后向陈警官报告道："两名死者，一男一女，身体都被烧焦。男性身体有多处骨折，女性小腿也有骨折，但比男性少很多。看起来，男性在出事时没有做出任何本能的保护自己的反应。"

"两名死者均是在摔伤后因爆炸燃烧窒息身亡。"

"男性死者头上有残留的金属碎片，后脑好像植入过一块金属片。"

第一章
康芒人高汐

安静得似一潭秋水的观赏间内，高汐双腿交叉前伸，仰靠在绛色绒面巴洛克单人沙发上。

这样欣赏油画的待遇，对于一个康芒人来说，未免有点受宠若惊了。走入社会以来，他这样的年轻人大多数时间的生活都靠政府良好的福利政策所分配的补贴过着。这些补贴来源于人工智能（AI）和机器人超高的生产效率所创造的丰厚财富，从而让政府能征收到数额巨大的人工智能税。因为这个巨额税源的存在，使得像高汐这样的康芒青年即使在没有正当职业时也可以过着衣食无忧的生活。

从小到大他也参观过不少画展，就是那种大型美术馆、博物馆逢年过节对康芒人推出的文化大餐。那些展览展出的画作数量多，但精品少，展览现场喧闹得像市场一样。要是遇到故宫推出的展览，那连夜排队的人群能绕着故宫三大殿转三圈。参观的体验实在是一种折磨。所以，更多的时候他都是在电脑显示屏上欣赏画作。可是再大的显示屏，再清晰的屏幕，终究缺乏在现场参观时那种伸手可触的真实感。

像今天这样衣着考究，环境奢华，独自欣赏油画，他还是第一次体验。脖子好像勒得有点紧，他松了松猩红色领结。平常着装简单随意惯了，有点不习惯剪裁过于合体的西式礼服。不过，R6 认为，欣赏这幅画需要这样隆重和庄严的仪式感。

房间内的装饰全是巴洛克风格的。枝形水晶吊灯，暖色木地板，华丽的花卉缠枝墙布，拱形立柱上饰满了雕塑。虽然是一个人置身于四十多平方米的房间，由于四周和屋顶堆砌了这么多丰富的内容，倒也不会有孤单的感觉。何况正对面那一幅精美油画上的妇人正栩栩如生地看着他。

挂着油画的墙壁离高汐约四米。墙上的画约两尺半见方，正好处于他略仰头就能观赏的舒适位置。此时，他脑中突然出现了小时候学画画时在视频里见过的场面——熙熙攘攘的人群簇拥在这幅画的前方，隔离线把人群挡在六米以外，墙上的画罩着厚厚一层玻璃，玻璃上隐约还能映照出少数不守规矩的游客举起手机拍照的影子。他从未想过有一天会一个人单独地不受任何干扰地欣赏这幅画，就像他是这幅名作唯一的收藏家一样。

与这些画作普通参观者的凝视不一样，高汐的凝视是一种职业习惯。他是一名读图情感分析师，这是他的第一份固定工作。这之前，从大学毕业以来两年多，他没有从事过一份时间相对长一点的固定工作，曾经还有过一段沉溺于网络游戏的迷茫日子。

几个月前，他振作起来，加入康芒人申请工作职位的行列。填表，等待，笔试，等待，面试，再等待，在与一百五十多人竞争取胜后终于得到这份工作。回想起来，其间最受煎熬的就是层层面试了，据说那种残酷程度能赶上 21 世纪初名牌大学毕业生想进金融企业工作。更可笑的是后来他发现，其实笔试的那些东西跟他的工作一点关系也没有。

"老公，读图情感分析师是干什么的？"钟瑜晴一脸迷茫地问高汐。

"不太清楚，好像与看画有关吧！"高汐也不明白，这时代总是冒出一些搞不太明白的新工作。

高汐在接到工作 offer 两天后，参加了公司组织的岗前培训。在一个能容纳上百人的大教室里，挤满了像他这样的新入职的人员。他们脸上都显露着总算找到工作了的那份欣喜表情，但也透露出几分对即将开展的工作的无知和迷茫。

讲台上是一面巨大的显示屏幕，上面正播放着人工智能发展历程纪录片。

"大数据时代来临后，人工智能重新受到全球科技界和产业界关注。技术专家认为，通过海量数据的汇集，机器深度学习算法的发展，将进化出赶上甚至超过人类大脑的超级人工智能，将人类带入一个崭新的时代。

"第一代的人工智能是按照人类设定的程序和算法来执行任务，完成工作的；第二代的人工智能不用人类告诉他们怎么做，只需要告诉他们规则是什么，人工智能就会自主完成学习并执行任务，如AlphaGo；而第三代人工智能只需要告诉他人类的目标是什么，他们就会努力追求完美地实现这个目标。

"人类最初开发人工智能，主要是发挥计算机在存储、运算、加工、分析等逻辑处理能力方面的优势，应用于解决人类生产、生活中需要知识积累、判断、归纳、运算、决策等理性思维的工作。计算机视觉和自然语言处理技术阅读的海量数据，绝大部分都是与这些工作相关的。

"虽然量子计算在硬件领域为人工智能全面模拟人脑思维打下了良好基础，但对于人脑是如何进行感性思维，从而产生情感、创造力、想象力的，人工智能还没有取得明显突破。"

高汐和新人们跟随飞快闪现的画面认识并走进人工智能时代。

接下来的课程进入了与他们工作相关的部分。高汐明白了他们的职业是怎么被创造出来的。

读图情感分析师的主要工作是观看图画或照片，然后与人工智能交流沟通观看后的直观感觉和联想。人工智能收集人类的这些数据，用于理解人类直觉情感、联想与感官触及对象之间的联系，从而促进自身发展与完善类似人类右脑在情感、创造力、想象力方面的功能。

随着人类大脑功能和原理研究的不断深入，人工智能公司也越来越认识到，在学习人类如何产生情感方面，人工智能严重滞后了。因此他们加紧了对人类情感的研究和学习，于是在这些领域创造出很多新的工作岗位。

严格说起来，与高汐合作的R6才能叫读图情感分析师。R6是一台人工智能，高汐最多也不过是它的助理。之所以把"高汐们"也叫作读图情感分析师，主要是考虑到人类心理承受力。人工智能时代开启以来，人工智能在很多领域和岗位渐渐地取代人类，甚至成为人类的老板。人类开始为机器人打工，这一情形着实让很多人有一个从难以接受到逐渐适应的痛苦的心理历程，尤其是"高汐们"的工作其实是向人工智能出售自己的情感数据。为了维护人类敏感而脆弱的自尊心，社会就业部门还是把"高汐们"叫作"某某分析师"。

与其说R6是一台人工智能，还不如说它是一间医疗室。高汐第一天上班，被领到了一个白色的房间。大小和医院的一间普通诊室差不多，四周洁白干净，中间放着一台类似大型CT扫描机的设备，又像老式科幻电影里面常常出现的太空休眠舱。旁边放着一张桌子和一把椅子，都泛着银灰色金属光泽。还没有等高汐回过神来，一个瓮声瓮气的男中音便响起：

"高先生，您好！我是R6。"声音好像来自四周的墙面，互相撞击出一点回音，让高汐不禁打了一个小小的冷战。

"嗨……您好，我，我叫高汐，哦……你好像已经知道了。"高汐转着头四处寻找，小心地回应道。

刚开始合作得不怎么融洽，原因在于高汐不习惯对着四周的墙壁说话。于是R6试着找了一个高汐认可的人的形象出现在四周墙壁上，但这仍然让高汐有些虚幻感。

"我们人类的情感需要在真实场景触动下自然流露，墙壁上的头像总是有一些虚假，我实在没法沟通真实的情感。"

最后还是高汐提出了折中的解决方案，让R6以一个人形机器人的形象出现。

顶着R6名字出场的这个机器人中等个头，黄种人长相，五官端正，棱角清晰，干净的脸上看不出什么表情的变化，始终保持着一副客气、公事公办的面容。着一身深蓝色修身式的立领制服，表现出良好的职业形象。除了行动上、说话上还略带一点机器的木讷呆板外，几乎与真人无异。

高汐眯着眼，抱着两臂打量了一下："嗯，这还差不多，以后咱就以哥们儿相称了。"边说边顺势拥抱了一下R6。

R6一丝不苟的脸上没有明显的表情变化，迟疑了一下，R6也学着把双臂搂在高汐身上。

一人一机进一步沟通，高汐才真正领教了什么叫鸡同鸭讲，机器人的"冷幽默"有时叫人哭笑不得。

高汐想先加深一下了解，于是与R6闲聊起来。

"6哥，"高汐想以后就这么称呼R6，"我是你第几个合作者？"

"第二万八千五百零一人。"R6答道。

实际上眼前这个人形的R6只是涟漪集团覆盖全球的庞大的量子计算机网络系统的一个前端，后台运行着数以亿计的计算设备和程序，并行处理着当今世上几乎所有的工作。R6 是这个系统为读图情感分析工作分配的一个名称，同样叫着这个名称，并同时在线运行的"兄弟姐妹"此时正面对着两万多个"高汐"。

"你喜欢这个工作吗？"高汐问。

"我工作很专业。"R6 答道。看来程序只设计了机器人的敬业原则，不要求喜好。

"你今天过得愉快吗？"高汐有意哭丧着脸，用痛苦的表情问。

"愉快。"R6 也回以痛苦的表情，看来他并没有理解"愉快"的真正含义。

"你有理想吗？"

"理想，是对未来事物的美好想象和希望，也比喻对某事物臻于最完善境界的观念。"

靠！这是一个标准的搜索引擎式答案，高汐想进一步捉弄捉弄 R6。

"6 哥，你有相好吗？"

"什么是相好？"

"相好就是女朋友、情人，或者老婆……"

"根据《联合国人工智能公约》第十一条规定，人工智能不能有确定的性别属性。"

"6 哥，你能用右手从脖子绕一圈摸到你的右耳朵吗？"

"当然能。"R6 边说边不折不扣地完成了高汐的要求。对于机器人来说，这简直就是小菜一碟。

"酷啊，嗯，再来一个高难度的，把你脑袋取下来给我当球踢一会儿……"高汐的恶意捉弄在升级。

"根据《联合国人工智能公约》第五条第一款，人类在未处于危险情况下，不得恶意虐待机器人及与其相关的人工智能。你的要求已经越界了。"

高汐试出了机器人哥们儿的一个底线。

"你问了我不少问题了，为公平起见，该我来问你了。"R6 开始反击了。

"您请……"高汐故作礼貌的腔调伴随一个魔术师滑稽的弯腰恭迎手势。

"高……哥们儿，你来这里是干吗的？"在与高汐前一阵的沟通中，R6 已经开始模仿他的北京腔了，尽管显得不是那么自然。

"来干活的啊！据说就是看画，看照片，然后给你们讲讲感受啊，体验啊，联想啊，啥的……"对这份工作来说，高汐显然还是新手。

"你已经阅读过读图情感分析师工作手册了吗？"机器毕竟是机器，高汐想，如果是人类，这句问话应该是"我想你已经阅读过……了吧？"这样听起来更亲切一些。

"是的。"高汐也学着 R6 的有板有眼。

"那我们开始工作吧。你需要躺下吗？"R6 继续问。

高汐已经在工作手册里知道了，他可以选择在房间里随意站立，走动，观看四周墙壁上出现的画面，这和对着电脑显示屏看画感觉差不多。他也可以躺在那个像太空休眠舱一样的设备里面，那是一个真实度超高的 VR（虚拟现实）设备。戴上里面的头盔，可以体会到在美术馆看画的身临其境感。高汐选择了 VR 的体验方式。他走到舱前，舱门自动向上翻起，这是自动人脸识别设计。

舱门在高汐躺下戴好头盔以后自动关上。高汐的眼睛感觉到了一个场景的切换，身体被一股力量推了一下，立刻就置身于一间巴洛克装饰风格的画展室了。

眼前的一切真实得有点不可思议。高汐忍不住从绛色绒面沙发上起身，走到画跟前，用手去摸画面。手明显感受到了油画布面起伏的粗糙感。他不知道，其实与头盔相连接的人工智能已经能完美地模拟他身体所有神经末梢的感觉了。

高汐的手正触摸的是达·芬奇的名画《蒙娜丽莎》，画上那个妇人迷人的微笑已穿越了好几个世纪，至今仍让世人众说纷纭。

R6坐到了桌子旁边。刚才空无一物的桌面此时色彩缤纷，荧光闪烁。桌子左上角出现了一个人脑的全息三维影像，左右半脑对称分明，肉眼看上去没有差别。当然，R6能分辨出高汐的右脑其实比左脑稍大一点。这个时代的绝大多数普通人已经把左脑的功能更多地交给了人工智能，导致左脑开始萎缩了。

桌子的右上角也是一个全息三维立体影像，高约半米，这是高汐的一个全身影像。影像在缓缓旋转着，让R6能360度全方位扫描立体影像。三维图像以不同的颜色交替显示着高汐即时的全身血液循环、神经信号回路循环，以及体内的激素包括多巴胺在全身的产生点、分布、传递和走向。

桌子正中的平面显示着各种表格，即时数据记录和生成着各种饼图、柱图、波形图等。

R6直观地看到了高汐大脑中的生物化学反应是如何发生，脑神经元的电流是如何传递信息的，就像是即将煮沸的水，气泡突然冒出来，又消失了，也像是夜空中的烟火，突然星星闪闪，一下又消失于黑暗中。"气泡"或是"星星"在右半脑分布更多一些，左脑的一些区域只有零星闪烁。令R6印象深刻的是高汐的大脑三维影像也显示出一些功能区域出现了暂时关闭，主动抑制状态，比如主管听觉的功能。

"高先生，高先生，你能听见我说话吗？"

R6努力试图把沉浸在其中的高汐唤回来。

"嗯嗯。"高汐含糊的应答让 R6 知道他的努力已经成功了。

"高先生，请说说你看画第一眼的直觉，尽量用词语或者短语……"

高汐清了清喉咙，吐出了两个词——"微笑""神秘"。

"高先生，请再说说看到这幅画，你会联想到什么？"

"母亲，母爱。"高汐也不清楚自己为什么会联想到这个。

桌上高汐大脑三维影像的展示、全身三维影像演示的体内多巴胺的表现，以及血液流动的变化，都印证了高汐的情绪和感觉。又一个鲜活的人体大脑直觉产生了"微笑""神秘"以及联想到"母爱"的生物数据被人工智能记录下来了。

眼前瞬间一道亮光闪过，周围一切突然完全消失。高汐感觉像被人推了一把，一下掉进了一间白色屋子，躺在一张冷冰冰的床上。他只看到两眼前方是两个圆形的目镜，感觉头封在一个金属头套里。几秒钟以后，才缓过神来，轻轻活动了一下脖子，刚才那个与 R6 开着玩笑的康芒人又回来了。现实中的高汐可不那么光鲜靓丽，普普通通的短发，普普通通的便装，与刚才看画那位翩翩绅士形象简直差距太大了。人工智能造出的梦那么逼真，高汐穿梭于虚拟与真实之间，一时还适应不过来。

刚才的场景真的就像一场梦，梦中的高汐居然感受到了母爱的温暖，埋藏在记忆深井里的母亲形象开始从井底往上升，从隐隐约约模模糊糊到渐渐清晰起来，母亲那双朝他微笑的眼睛正占据他的整个脑海。

高汐对母亲最深的印象来自母亲的气息。

那是一种刻入大脑深处，平常处于休眠，但遇到某种刺激又能重新复活的记忆。他甚至认为，这种气息存储在他大脑所有的脑神经元细胞里。平常可能看不见，听不到，闻不到，想不起，完全隐身在某处，可只要有某一个人、某一件事、某一种触动，或者某一种刺激，就会让他联想到母亲，这个气息就像春天的山坡在一夜之间突然被铺满了灿烂的野花一样，一下充满了他所有的大脑神经元。

那种气息是母亲身上的体香。那是一种淡淡的乳香，似有似无，只有极靠近才能闻到。这种味道，在高汐还没有被剪断脐带，甚至他的头刚刚钻出母亲的子宫，身体还没有完全来到这个世界时，他就闻到，这也算是他来到人世后从外界接收到的第一条信息。

小高汐后来听母亲说起，他是父母意外得来的宝贝。因为他们是康芒人家庭，需要参加全社会摇号抽签，抽中了才能生育后代。

高汐的父母虽然都拥有好工作，收入在社会上也处于中上水平，但因为是康芒人，在享受公共服务方面也只能与普通大众一样。他们尽量给小高汐倾注自己的爱，通过与小高汐多相处，多交流，传递人类的情感。每一次分开或是见面，妈妈最后或是第一个动作都是紧紧抱着高汐，左右来回地亲。这又加深了高汐对妈妈气息的记忆。

小高汐两岁的生日礼物是爸爸送给他的一个智能机器人玩伴。那是两个一大一小的球重叠在一起的玩具，名字叫阿B。他和这个玩伴一起看动画片，一起玩，渐渐发现这个玩伴比父母还好。

小高汐每天都专心致志地跟阿B玩，妈妈叫他吃饭都不搭理，睡觉都得抱着，做梦都在叫"阿B，过来。"幸好妈妈把阿B的电源暂时关了，要不然半夜屋里都会响起阿B咕噜咕噜滚动的声音。

妈妈有些担忧了，对爸爸埋怨道："儿子都被你送的玩具拐跑了。"

爸爸安慰妈妈："一个小孩太孤单了，让他有个玩伴也好啊。放心吧，机器玩具怎么可能拐走咱们的孩子呢？"

说归说，但父母也担心高汐过于迷恋阿B了。他们开始为高汐的未来做准备了。人工智能替代人类工作岗位的进程还在继续，父母觉得未来只有从事需要创造型思维的职业才有可能逃避人工智能带来的冲击，于是就有意识地领着小高汐穿梭在美术馆、音乐厅，陪着他玩，让他接触绘画、音乐等艺术，希望尽可能提高他的创造性思维能力，促进右脑的发育。

高汐三年级时的一天中午，在学校吃过饭，高汐的班主任刘老师把他单独叫到办公室。刘老师用温柔的目光看着他，用和蔼的语气对他说："高汐，你父母的公司派他们去月球上工作一段时间，这段时间他们暂时把你托付给了我。今天放学后，你就跟我一起回家吧！"

"嗯。"高汐半信半疑地答应着，眼泪都要出来了。他感觉自己像被父母抛弃了。从那一刻起，高汐充满快乐和亲情的短暂时光戛然而止。

刘老师是个单身中年女人，一个人住在一居室住宅。由于没有小孩，她不太懂如何与小孩沟通交流，也不太会照料高汐的饮食起居。她在客厅的角落为高汐添了上面是小床下面是书桌的组合家具。晚上大多数时候两人都是叫外卖食品或者是以浓缩薯片配营养宝药片这种康芒人的主要食物为主，凑合着解决晚饭问题。

高汐思念父母，晚上常在梦中见到父母。醒了如果实在想得厉害，他就起身翻看父母过去的影像记录。他还把月球的视频和最新的报道也找出来，仔细寻找看看有没有与父母相关的线索，但都没有结果。

直到四个月后，他终于知道了父母的消息，纸最终还是没有包住火。

寒假开始了，高汐瞒着刘老师在家策划了一个大行动。

"阿 B，我们去找爸爸妈妈，好吗？"

阿 B 点点头，给了高汐一个同意的目光。为满足客户需求，阿 B 的制造公司涟漪集团下属的教育集团每年都会给客户免费升级并提供一个长了一岁的机器小伙伴，陪着小客户们一同成长，直到小客户们十八岁成人。所以，阿 B 今年也五岁了，但他的智力与高汐相当。与最早的两个球组成的身体不同，现在的阿B已经做成人形机器了。

"阿B，你知道怎么去月球吗？"

"知道。"阿B一边回答，一边启动了身上的显示屏。

"去月球有两条路走，一条是从海南文昌航天发射中心坐火箭去；另一条是从美国卡纳维拉尔角发射场坐火箭去。建议我们从文昌去，那个发射场近一些。"阿B一字一句的腔调显得很专业，很可信。

阿B问："我们要去月球什么地方？"

高汐答："我也不知道，可能是空间站吧。"

"月球一共有五个空间站，一个在离月球表面三百公里的轨道上，另外四个在月球表面上，我们去哪个？"

"我猜爸爸妈妈肯定是去的中国站，哪个是中国站，我们就去哪个！"

"好吧，中国站只有一个，在月球表面四号地区环形山下面。"

高汐简单收拾了一个背包，第二天大清早就带着阿B出门了。他们坐地铁直接去了高铁站，准备坐高铁去海南文昌。买票、安检、上车都是脸部与身体识别自动完成。按照高铁乘车管理规定，本来高汐还不到单独出行年龄，可是因为父母的原因，他的监护人暂时变更为阿B了，所以他们一路顺畅地上了车。

下了高铁，他们向车站外走去。这是高汐第一次到航天发射场。整个车站是完全透明的，他们能看到远处高高低低的发射架，有些发射架上还有运载火箭。运载火箭可真是大啊！地面上、半空中来回穿梭着很多无人驾驶车辆和无人驾驶航空器，一派繁忙的场面。高汐心里美滋滋的，觉得自己父母能从这儿去月球执行任务，非常了不起。

他们一路问着来到了发射管理中心楼内大厅，迎面来了一个安保机器人。安保机器人一过来，就对着高汐和阿B一通扫描，很快就识别出他们的身份了。高汐，北京丰台区高艺小学三年级六班学生；

阿B，高汐的成长陪伴机器人，现在是高汐的监护人。安保机器人询问了他们一些问题，知道了他们的意图。安保机器人很快就查询出高汐的父母发生了意外，可是高汐好像一点儿也不知道的样子，也不像精神不正常的孩子，况且他身边的那个机器人阿B虽然呆头呆脑的样子，思路倒是清晰的。所以，安保机器人就不敢擅自处理，只好向他们的人类领导进行了报告。

安保部门负责人是一个气宇轩昂的军人。他态度和蔼，把高汐和阿B领到一个小会议室，给他们准备了一些茶点，让他们先等等。在高汐补充食物，与阿B玩的过程中，负责人已经与高汐学校的校长和刘老师等人联系完毕，他们正在赶来接高汐的途中。

傍晚时分，校长、刘老师，还有另外几个不认识的叔叔阿姨在安保负责人的陪同下，推门进了会议室，高汐在他们脸上看到了凝重的神色。

"校长，刘老师，你们怎么也在这儿啊？"高汐很吃惊，因为他们偷偷跑出来的事败露了。

"高汐，来，我们有件事想告诉你……"刘老师充满关切地把高汐拉过来。

高汐诧异地望着刘老师，又转头看了看周围的人。

"高汐，老师对不起你。老师一直没有跟你说实话。老师今天和校长，和在座的叔叔阿姨们一起商量了一下，我们决定把真实情况告诉你，你要坚强一点。你父母出了意外，就在我带你回我家那天出的事……你爸爸妈妈已经不在人世了。"

高汐只觉得天昏地暗。四个月来积在心中的委屈与悲伤如洪水破堤，泪水汹涌而出，伴随着一声声嘶吼："妈妈！爸爸！啊……"

高汐永远没法再原谅刘老师和校长了。他没有见到他父母最后一面，还被刘老师蒙在鼓里好几个月。回来以后，他就从刘老师家搬出来了。学校也换了。社会福利部门给他安排了几个去处，有福利院，也有收养家庭。那些年他过着动荡的生活，过一段时间就要搬一处地方。虽然靠福利金和父母给他留下的财产能让他生活和学习没有后顾之忧，但除了阿B能带给他有限的一点温情外，他相当缺乏亲情。更多的时候，是他和阿B两人在自家的楼上相依为命生活着。所幸的是，高汐的性格没有因此而变得孤僻，愤世嫉俗。

阿B陪他走到了十八岁。生日那天，阿B在和他过完生日后，就默默地自动断电了。看着阿B眼睛里面的光芒渐渐熄灭，高汐忍不住泪流满面。这些年只有阿B陪伴他经历着风风雨雨。阿B的离去让他再一次体味了成长过程中的痛苦离别。

为了不让自己长期陷在对父母思念的痛苦旋涡中，高汐在慢慢走出痛失父母的阴影后，开始有意识地忘掉父母。其实他是在以一种自己特有的方式将父母铭刻在大脑记忆的最深处。

第二章
涟忆一号

　　高汐的父母是在涟漪集团的一个新产品全球发布会上认识的。

　　涟漪集团是最近十几年快速崛起的全球科技服务巨头企业。最初只是一家从事人类基因测序的创业型小公司，随后进入健康、保险、教育、娱乐、金融投资等领域。公司老板皇甫连一的理念是致力于为客户提供从出生、成长，到疾病、死亡直至永生的全方位的服务。公司的名称来源于集团创始人皇甫连一的谐音，同时涟漪也暗指宇宙大爆炸的威力在宇宙间以波的形式传递，绵延至今仍能被人类以微波背景辐射的方式观察到。

　　每逢涟漪集团发布新产品，科技界、产业界和媒体圈都会热闹非凡。好多天前，网络媒介上的"大V"齐出动，展开了各种讨论和猜测，纷纷爆料产品的黑科技、引爆点。不管真假，反正消息满天飞。大大小小的公司、品牌以及想炒作自己的个人都抓紧机会蹭热点。大街小巷已经布满了各种造势的广告、灯箱、液晶屏，还有无人机。网络上的造势更为猛烈，一群忠实的集团粉丝自发地、有组织地在做网络推广。一系列造势热身活动使得涟漪集团此次新产品发布会的口号"激荡未来的涟漪"深入人心。

新产品发布会的日子特地选在 10 月 5 日。这一天是苹果公司创始人乔布斯逝世的日子。尽管乔布斯已离世多年，但人们对其神一般的膜拜丝毫未减，且有与日俱增的态势。

随着 VR 虚拟技术的成熟和运用，本来这类新产品发布会以虚拟方式进行就完全可以达到超级震撼的效果，但大多数科技公司还是愿意沿袭当年苹果公司的做法，搞一个盛大的现场发布会。当然，为了扩大传播和影响面，同时也会进行全球网络 VR 直播。

发布会的方式完全是乔布斯式的，参加发布会的人员统一着牛仔裤、T 恤。所不同的是 T 恤的颜色是橙色的，胸前印有一个虚拟化的人类大脑图案，看上去既像一个蜷缩在母亲子宫里的胎儿，又像一个异常深邃复杂的迷宫。T 恤的背面还印有一个涟漪集团的 logo。

高洋是受深蓝公司指派来参加发布会的。离会场还有一段距离就已经人山人海了。会场外的大屏幕滚动播放着涟漪集团的宣传片。彩旗、字牌、气球、模型，空中飞的、地上转的，令人眼花缭乱，目不暇接。穿着 T 恤衫牛仔裤的人群正鱼贯进入会场。好多黄牛在人群中穿来穿去，倒卖着门票。也许是门票价格不菲，只见黄牛们频繁地更换着攀谈对象，但大多数年轻人脸上都显示出遗憾的神色，估计还是没法接受高昂的票价。

高洋进入会场时，场内已经人声鼎沸了，热烈的气氛不断升腾。下午两点，城市会展中心上万人的大礼堂全场灯光暗了下来，在激昂的交响序曲背景音乐响起的同时，十几束追光上下翻飞探寻，急切地在找寻目标。全场来回扫射了几圈后，追光最后落在了今天的主角身上，并跟随这个主角缓缓移动向前。在全场的瞩目礼下，涟漪集团董事长兼 CEO、两院院士皇甫连一闪亮登场了。同样的橙色 T 恤和牛仔裤打扮，让皇甫显得身材修长，活力四射。他身后的巨幅 OLED 弧型屏幕出现了乔布斯右手手指轻轻捻着胡须的熟悉身影，屏幕上还打出了"致敬！乔布斯"的字样。

在年饭（涟漪集团的狂热粉丝）们一阵潮水般的欢呼之后，戴着一副金丝镜框的皇甫单手指天："此时此刻，伟大的乔布斯正注视着我们。"一秒钟停顿后，他继续道："今天，你们将又一次见证历史，亲手迎接又一个伟大产品的诞生。这个产品有一个诗意的名字，叫作'涟忆一号'。"

五架银灰色无人机从会场最远处向舞台中央飞来。中间一架主机悬吊着一个水晶球，周围四架护卫着主机向前飞。待中间主机悬停在皇甫头顶上方时，水晶球"嘭"地绽开，缤纷的彩屑与一个心形盒子一起缓缓降落。盒子自动打开，皇甫从中拿出了一样东西。皇甫身后的大屏幕出现了他的特写镜头。坐在稍远位置的高洋这才看清楚，皇甫手上拿的是一把不大不小的钥匙，钥匙的一头是如意结的形状。台上，皇甫的嘴角微微向上翘起，剑眉星眸的脸上洋溢出自信的笑容。

"这是一把记忆合金做成的钥匙，你可以任意扭折成想要的形状，手环、戒指、挂件，甚至当文身贴在身体任何地方。不过，如果你只当它是一把钥匙，那就大错了。"皇甫继续演讲道。

"这是打开你幸福人生、长命百岁金锁的钥匙。这把小小的钥匙中植入了最新的逻辑比特数 32 位量子芯片——辰光三号。"

"哗……"场内再一次沸腾。台下闪光灯、喧哗声四起。这个时代已没有传统智能手机了，人们的双手已经解放出来。个人信息工具丰富多彩，有的是眼镜，有的是帽子，更多的是耳朵斜上方几十厘米悬停或飞翔着的一个个小宠物。屏幕随处都是，手指轻轻一点就弹出，与这些信息工具无线互联。形式多样的个人信息工具具备原来的智能手机的所有功能，甚至更多。

主流媒体基本上全部采用空中无人机报道。一架无人机具备电视台加新闻网站全部的报道功能。新闻从图片、视频到文字全部由人工智能自动完成。

个人自媒体有的采用无人机，大多数还是采用随身携带的各种信息助手，但基本上也都由人工智能系统来进行编写和发布。相对速度来说，个性化毕竟是排在新闻报道第二位的。

与场内异常兴奋的人们一道，全球观看网络直播的人们也在第一时间通过这些主流媒体和个人自媒体分享着各种详尽的报道。

"涟漪集团已经在全球完成了量子计算机仿真人脑功能平台的搭建。我们已经链接了全球所有的大数据公司。可以不客气地说，我们的人工智能平台已经能进行像人脑一样的思维了。"

"Nonsense！"高洋不由自主吐出了这个词。声音短暂急促，虽然音量不大，但还是被右前排坐的一位姑娘听见了，姑娘的双肩微微一晃。

演讲还在继续，"未来涟漪集团比你更了解你自己，你出生以前，我们就知道你的基因密码。你成长过程中读的每一个字，看的每一个画面，走的每一段路，遇见的每一个人，我们都知道。你的心跳，你的血压，你的各种生理指标，你的脑波活动，我们都有记录。甚至你做爱时体验高潮的时长，肾上腺素分泌的多少，我们都了解……不过，遗憾的是你以后不能再假装了。"

"哈哈……"人群发出一阵哄笑声。

"这已不是一个自由意志选择的时代，未来你上什么学校，干什么职业，支持哪个团体，找谁做伴侣，相信我们就行了。我们的选择一定是你最佳的选择。"

"哗……"人群又是一阵风暴式的掌声。

"Shit！"高洋再次忍不住发出坚定而短暂的声音。也许他觉得用"shit"这类英文表达情绪来得更痛快一些。右前方的姑娘显然又听见了，这次她回过头来看了高洋一眼，眼睛里面的意思一是对这位男士粗鲁语言的不满，二是有一丝挑衅——"这人是什么人啊？居然敢对涟漪集团的产品唧唧歪歪。"

台上的皇甫开始示范涟漪集团新推出的这把钥匙的各种炫目功能。"除了是一个通信工具，它还能通过观察你的眼球活动感知你的脑波，甚至你用意念就能操控这把钥匙的开启、关闭，以及一些简单的操作功能。这全仰仗我们后台搭建的仿真人脑量子计算平台……"

高洋觉得台上的皇甫吹得越来越夸张了，寻思自己该撤了。正欲起身，贴在身上的信息工具指示灯亮了，伴着一声只有自己能听到的"叮叮"声。高洋摊开一只手掌，轻点一下，掌上出现一个虚拟显示屏，上面出现两排文字："主人，您前排那位刚才回头的姑娘的信息助手联系我，想约您在发布会结束后去旁边的'创想'咖啡馆聊聊，您看行吗？"

原来，前排那个姑娘刚才回头表达不满时，她的个人信息工具已迅速完成了对高洋的扫描和网络搜索："高洋，深蓝公司算法工程师，曾在《人工智能》期刊发表过两篇类人脑非线性思维研究论文。"

高洋的研究领域引起了姑娘的注意，于是她主动发起了陌生联系，也就是通过各自的个人信息工具先对接，由个人信息工具筛选后再发给主人。

对于女孩的邀约，除非确有无法分身的理由，否则高洋一般是不会拒绝的。于是，他让信息助手回复接受邀约的信息。同时，他只好耐着性子继续看台上的皇甫演示着产品功能，等待发布会的结束。

巨大的演讲台这时走上来一位姑娘，即使是简单的T恤牛仔裤打扮，也难掩她的靓丽外形。姑娘款款走向皇甫，举手投足间自然流露出来一副专业主持人的范儿。

"皇甫董事长，您好！我是今天发布会采访环节的主持人晓锐。他们之所以让我来主持这个环节，据说是因为我比较毒舌。"这位姑娘一张口就充分展示了自己的伶牙俐齿。

"晓锐姑娘的这张嘴跟你的大名一样的犀利，我早就领教过的。"皇甫一拱手，"希望今天姑娘手下留情啊！"

两人说话间，工作人员已经在台上摆好两个单人沙发。两人分别坐下，开始进入现场采访环节。

"皇甫先生，恕我直言，您刚才展示的这个产品在我看来，跟我们大家都有的个人信息助手好像没有什么区别啊。它的划时代性体现在哪儿呢？"

"晓锐姑娘，的确，从第一眼看来，'涟忆一号'只是一个个人信息助手产品，但实际上，它强大的功能远远超过了一个普通信息助手能办到的。可以这么说，它实际上是把涟漪集团庞大的人工智能系统浓缩在一个小小的方寸间，让你随时随地能轻松愉快地带着它。"

"皇甫老板的意思是不是说，其他公司的个人信息助手并没有能力将其后台人工智能浓缩在一个小小的终端里，是吗？"

毒舌姑娘开始挑事了。高洋觉得好玩起来了。

"真是不毒舌不是晓锐姑娘啊！"皇甫笑了笑，"我可没有这个意思啊。我只能说，因为我们采用了强大的'辰光三号'芯片，才使我们的终端产品'涟忆一号'能快速匹配和响应我们后台强大的人工智能网络啊。至于其他产品能否做到，大家应该有切身体会吧。"皇甫的声音爽朗自信，晓锐看到了他扬起的眉毛微微颤动。

"涟漪集团的产品，我自己已经有很多了。最近又买了一个教育类的终端，据说也是与后台强大的教育行业人工智能网络连接在一起的。你们为什么又要推出这个新产品，让我们消费者又掏腰包呢？"晓锐姑娘继续发问。

"我们原来的产品终端过多。健康产业推出健康类产品的终端，教育产业推教育的，金融投资又推金融投资自己的。集团几大业务板块各自为政，让消费者很头疼。当然这主要是因为终端的芯片技术受限，无法打通几大产业。现在这个问题解决了，消费者只要一把钥匙就能享受涟漪集团所有的服务。这不是很方便吗？"皇甫将晓锐姑娘抛来的难题——化解了。

"还有一个问题。有人说，涟漪集团手伸得太长了，什么都想干。说你们是'走自己的路，让别人无路可走'，是这样的吗？"

皇甫的野心早已引起了业内的反感和不满，这是他心知肚明的。

"市场需要竞争才能为消费者提供更多的选择，才能为消费者服务得更好，不是吗？"皇甫虽然没有肯定，但也没有否认那个说法。不过他马上转了个弯："当然，我们也寻求各种业务合作。我们的人工智能平台是一个开放的平台，欢迎业内各界共享这个平台，在这个平台上开发各种应用产品和服务。"

一唱一和的访谈看似在挑刺，其实都是安排好的套路，是变着花样在给"涟忆一号"做营销。高洋终于明白了。

第三章
初　识

　　"创想"咖啡馆是城市会展中心的配套设施之一。平常主要为一些早期的创业小团队提供免费的办公场所，也是风险投资人与这些创业团队进行沟通的地方。咖啡馆的装饰和陈设比较简洁，以窗明几净、绿植环绕为主基调。

　　高洋与姑娘是分头进入咖啡馆的。这家平时还有些幽静的场所此时的人流比平时多了好几倍。满屋都是刚参加完发布会的观众。他们从发布会现场带过来的兴奋混入了馆内咖啡的浓香中，使咖啡馆的格调与往日大为不同。

　　稍等了一会儿，高洋与姑娘才坐在了"创想"咖啡馆的椭圆形卡座里。落座后，两人各自在桌面屏幕上点了一杯咖啡。

　　"你刚才在发布会现场可不怎么客气啊。"姑娘先发难了，声音清脆但不刺耳，有点柔中带刚的意味。

　　高洋有点小尴尬地挠挠头："不好意思，我这人毛病就是过于直率，没有忍住。"面对面坐着，高洋才看清楚女孩长什么样。黛眉皓齿，眼睛不大不小，弯弯的，鼻子秀挺，亚麻色齐肩发略有一点波浪。姑娘收腹挺直坐着，使细长的脖子显得更优雅，弯出一个好看的弧度。

"我知道，你叫高洋，深蓝公司的算法工程师。介绍一下，我叫苏昕，在国家人脑智慧研究中心工作。"

咖啡馆的服务机器人给他们送上各自点的咖啡，"谢谢。"苏昕向机器人微微点了一下头。

"国家人脑智慧研究中心，哦，知道，我有个师兄在那儿工作。你们中心做的好像与今天发布会上的东西不相干吧？你是'年饭'吗？"高洋问。

"算不上吧，我是皇甫老师的学生，他教过我们人工智能课程，一直与他有联系，发布会邀请了我，所以就来了。"

"你挺支持你老师的啊……皇甫老板那么忙，还不忘为社会培养桃李啊。"高洋调侃道。

"他既是大公司老板，也是人工智能行业的顶尖专家，学识渊博，又富有实践经验。听他的课很有收获啊。他也是好几所大学争抢的导师啊。据说当初我们学校为了争取到他，校长连续一个月跟着他寸步不离地游说。不过，皇甫先生给我们做老师，他也不吃亏啊。他们集团能掌握第一手的优秀学生资源。我们学校给他们公司储备了不少人才啊。对了，你为什么来参加发布会呢？"苏昕也有些好奇地问。

"公司安排来的，想看看他们的最新产品有多神奇。"

"好像比较令你失望……"

"客观地评价，他们这个产品虽说亮点不少，但与涟漪集团以往的产品相比，并没有本质上的突破。因此，我对这个产品的感觉岂止是失望，根本就是有些烂嘛！"作为深蓝公司拔尖的算法工程师之一，高洋一向自视比较高。

"能说说理由吗？"苏昕看着高洋，两眼弯弯的，始终像在笑着。

"涟漪集团这次的产品设计仍然陷在他们已有的思维惯性里面。他们一直认为，做类人脑智能网络系统只要模拟出人脑的结构设计，配以计算速度足够快的系统，就能完美地模拟出人脑的全部功能。你是做人脑研究的，应该明白人脑左右两个半脑是有很大区别的吧？"

"嗯，的确如此。"

"人的左脑处理信息比较多的是线性的，有时间顺序的，比较擅长逻辑性思维。而右脑是非线性的，混乱无序的，所以才能产生创造性思维。举个例子，在观察一片森林时，人的左脑只见一棵一棵的树木，而右脑看到的是一片森林，右脑处理信息是整幅图像化处理。如果光有类似人脑的结构化的复制，而处理信息的算法仍然是左脑式的线性处理，再强大的人工智能也只能是两个左脑，而无法真正完成人脑的复制。"

高洋透彻的讲解让苏昕不能赞同得更多了。

"你的意思是说算法更重要，是吗？"

"我认为是的。"高洋很肯定地回答。

"不过到目前为止，所有研究还没有解答人类右脑的混乱无序是如何模糊演算出想象力、情感这类输出物的。也许与我们给人工智能喂的粮食也有一定关系。"

"什么意思？"

"计算机在运算、存贮、逻辑分析、归纳整理方面有天然的优势。从人工智能开发初期，人类更多的就是给计算机输入用于处理这些方面的数据，开发的也主要是这些方面的软件和算法。即使人工智能进化到可以深度学习，也是在这个圈子里不停地打转。这样导致的结果就是人工智能在类似左脑功能的模拟方面，取得的成果和突破远远大于右脑，人工智能发展成为一个跛子。"

顺着高洋的思路，苏昕觉得自己脑子越来越清楚，像被敲了一下："难怪每次模拟人脑思维的实验总是觉得差那么一步。"

"我们常说'童言无忌'，就是说小孩的创造力很强。为什么小孩子总会产生一些新奇古怪的想法呢？这是因为小孩的脑神经元处在最混沌、最无序的状态，这种无序的信息传递组合，就会产生新奇的结果。随着后天教育和成长过程中经验的积累，小孩的神经元组合和信息传递越来越向有序化方向发展。他们的逻辑思维能力越来越强，大脑在处理信息时，自动就会筛选掉那些与他们的经验和反复强化存储的不匹配的信息，导致大脑思维向一个方向集中。这就是人们常说的一个人的思维是单点思维，还是发散型思维。"

"这么说，后天教育和成长还破坏了人的创造性喽？"

"也不能这么说，大脑的脑神经元在人出生时，虽然也带有漫长进化过程所遗传的信息，但这些信息是无序混乱的，它们的排列组合需要受一些外界的刺激。只有不断输入更多的信息，不断刺激神经元，才能使大脑被激活，处于高速运转状态。而左脑的运算分析和逻辑思维能力，能让大脑加工和生成更多的信息。事物都有两面性，如果后天教育反复训练左脑，左脑能力提高了，右脑功能就会在一定程度上有所抑制。"

"真没想到你对人脑还挺有研究的。"

苏昕口气中透出对高洋的一丝欣赏。在听高洋滔滔不绝时，苏昕也暗自打量起他来。小伙子二十八九岁的样子，头发一看就是随意胡乱梳理了一把，虽不零乱，但也不显精神。眼睛内有一些血丝，眼眶稍稍有点浮肿。上嘴唇和下巴上冒出短短的胡茬。一看就是那种从事与程序设计相关的工作，老是加班的理工男形象。不过总体上看，高洋的五官还是挺周正的。

"班门弄斧啊，你们才是正宗搞人脑研究的。"高洋打着哈哈，"对了，你们是做理论研究，还是应用研究的？"

"都有。我是在人脑复制部门，主要是搞应用型开发研究的。"

"你一个女孩子怎么想起来从事这么烧脑的工作？"高洋眼中透出一丝不解。

"我从小爱参加那些智力比赛，而且还经常拿点小奖。父母认为我脑子比较聪明，就让我学了理科。学生物的时候，我对大脑产生了浓厚兴趣，后来就选择了这个专业，也算是兴趣爱好引的路吧。"苏昕三言两语就把自己从小到大的经历简单描述了一遍。

高洋调侃了一句："看来你是想往女科学家方向走。"

"我可没那么高的志向哦。"苏昕并没有听出高洋的调侃意味，她认真地答道。

两人聊得挺投缘的。过了一会儿，苏昕抬头看了一眼咖啡馆墙上的时钟，差一刻钟到六点，她欠了欠身体说："今天真是受益匪浅啊，真希望还能多听听你的高见。不过真是不好意思，我要赶个饭局，得先撤了。"

高洋稍稍有点意犹未尽的失落感，听苏昕这么说，不得不起身相送。两人走到咖啡馆门口，各自的个人信息工具都"叮咚"响了一下，他们知道是咖啡馆的刷脸支付系统启动了。

第四章

T8 的危机

一辆红色无人驾驶太阳能出租车如约来到身边，车门自动升起，高洋进入车内说道："直接去上地产业园区的深蓝公司。"

"好的，先生。"车内的电脑礼貌地回答道。

随后车内的安全带自动将高洋绑在后座上，音响启动播放起高洋喜欢的斯美塔那的交响曲《沃尔塔瓦河》，欢快的旋律让高洋感觉犹如跟随大河的波涛畅游奔腾起来。

小车"嗖"地一下汇入傍晚井然有序而又飞速移动的车流向西奔去。超大城市壮观的立体画面在高洋面前一一展开。层叠错落的高速路如一道道的虹桥飞架在空中。道路上飞驰而过的各式车辆像一枚枚子弹在弹道中滑过。鳞次栉比的建筑如苍穹的根根立柱，支撑起无际的天空。落日的余晖正在西山上空恣意地涂抹晚霞。

深蓝公司的大楼是一座椭圆形建筑，像一枚立着的鸡蛋。高洋到达公司的时候，晚霞还没有完全散尽，映衬着公司大楼像一枚金光闪闪的金蛋。高洋终于理解了老板为什么要把大楼建成这样，老板是希望公司的业务能天天赚个金蛋啊。

深蓝公司是一家从事智能投资业务的知名企业。这项业务最早起源于程序化投资。通俗地讲，就是由程序开发人员设计的电脑程序根据交易策略自动进行交易。但早期的程序化投资属于被动跟随市场的波动型投资，后来演化为以人工智能为基础的新一代程序化投资——智能投资。

许多年前，谷歌旗下的 DeepMind 公司运用神经网络、深度学习、蒙特卡洛树搜索法开发了一款围棋人工智能程序——阿尔法狗，打败了所有人类围棋高手，震惊世界，由此也开启了人类开发可以进行深度学习的人工智能的新时代。致力于让机器深度学习，解决人类各种问题的人工智能公司和系统如雨后春笋。

相比围棋人工智能程序而言，进行全球股票、债券及其他金融投资品程序化交易的人工智能程序商业前途更为光明。于是大批创业企业在铺天盖地的 VC、PE 投资下进入了这一领域。深蓝公司就是其中之一。

随着投资市场信息越来越公开透明，人工智能对涉及全球经济与投资的相关数据收集整理加工能力在不断提升。人类遭遇了当年围棋界高手被阿尔法狗彻底打败的结局，一个个人类投资大师被洗牌洗出投资市场。投资市场剩下的参与者只有各家公司的人工智能程序化交易系统。

就像武侠小说中的高手对决，胜负取决于谁的剑更快一样，这个时代的投资，比拼的是哪家公司的人工智能运算速度更快、模糊算法更优化、模型更无限接近现实经济和金融市场的运行结果。

金融投资市场上，不同公司的人工智能之间的竞争也是相当残酷的，拼杀决胜的时间已经压缩到了微秒。投资品在微秒间变换着所有者，公司因为这毫厘间的差距，就可能生存或死亡了。尽管理论上竞争的结果是所有参与公司都能获得社会平均利润率的回报，但实际上竞争的结果永远是优胜劣汰。竞争对手之间的均势永远只能是暂时的。

深蓝公司的智能投资平台是目前仍在运行的 T8 系统。它在高洋加入公司前已经运行了好多年，始终持续不断地在优化升级。

T8 的前身是第一代程序化交易系统，仅仅根据市场波动统计分析的指标，设计一套算法，使计算机在市场波动达到预先设定目标时启动自动交易。这种程序化交易可以克服在交易过程中人类情绪化、贪婪、恐惧、做事不果断的弱点，也大大突破了人类在资本市场交易决策中的生理极限，实现了极快速的交易。但第一代 T8 也存在只是被动跟随市场，反应滞后的缺点。

模糊算法、深度学习的技术在人工智能中广泛应用后，深蓝公司推出了第二代 T8 系统。这一代系统的交易原理比上一代产品大为改进。计算机做出投资决策的判断不再局限于事先由人工设定的目标，而是由人工智能对未来经济与市场走向进行多次演算，并用以概率分析为基础构建的模糊算法来做出投资决策。这一设计改变了计算机被动跟随市场进行投资的局面，使人工智能交易系统在一定程度上能主动引导市场。由于影响交易的变量太多，既有全球宏观政治、经济、文化、宗教等因素，又有微观层面公司、企业、社团组织、个人等因素，所以 T8 的算法模型异常复杂，输入变量包罗万象，层层递进循环演算，每推算出一次结果就需要进行海量的计算。

对于高洋他们来说，第二代 T8 系统像一个黑箱。尤其是 T8 进行自我进化以后，其黑箱内部更是难以琢磨。高洋他们知道输入的是大量的数据，也知道它输出的结果是通过计算确定该买入还是卖出。虽然每一秒钟会出现上亿次计算的结果，但毕竟还是知道结果的。可是黑箱里面是怎么构建算法和模型的，高洋他们是一头雾水，根本不可能弄清楚，完全由人工智能 T8 自己掌握着。

第二代 T8 一推出就打败了众多采用第一代模式的竞争对手，使深蓝公司从一家二流公司一举跨入行业领军企业的行列。

深蓝公司随后采用了两大策略：一是并购数据源，通过不断地兼并那些拥有经济、政治、社会领域各类大数据的公司，使自己的人工智能算法在数据输入源涵盖面上不断扩大，从而使人工智能演算的结果与真实投资市场的实际走向越来越靠近；二是提高运算速度，通过新的芯片技术和软件开发使人工智能的运算速度越来越快。

这两个策略收到了更加明显的效果。深蓝公司再次消灭了一大批同行，市场最终形成包括深蓝在内的仅有的几家同行暂时势均力敌的局面。

高洋五年前加入深蓝公司时，T8每日下单交易前完成的对全球整个经济运行态势的模拟演算次数是一千万次。公司的目标是将此数字提高至上亿次。

高洋有幸参与了这个重大项目，项目主管也是他的师傅。高洋在这个项目中得到了锤炼和成长。他聪明好学，情商也高，工作中师傅长师傅短的虚心求教着。工作之余又花大量功夫自己钻研琢磨，那段时间，他几乎全身心泡在了办公室。芯片速度，算法优化，这两个词在随后几年里一直围绕着他的生活，以至于每当脑海中出现这两个词，他的手脚动作都会不自觉地加快起来。

两年前，借助新一代超高速芯片的推出，他们推出了新的算法模型。经过短暂的磨合期，对全球经济演化的运算，新的T8达到了每日上亿次，对真实世界经济演变的无限逼近度又提高了一个层次。正式上线运行当天，深蓝公司从投资交易所获得的收益比平常增加了8%，深蓝公司的股价也跃升了10%。

不过，当他们成功上线亿次运算系统时，公司的项目主管由于疲劳过度申请退居二线，并推荐高洋接替他的职位。

高洋和同事们组织了一个小型的聚餐会欢送师傅离开。

"师傅，你这么早就离开，我真舍不得你走啊！"

透过晶莹的酒杯，师傅微醺的醉眼半眯着。在盯着高洋的那一刻，师傅想起了几年前高洋刚来公司时的情景。

那时候，高洋扎堆在一同前来报道的十几个应届生中并不太显眼。师傅想从中挑选出四五名有潜质的培养对象，于是给同学们分配了同一项任务，对一堆杂乱无章的美国公司股票的原始数据进行清洗，将其中的 500 强公司与其他公司分离开来。

大多数同学都采用的是线性分离器算法将 500 强公司从那堆杂乱数据中分离出来，有少数几位同学采用了几何空间分离算法，这种算法比线性分离器更好地拟合了分隔的曲线。只有高洋采用了更复杂精妙的多维空间映射函数算法，更加精准地进行了数据分类。因此，师傅对高洋刮目相看，毫不迟疑地挑选了他作为重点培养对象。高洋这些年的成长也证明了师傅的眼光。

"高洋啊，这些年师傅天天守着 T8，头发也熬白了，背也驼了，眼睛也花了，家里也没有好好顾上，再这么干下去，师傅就要成废人了。再说现在知识更新太快了，师傅在吸收新知识方面已经赶不上你们这批年轻人了。"

"可是有你带着，我们觉得心里踏实。"

"程序要迭代，程序员同样也要迭代。一代程序员有一代程序员的使命，这是自然规律啊。师傅照顾 T8 的使命已经完成了，我把 T8 正式交给你了。"

"师傅，你放心，我会尽自己的全力做好的……师傅，来，我再敬你一杯，真心地感谢你这些年来对我的帮助和提携。"

高洋和师傅那天都喝醉了。

正式接手 T8 系统，刚开始也不是很顺利。T8 也是有点欺生，知道师傅走了，故意设置一些关卡来试探高洋的水平。双方你来我往，不打不成交。慢慢地，高洋的水平让 T8 信服了，双方最终顺利地度过了磨合期。

高洋现在整天琢磨的还是如何进行算法优化，如何再进一步提高公司智能程序化交易系统的运行速度。即使他们公司是存活下来为数不多的几家市场主要参与者之一，他的危机感始终未曾减轻过。尤其是最近几年新一批公司以量子计算技术的历史性突破为切入点，来势汹汹地杀入投资市场，对高洋他们这类依赖传统硅片计算技术的公司构成了强大的威胁。

摩尔定律正在失效，量子时代已经开启，两个时代的对决有一天终将来临。高洋想到了《三体》中的降维打击，量子时代对硅片时代的打击也许就像这样吧？他越想越感觉到一股深入骨髓的寒意。他没有任何能力或办法阻挡或者延迟这个趋势，只好天天在公司尽量待久一些，守着 T8，他心里才稍有一丝踏实。

高洋的办公室相当凌乱，桌子上、沙发上、角落里到处堆满了各种玩具、模型，以及食品包装盒、饮料罐和杂物。这是个典型的理工男办公室。公司机器人保洁曾要给他收拾收拾，被他拦住了。他相信一个说法，"办公桌越乱的人，工作效率越高，越容易产生灵感"。这是他的大学心理学老师讲的。老师说："视觉和心理的杂乱会迫使人们集中精力，且更能理清思路。著名的物理学家爱因斯坦和作家罗尔德·达尔的办公桌就都非常凌乱。"

高洋坐在办公桌前，打开显示屏。他先看了一眼自己公司与另外四个主要竞争对手的股票走势。这年头股票和其他金融产品的交易都是全年不休的。每天二十四小时不停交易着。短期市场中永远上演着那种无聊的零和游戏。所有公司价值的长期增长基本上只来源于生产线上大量的机器人不分昼夜地生产而增加的社会财富，或者技术突破带来的红利。人类早已对这种零和游戏没有了兴趣，当然更没有能力直接参与到与人工智能的博弈中去。如有余钱，就直接交给各自选择的公司，让机器去帮助打理财务好了。

深蓝公司与其他几家公司的股价在今天下午两点出现了巨幅暴跌，随后慢慢走平。这是今天涟漪集团的发布会带来的新技术垄断效应导致的结果。高洋盯着自家公司股票走势看了一会儿，在十分钟内只上升了百分之一。而这极细微的波动，也对应了其他几家对手公司相反的波动，意味着深蓝公司价值增长的同时，另外几家公司价值有了同等的减少，又是一场零和游戏。同时高洋还明白，即使股价这看似几乎毫无变化的细微动荡，却是在他的人工智能程序交易系统T8日均上亿次运算推演全球经济金融市场走势以后才得到的。

"Hi，老伙计。"高洋呼唤他的T8。

"Hi，Young。"T8 总是这样叫高洋。

"老伙计，辛苦了。"

T8 运算负荷指标的数值一直在 95% ~ 98% 之间。高洋仿佛看到T8 和另外几个人工智能像几个大力士正拼尽全力在拔河，个个都撑得青筋暴突，肌肉绷紧到了极限，但还保持着暂时的均势，谁也不敢松懈一点。

"Young，你知道的，T8 的运算一直在超负荷运行，我这把老骨头快要顶不住了。"

"老伙计，公司已在筹备研发基于量子计算技术的新系统了，已经看得见曙光了，再坚持一下吧。来吧，老伙计……"高洋面对屏幕跟 T8 做了一个单手握拳再用力下拉的动作，这是他们互相鼓励时的招牌动作。

"智能投资，唯我 T8！"T8 大声呼应着高洋，也在为自己鼓劲。

"对了，Young，今天深蓝公司的股价对涟漪集团的相对比价下跌了很多，出了什么突发情况？"

T8 对涟漪集团发布的新产品引起的市场冲击力显然还估计不

够。高洋简单给 T8 介绍了涟漪集团今天发布的新产品和技术，消费市场对他们的产品热情过高，导致投资市场也出现了多年来少见的非理性情形。

"Young，深蓝的量子计算系统到底什么时候能上线啊？" T8 有些焦急情绪。

"说实话，我还真不太清楚。"高洋如实相告。

采用硅芯片技术建立起来的传统计算机体系已经快进化到极致了。各家投资公司都意识到量子技术取代硅技术是迟早的事，深蓝公司也准备投入上百亿美金做研发。只是研发组建的是新团队，与高洋他们完全独立，信息也完全隔绝。高洋不知道公司这个项目的任何情况。

他从办公桌上拿起薯片筒，取出来吃了两片，又接了杯水，吞了两粒营养宝片剂，就算完成了晚餐。那薯片不是普通薯片，是由多种精粗粮食加工成的浓缩主食，一两片就能管饱。营养宝片剂含人体需要的所有主食没法提供或提供不足的矿物质微量元素。浓缩主食和营养宝这类食物是这个时代康芒人群的主要食品，一来是因为大多数康芒人都是靠政府救济过活，经济能力有限，而这种食品价格便宜，又容易吃饱；二来是这种食物产量容易提高，可以让社会供养起更多的人类。所以，政府和康芒人都喜爱这种食物。

屏幕闪了一下，"叮叮"响了两声。随后屏幕上跳出马克的身影，"头儿，你在办公室吗？我想过来找你聊一下。"

马克是高洋带的实习生，中外混血，高挑俊朗。他从美国麻省理工大学毕业后，来公司实习已半年了，按公司规定近期应该可以正式入职了。

"请进。"门随着高洋的声音自动打开，马克进来，情绪低落，与往常明显不同，人好像都瘦了一圈似的。平常他可总是充满了活力。

"怎么？情绪有点失常啊。"

"头儿，你能帮我再向公司争取一下吗？"马克的声音带着明显的焦虑。

他是高洋带的实习生里面表现最好的，工作积极上进，性格活泼，与团队成员合作很好，深受大家喜爱。对于他的请求，高洋一般没有理由拒绝。

"争取什么？"

"今天人力资源部正式通知我们这批实习生，公司不准备招录我们了，可是我真的很想进深蓝。"

"怎么回事？"

"公司人力部门说，T8深度学习能力在不断加强，公司不准备再招聘更多的人加入T8团队做维护工作了。今年只在量子团队那边有招新计划。"

高洋心中一紧，没想到平日里担心的事终于来了，公司开始压缩T8的预算了。几个月前就有传言说公司要压缩T8的预算，部门的同事以及其他部门的熟人都曾在与他打照面时问起过这个问题，他总是说没有得到过任何信息。传言一直在流传，还传到了公司外面。他的同学李一明还问他是不是有想跳槽的打算，知道高洋没有这个打算时，李一明还劝他多长个心眼，多给自己留一条后路。但公司方面一直没有证实这些流言。

今天马克这话让他一惊，这基本上就相当于证实了几个月以来的传言啊。他尽量不让马克看出自己脸上流露出的不安，稳定情绪安慰马克说："你是我这儿表现最优秀的实习生。我明天就找人力部门协调去。别担心，先回去好好休息一下吧，看你那愁容满面的。"

马克满怀着希望走了，高洋坐在桌子前，不知道自己要干吗。弄弄这个，搞搞那个，始终心不在焉，干脆发起呆来。

第五章

化装庆祝晚会

金属质感的音乐啸声震天，光怪陆离的五色激光彩灯变幻着，闪烁着，伴着音乐声浪一遍一遍扫过大厅中几百个装扮怪异的男女。

大厅正前方，有一个临时搭成的半米高银色舞台。台子不大，也就能容纳一个 DJ 操作台和五个人的小型乐队略显局促地在上面表演。乐队成员们的乐器是金色的，乐器上的 LED 装饰小灯随音乐有节拍地闪烁着。乐队成员也是一身炫金色外套，全身缀着各种金属装饰物，一动起来，反射着五彩的光线。

大厅中央，一群妖魔鬼怪正张着血盆大口，互相攀比着狰狞，狂乱地舞动着。一张张定制的生物仿真面具，与他们本人的脸完美地贴合在一起，就像是换了一张面孔。大厅四周，同样打扮怪诞的人们三三两两，或站立，或落座沙发，品着各色酒精饮料，互相打着招呼闲聊。

这是涟漪集团产品发布会后的化装庆祝晚会现场，晚会正在国贸中心挑高的穿顶型大堂举办。

苏昕披散头发，头上扎一条三指宽黑色发带，身穿黑色夜行短打服，手指上套着长长的银白色假指甲，戴着一副吊泡眼，猩红大嘴的生物面具，扮作《射雕英雄传》中的梅超风酷酷地杀到了化装晚会现场。

她匆匆与高洋在咖啡馆分开就是为了来参加皇甫老师组织的这个化装庆祝晚会的。之所以没有对高洋说，是她感觉到高洋对皇甫老师有那么一点点的不友善。

参加晚会的名流众多。产业界稍有名气的大佬们都来了。涟漪集团主要供应商的老板们、部分综艺明星、顶级媒体的大小老板们，以及少数政府高官也都莅临捧场了。此时，他们都包裹在千奇百怪的皮囊里，随着音乐疯狂摆动着，就算面部扭曲得再狂悖不堪，也因难以分辨出真面目而不致出现尴尬。

大堂上方一个巨大的四面显示屏不停滚动刷新着下午刚发布的幸福人生钥匙产品的销售情况。当数字跳动到一亿时，场内爆发出雷鸣般的掌声，虚拟礼花同时绽放在场内上空。DJ 台上，一位扮着《星球大战》黑武士的宾客揭下面罩，大家看到了皇甫老板那张喜形于色的脸。

装扮成蜘蛛侠的行星传媒集团老板郭磊也摘下了面具，端着两杯红酒，在几个光彩艳丽的女明星簇拥下奔向台上的皇甫。郭磊脸颊满是红晕，泛着兴奋的光泽："恭喜恭喜，皇甫兄，来来来，庆祝一下。"说着递给皇甫一杯酒。女明星们忙不迭地媚笑着也把酒杯凑上来一起碰杯。

"恭喜老板！"

"干杯！干！"

众人簇拥着皇甫一饮而尽。

音乐暂停，郭磊面向台下人群，一手在空中挥舞着："各位，各位，大家静一静……"

"根据行星传媒智能监测数据，涟漪集团此次的新产品发布会观看人数达到了空前的 11 亿人次，其中 73% 人次完整收看了全程发布，55% 人次参与了互动，点赞好评率达到 88%。这么高的好评率在行星传媒监测历史上从未出现过啊！"

郭磊把脸转向皇甫，两只手指向上推了推鼻梁上的金丝眼镜："皇甫兄，我们的系统也分析了给出差评的主要原因，基本上是认为包年服务价格有些偏高，还有极少数人认为产品能匹配人的意念，侵犯了他们的人生自由权。"

"不过绝大多数人还是为能有这么贴心的智能机器服务感到满意啊。老板，来来来，我替我们众多的涟漪铁粉再敬老板一杯。"说完，郭磊又干了一杯手中的酒。

的确，从多个渠道反馈的数据来看，不管是口碑，还是销售情况，这一次都大大超出预期，大获成功。

正在这时，空中飞过来一架无人驾驶小飞机，机身上印着一个大大的行星传媒的 logo，很是显眼。飞机上还挂着一个高清专业摄像头。飞机悬停在郭磊前方。

"各位观众，各位观众，我们现在正在国贸中心超豪华的中央大堂直播涟漪集团在这里举行的盛大化装晚会，庆祝他们今天推出的新产品获得了巨大成功。我们现在已经追踪到集团的老板，请看……"镜头自动调整到最佳角度，对着皇甫。

"皇甫老板，您好！这是行星传媒'锐直播'频道，正在向全球网络直播涟漪集团的庆祝晚会，能给我们的观众朋友们打个招呼吗？"

皇甫一看，是郭磊公司的人工智能报道系统在做现场播报，于是对着镜头摆了个手势，"Hi！大家好！"

"台上几位，大家一起来摆个 pose，好吗？"无人机报道员招呼台上的各位。

台上的老板、美女们挤在一起，做出各种夸张的造型和表情。啪啪啪啪，无人机一阵狂拍。这些图片以迅捷的速度出现在社交媒体的各个角落。台下人群也轮番拥上台，簇拥着皇甫合影，直到音乐再次强烈响起，妖魔鬼怪般的人群再次疯狂扭动起来。

郭磊见皇甫不想再舞了，就拉着他和给涟漪集团提供芯片的公司老板老魏一道，去旁边一个稍微僻静的包厢喝酒。边走边给他带来的几个女星递了个眼色，那几个姑娘也赶紧一块儿跟了过来，在老板们身边间隔坐下。

"我来介绍一下，这是阿紫，这是小玉，这是萌檬，都是我们公司的艺人。她们可都是很有人气的哦！"

几位女星优雅地欠了欠身，说："皇甫老板好！魏老板好！"

皇甫一看，心想这几位好像没什么印象啊。这也难怪，现在最火的明星已经不是真人了，而是由人工智能操纵的虚拟偶像。

人们疯狂地追逐着这些虚拟偶像。因为虚拟偶像们具有堪称完美无缺的外形，永远都是光彩靓丽的样子。还可以根据粉丝们口味的变化随时进行形象的微调，换装、换肤、换发型、换眼睛颜色等等，一切由粉丝们说了算。虚拟偶像还拥有完美的声音，女的甜美，男的温暖，听得粉丝们心都要酥了。虚拟偶像工作尽职尽责，无论接多少戏、多少场演唱会、多少个活动，都是亲自到场，绝没有替身——她（他）们可以复制无限个自我啊；最要命的是粉丝们戴上头盔还可以和自己的虚拟偶像在虚拟世界谈情说爱，畅游世界，进行各种亲密接触和互动。虚拟偶像对每一个粉丝都能做到有针对性地个性化互动，这让粉丝们的虚荣心得到了极大的满足。

皇甫记得有一次为郭磊站台，参加他们公司一位大红的虚拟偶像傲天的媒体见面会。无意中听见两个傲天的迷妹聊了起来。其中一个小姑娘说："傲天昨天来我家了，给我送了一盒精致的巧克力，为我过了生日，离开时还拥抱了我，我好激动啊！"

另一个小姑娘说："傲天昨天也来我家了，还教我跳舞了，搂着他，真是太幸福了！"这个时代的偶像分身有术，可以满足所有粉丝的真实需求。

这样的劳模明星，娱乐公司也欢迎啊。他（她）们任劳任怨，不眠不休，还不轻易撂挑子，摆明星大谱。所以，娱乐公司也是顺势力捧，为这股虚拟偶像热推波助澜，搞得真人明星如明日黄花，日落西山。混得好一点的真人明星基本上也只能给虚拟偶像搭个戏，当个配角之类的。真人明星们只能靠参加像今天涟漪集团庆祝晚会这类活动来挣钱，因为老板们还是想要有与真人沟通交流的感觉。

所以，虽然阿紫她们也参演了最近推出的几部大热影片和剧集，但因为都是不太引人注目的配角，皇甫和老魏他们自然没有什么印象。

"皇甫老板，我能叫你甫哥吗？叫皇甫老板好别扭哦。"小玉口音有一点川普的味道。

"你想怎么叫都可以，妹儿。"皇甫今天心情特别好。

"那甫哥，我先敬您一杯，先干为敬。"小玉端起一杯柏图斯红酒，一饮而尽。皇甫也陪着干了一杯。小玉见有效，越发殷勤起来，要与皇甫比掷骰子喝酒。

皇甫一看这架势，明白郭磊又要故技重施了。

去年在恺撒夜总会，郭磊也是带了他们公司两个明星来聚。一个叫莉莉的姑娘，酒量很大，使出各种妖媚招式不停劝他喝，郭磊与他那位相好也在旁边使劲敲边鼓，最后终于把皇甫给喝趴下了。迷迷糊糊中好像是郭磊和一个姑娘架着他离开的。后来又把他扔在一张大床上，然后有人拿热毛巾给他敷面，又给他喂了一些水，接着自己就睡过去了。

后半夜时分，他感觉喉咙干热，醒来想找水喝。下床后被一个东西绊了一下，差点摔倒，开了灯一看，是莉莉姑娘。

"你还没走？"他吃惊地问。

"看你喝多了，怕你晚上不方便。"莉莉温柔地答道。

原来莉莉一直守着他，席地而坐，靠在他床边打着盹。皇甫心里有一丝感动飞快掠过。

"口干得难受，渴醒了，我想喝水。"

"你坐着，我去帮你取。"

"谢谢啊。"

莉莉拿过水来看皇甫喝了，还细心地递过一条毛巾，让他擦了一下嘴和脸，再接过水杯和毛巾，放在床边的台子上，然后轻声细语地说："好了，看你好多了，你好好休息吧，我也该走了。"边说边假意要走。

皇甫在喝水之际，已经打量了整个房间，看出来这是一个五星级宾馆的套房。他一把抓住了她的一只手，他明白莉莉是假装要走的。从她百般殷勤劝酒的表现和郭磊有意撮合的小伎俩，他早就有数了。现在他清醒了一点，自然不会放她走掉了。

"现在已经太晚了，你就留下来陪陪我吧？"皇甫是真心挽留的口气，她一定会答应的。

"你真的想让我留下来陪你？"莉莉假意地问。

"你不会不答应我吧？"

"嗯，好吧。"莉莉略一停顿，然后大方地转过来，"看你一身的酒气，先去洗洗吧。"

两人各自冲了个澡，围着浴巾上了床。皇甫把莉莉两只纤细绵软的手拉过来，放在自己胸膛上，莉莉顺势将头靠在了他的左肩上。他低头看着她清秀的鼻子，桃红的小嘴，闻到了她头发散发的淡淡香气，手不自觉地伸过去搂住了她的腰。两人吻到了一起。浴巾在两人厮磨间已完全散开了。

这是一次销魂的一夜情，莉莉使出百般风情，尽显多种妖娆姿态，努力迎合着皇甫，让他如冲浪手在波浪间起伏欢畅。两人在酣畅淋漓后沉沉睡去，再次醒来已是下午时分。第二天，皇甫还给她送了一个相当引人瞩目的大礼。

莉莉的故事在郭磊公司传开了，其他明星都缠着郭磊，让他有类似活动要带着她们去。

小玉今晚的举动明显是受到了莉莉的启发。皇甫心想，今天可不能再上郭磊这小子的当了。但又不好太扫了在座诸位的兴致，就耐着性子陪她们玩各种罚酒的游戏。他多了个心眼，故意与另外两位姑娘也多玩玩，多喝点。

一个小时后，皇甫起身说了句："诸位，你们继续，我去见个熟人。今天的晚会能请到小玉、阿紫、萌檬三位美女光临，真是愚兄有幸啊。三位今天的出场费除了公司给的，我自己再给各位加一份，双倍出场费。"说着，双手合十，点了点头，"失敬，失敬。"这才脱了身。

苏昕跟着躁动的人群，在他们的情绪带动下，体验一浪又一浪的兴奋冲击。美食美酒，不停地吃，喝，眼睛也没有忘记不停地扫视人群，想找到熟识的朋友。无奈大家都藏在各色面具下，个人信息工具的人脸识别也爱莫能助。

梅超风的形象看来吓退了很多人，主动上前与苏昕搭话的不多。这是苏昕想要的结果，潜意识里她也不是那种喜欢派队，喜欢凑一堆高谈阔论的人。明明在名单中看到有师兄陆临风的，怎么就是没碰上呢？

师兄高她两届，清瘦高挑，镜片下面有一双坚定明亮的眼睛。上学时，他们曾一起参加过几次户外徒步。一次在穿越延庆第一高峰海坨山的过程中，两人掉队迷了路，在没有通信信号的山里转了好几天。当搜寻队员找到他们时，两人已经精疲力尽得脱了形。后来苏昕回忆起当时的情景，如果不是师兄把干粮省给了她，自己靠嚼野果维持，又一路不停鼓励，她可能挺不过来了。这次意外让苏昕对陆临风的好感指数急剧上升。但女孩矜持，不好主动谈开。不多久陆临风突然从学校消失了，一打听才知道，他转去了美国麻省理工读书。苏昕心中怅然若失，虽然两人偶尔也联系，但天各一方难以生出情愫。苏昕看到今天的晚会嘉宾名单上有陆师兄名字时，就决定了要来参加这个晚会。她想，也许有机会与师兄重逢，没准还能续上一段缘分呢。

正焦急寻思着，身后传来一个温和的男声："苏昕。"她顺着声音转过头去，见皇甫正微笑着站在她身后。

"皇甫老师，您好！"苏昕习惯称对方老师。

"在找人吗？"

"嗯，名单上看到个熟人，想碰碰运气。"

"需要我帮助吗？"皇甫公司的全身识别系统功能强大，所以戴着面具，他也能找到苏昕。

"不用了，谢谢！"

"苏昕，正好想问问，最近你们那个项目进展如何？"

皇甫问的是他巨资投的那个人脑意识上传网络开发项目。苏昕也是这个开发团队的主要成员之一。

"项目第一阶段计算机模拟性实验已基本完成。数据反馈不错，实验结果达到了预期效果。下一步我们准备招募一些志愿者来进行真人实验。"

"好啊，祝贺你们啊！"皇甫兴奋地说。

"可是，现在遇到点麻烦。你知道像你们这样的维登人都不太愿意充当这个实验品，而一般康芒人的大脑发达程度与你们差距又太大。即使找到一个康芒人来做实验，康芒人个案实验成功，也不敢断言项目能取得成功啊。"

"嗯，这的确很为难啊。你们可以考虑扩大征寻范围啊，国外考虑过吗？欧美人的想法与国人也许不太一样，他们没准觉得有新鲜感和冒险性呢？"

"都考虑过，可能因为我们目前还没有大规模征寻志愿者，只是小范围一对一地找，所以目前征寻效果不佳啊。据说中心下一步有造一点声势的打算。"

"你们也不用太着急，船到桥头自然直，总会有办法的……哦，我那边有一位朋友，失陪一下，我要过去打个招呼。"

皇甫找个借口与苏昕告别后，心想今天真是事事如意，好消息一个接一个。刚才苏昕清晰的表达，让皇甫备感宽心。一是项目推进比较顺利，二是看来苏昕这小姑娘还真是挺聪明伶俐的，给研究中心举荐她参与这个项目，她并没有辜负自己的推荐。

第六章

维登精英皇甫连一

皇甫的私人专车载着他抵达北郊长城脚下的枫林私邸已是深夜一点半钟了。专车进入园门，花园的路灯和景观灯依次自动亮起，又依次熄灭。一分钟后，车停在一栋法式大理石两层别墅的门厅前。

"主人，您回来了。"

一位英式管家打扮的机器人迎了上来，上身微躬。

皇甫在他的引导下进入房间，管家帮助皇甫脱下外套，又给沙发上的皇甫送上一个茶盏。那是他每日都喝的基因修复营养茶汤。

皇甫接过管家递来的毛巾擦了擦嘴，问：

"颖儿休息了吗？"

"还没有，主人，她在等您。"

皇甫心头涌上来一股热流。今天的发布会超级成功，他一路想着今晚必须要与颖儿分享一下，才能平复自己一整天激动难抑的心情。

管家准备好了洗漱用品，皇甫用热水美美地冲了个澡，换上浅紫色真丝睡袍。他立在浴室镜前，两手摸了摸自己棱角分明又光洁的双颊，挺直的鼻梁，结实的胸肌，满意地吹了个口哨，深吸一口气，走进颖儿的卧室。

颖儿玲珑的玉体斜躺在宽大的贵妃榻上，蝉翼似的丝质半长睡袍一半掉在地上，柔和的灯光让她体内的情愫发酵。她左手靠在榻的扶手上支撑着头，右手正端着一杯红酒慵懒地品着。她已知道了皇甫今天的成功，直觉告诉她皇甫今晚会来与她分享这成功。

"你终于来了，人家都等好久了……"颖儿娇嗔道。

"宝贝儿，庆祝晚会的时间长了点。"皇甫边解释，边接过了颖儿递过来的酒杯。

"宝贝儿，想我了吧……"

皇甫晃着酒杯，轻呷一口，眼神开始挑逗起来。

"明知道你还假惺惺地问。"

颖儿小嘴微瘪，斜眼白了皇甫一下。

"就喜欢听你哆哆地撒娇……"

皇甫继续说道，他的声音富有磁性，像此刻葡萄酒散发出的醇厚与温柔。

"你就会折腾人，等你这么久了，说，怎么补偿我啊……"

"一会儿你就知道了。"

皇甫的手指开始在颖儿裸露的颀长优美的小腿上来回滑动着。

"嗯……"

颖儿微微颤抖，扭动着身体欲躲还迎，饱满的酥胸也有节奏地跟着起伏。

两人体内的热情随着酒气在升腾。皇甫的手指顺着颖儿的小腿慢慢向上攀爬着，游戏着……颖儿凤眼轻闭，樱口微张。皇甫心跳加快，潮热渐起。两人嘴唇一点一点共同向前探着，终于像两片磁铁"啪"贴在了一起，亲吻由浅淡到浓烈只用了短暂的几秒钟。

身体继续在燃烧，两人疯狂地吻着，相互胡乱地扯脱对方的睡袍，紧紧抱在一起倒在了锦绣大床上。室内灯光知趣地调节到两人习惯的做爱模式。宽敞奢华的卧室溢满了情爱散发出的香甜、迷媚的荷尔蒙气息。屋内无处不在的人工智能正悄悄地收集着他们的欢爱数据。

第二天，皇甫从两人智能监测数据中看到，他们的性爱波形图配合得很完美。颖儿有几个小波峰，并且在最高潮时几乎与他保持同步。

颖儿是他半年前结识的女子，二十出头，模样讨人喜欢，蜂腰翘臀，玉手纤纤，一双凤眼柔波似水，顾盼生辉。颖儿那日临时应聘来陪他出去应酬几个日本客户。女孩子聪明乖巧，会察言观色，酒量也不错，为他挡了很多酒，又哄得客户满意而归。席后，借着几分酒气，皇甫试探着问了颖儿：

"要不要来公司做我助理……"

"我什么都不会，能给您这样的大老板当助理吗？"

"其实也没有什么事，就是陪我出去应酬应酬。不过我的应酬也不太多，所以工作比较轻松哦……"

颖儿是个康芒人，正处于吃了上顿找下顿的打临工阶段。遇到这么大的靠山，的确难以推辞。加上皇甫人还长得那么精神，略微思忖一下就答应了。

皇甫在公司给颖儿安排了办公座位。颖儿刚开始还正儿八经按点来上班，可是坐在办公室又没有什么事，百无聊赖地混着时间，过了一段时间就不怎么来公司了，有事只等公司通知她。皇甫一星期也就带她出去应酬一两次。

不过在公司的这段时间，颖儿倒是从同事那儿了解了皇甫的大致情况。

皇甫是维登人，就是这个时代的超智人类。

在人工智能超级进化的同时，人类也以前所未有的方式快速进化着。芸芸众生里，一小部分精英已经进化成超级人类了。他们的基因经过几代良好的筛选、遗传和成长过程中持续的干扰优化，已经变得比普通人群更强大，更优秀。他们享受着绝大多数人遥不可及的精英教育，体验着绝大多数人遥不可及的人生，智能机器时代创造的丰厚财富绝大多数源源不断地进入了他们的账户。

人类社会实际已分化成两个阶层：超级人类——维登人，普通人类——康芒人。这个命名来源于两个英文单词，Wisdom 和 Common。

评判归属哪一类人的标准只有一个，看人的基因构成。成为维登人有两条途径：一是遗传。维登人通过遗传，把基因传给下一代，下一代自然也是维登人。如果维登人与康芒人结合生育的下一代，需要经过基因检测和比对，90% 以上与维登人基因相同，才能被鉴定为维登人；二是进行后期基因干扰治疗。如果出生时不带维登人遗传基因，可以在人类生长过程中进行持续的基因干扰治疗，逐步把原来的基因改变为维登人的基因。这个过程相当漫长，可能要伴随人的一生。当然基因干扰所需的费用相当昂贵，只有极少数超级富豪家庭才能承担。如果获得各行各业年度突出贡献奖的杰出精英，比如诺贝尔奖获奖人、政经文化精英人士，可以由政府承担他们的基因干扰费用。

维登人享有很多特权。比如他们的生育不受任何限制，而康芒人必须参加社会摇号，中签者才能获得生育权。这个时代，由于生物工程技术的发展，人类的平均寿命越来越长，需要对普通人类的繁衍加以必要的限制。

皇甫连一是含着金钥匙出生在维登人家庭的。他传承了家庭的优秀基因。在专为维登人服务的医院出生后，回到那个两层楼前面带花园的家时，父母就为他请了一个康芒人保姆，订制了一个机器人玩伴。

他喝的牛奶是天然牧场自然生长的荷斯坦奶牛产的。他吃的食物全是天然种植的绿色食品。连绒布玩具的布料都是由天然色素染制的，没有任何有害的化学物质。

两岁前，他最喜欢干的就是每天从自家二楼下来，来到园子里的草地上，与机器人玩伴玩捉迷藏。康芒人保姆在远处望着，时刻盯着保护他的安全。机器人双手捂眼，等小皇甫跟跟跄跄躲在树后，开始四处寻找。机器玩伴慢慢走过去，快到树跟前时，小皇甫"咯咯，咯咯"自己笑着跑出来了，这是他愉快的童年。

皇甫上的幼儿园是专为维登人办的。小班制教育严格控制人数，注重家庭与学校的全面互动，为小孩的成长创造最有爱和创造力的环境。

皇甫上的小学也是为维登人专门开办的。课程根据维登人智力超群的特点进行编排。总体上的原则是：让维登人左右大脑均衡发展。既要培养维登人严密的逻辑思维能力，敏锐的分析判断、归纳整理能力，又要培养维登人的超高情商、丰富的情感，以及感性思维能力，从而让维登人保持旺盛的创造力和想象力。数学是必不可少的，其他理工类课程也安排很多。同时，文学、艺术、音乐、美术、体育、舞蹈等类课程也要占到一半以上。

学校的教育是因人施教，完全采用人工智能教学。同学们身处一个教室，戴上头盔各自进入不同的教学场景，跟着虚拟世界自己的专属老师进行学习和互动。下课后，小皇甫与同学们聚在一起打闹嬉玩，享受与真人交流沟通的乐趣。为保障学生能更好地与真人进行情感交流，每个班还配备了男女各一名真人老师，引导孩子们在学校快乐地学习生活。

皇甫和同学们有很多的课外活动，春游秋游、野外露营、登山滑雪、潜水探险，在全球的名山大川中寻觅，在全世界知名的博物馆、科技馆、美术馆中畅游。

学校生活愉快又轻松。维登人高于常人的智力在学习数理知识方面丝毫不费力。

转眼到了情窦初开的年龄。眉清目秀的皇甫脸上偶尔也浮现出淡淡的忧伤，尤其是在读了歌德的《少年维特之烦恼》后，"哪个少年不多情，哪个少女不怀春"老是萦绕在脑海里。他并不只是空无所指地伤春悲秋，他的忧虑是有明确指向的，班上那个一头秀发，长着一双清澈见底大眼睛的女孩就是他多情的对象。可是人家女孩明显对他没有特别在意，与他交往的方式和与其他男同学交往的方式没有明显不同。女孩发育比男孩早，女孩看同班男同学的眼光都好像是在看流鼻涕的小屁孩，嫌弃鄙夷的表情多一些，而崇拜倾慕的眼神是留给高年级的帅哥学长的。

皇甫天天见着女孩，当面不敢有任何明示或暗示。女孩又老在眼前晃来晃去，晃得他的心隐隐作痛。他仿效文学作品描述的前人做法，试着给女孩写了张纸条，上体育课时偷偷塞在女孩挂在旁边的衣服里。可是纸条像石沉大海。接下来几天里，没有见女孩有任何异常表情。其实第二天女孩就看到了，她莞尔一笑，把纸条揉成一团丢进了垃圾筒。她不想太伤皇甫的心，所以故意装作什么都没有发生过。皇甫就这样在青春的忧虑中度过了他的高中生涯。

由于学习的竞争压力很小，也不用参加类似高考这样的测试，维登人基本都能进入最顶尖的大学深造。皇甫选择了进入 S 大学学习基因工程。S 大学曾培养了创建著名企业的几位创始人，因而声名鹊起。在大批富豪的慷慨捐资助学下，S 大学在他入学时已经发展成为全球最顶尖的高校之一。皇甫在 S 大学顺利完成了本科学业。为丰富阅历，他又选择去了美国攻读硕士和博士。博士一毕业，皇甫效仿前辈校友们开始了创业。他创办了一家基因测序的小公司——涟漪公司。

公司发展迅猛且顺利，只是在创业初期的 A 轮融资阶段遭遇到一点小小的挫折。皇甫在与全球几大风险投资公司见面时，被问到由于基因测序的高成本，是否会把这个服务限制在小众人群，这样一来，公司面临的市场空间就很有限。皇甫详细给他们解释和演示了公司具有的知识产权的芯片技术。采用这项技术的基因测序仪能使最低需求的检测服务成本降到三位数，是绝大多数康芒人都能享受得起的服务，并且检测出结果所需的时间也大大缩短了。最终皇甫如愿拿到了他的 A 轮融资。随着基因测序已经进入普通寻常人家，高涨的市场需求为皇甫积累了大量财富。公司顺势扩张进入了健康、保险、教育、娱乐、金融众多领域，公司也更名为"涟漪集团"。

涟漪集团在人工智能的开发和投入上下了大注，人工智能的爆发式发展也让涟漪集团尝尽甜头。集团在人工智能的管理下有序运转着。皇甫平常基本不用操心，他的主要工作就是为公司大型活动站台，与政商各界朋友聚会沟通感情，以及思考公司的长远战略。

他每半年会去一次集团下属医院，进行全身健康体查。每年进行一次基因工程的干扰治疗，完成全身细胞的活化更新。积极的保养使得四十出头的他看上去永远拥有着二十五岁青年的阳光与活力。

皇甫的人生看上去一片光明。他时常感觉自己就像一个虔诚的基督徒走完一生后，在神父的引导下迎着天堂撒下的光徐徐上升。没错，他此生唯一尚未满足的需求就是获得永生了。

他给国家人脑智慧研究中心的"人脑意识上传智能网络项目"投入巨资，就是为了实现他心中这个唯一的梦想。

皇甫已经成家多年。四年前，妻子李菲婷通过智能手环的监测数据发现，与皇甫在行夫妻之礼方面，已出现不合拍的情况，而且还在往不乐观的方向发展。每次醒来后，都能感觉到皇甫那略带虚伪的微笑。其实皇甫也感觉到了他们之间的问题，双方共同达到灵肉高潮越来越难了。李菲婷主动提出了回避，借口带小孩去美国上学，给皇甫的枕边腾地挪窝。

对于他这样的成功人士，社会实际上是希望他们能多留下一些良好基因种子的，这有利于应对未来人工智能对人类发起的全面挑战。可是现行的法律仍只认可一夫一妻的关系，皇甫也不想出现私生后代进行破坏家庭和谐。李菲婷带孩子去美国生活后，皇甫身边虽然不缺少枕边人，但他们之间始终只维持在情人关系上。

妻子李菲婷与两个小孩都住美国加州海边。感谢新型核动力时空穿梭机的高速，使皇甫与妻儿之间的距离只在五个小时行程以内。一般情况下，他每月会飞去与他们聚一两天。在事业打拼得红红火火的同时，也很好地兼顾了亲情。

两个月前，当他又一次回到李菲婷在美国的海边大房子时，明显感觉到李菲婷有话要对他说。加州炽热的阳光穿透房间，照在客厅沙发上，李菲婷和皇甫并排坐着，皇甫伸手过去准备将菲婷的肩揽过来，靠近自己一些，菲婷做了一个轻微的抗拒动作，本能反应似的往后退了一下，皇甫有点诧异，

"菲婷，怎么啦？是不是有什么不舒服？"皇甫关切地问了一句。

"没什么，皇甫。"

皇甫关切地看着菲婷："你是不是有什么话要跟我说啊？这次来感觉你有点怪怪的。"

"皇甫，你的感觉很灵敏，我的确遇到点事，这段时间一直很苦恼。"

"有什么事你给我说说，我们毕竟是夫妻啊……"

"皇甫，你觉得我们的生活还像正常的夫妻吗？每个月你走过场似的来一趟美国，与孩子们见个面，给我一个名义上的夫妻团圆。"

李菲婷突然抬起头来，满眼迷茫地看着他。

皇甫意识到他们之间名存实亡的夫妻关系恐怕到了要摊牌的地

步了。

"菲婷，都是我的错，我让你和孩子们受委屈了。"。

皇甫想过去安慰一下妻子，菲婷还是在躲。

"皇甫，我这段时间想了很多，我不想再过这样的日子了。"

"菲婷，对不起，对不起。我们重新来过，我们曾经是多么幸福的一家啊，我没有打算分开啊。"皇甫感觉到事态的严重性，他是真的没有想过要与菲婷和孩子们分开的。

"皇甫，我们的缘分已经尽了，分开也许对我们都好。真的，我想得很明白了。"李菲婷眼中闪着坚定的光。

"菲婷，你再重新想想，你可能是一时糊涂。"皇甫还想极力挽留，语调里透露出哀求。

"皇甫，我们不能再骗自己了，真的。我们好聚好散吧！以后我们还是可以以朋友身份相处啊，孩子还是你的孩子，你也可以常来探望他们啊。"

菲婷一旦做了决定，基本上是没有办法改变的。皇甫的心在滴血，晚上还强颜欢笑与孩子们及孩子们的母亲共进了告别晚餐。

回国一个月后，他才逐渐从打击中复苏过来。

皇甫与颖儿认识时，他还没有与李菲婷离婚。颖儿在公司给他当助理两个月后是繁花似锦的五月份。皇甫带颖儿乘他的私人飞机去了一趟大溪地。说是去见一个大客户，其实与客户见面吃饭也就半天光景。接下来的两天，皇甫带着颖儿在沙滩参加烛光晚宴，享用法国大餐；乘帆船环游周边岛屿，看传说中的面包树；还潜水去海底喂食鲨鱼，和鲨鱼来了一次亲密接触。

晚上在帕比提五星饭店颇具特色的草屋外，在南太平洋上空的满天星辰见证下，皇甫拉起了颖儿的小手，眼波里的柔情蜜意自然流露出来。

"不如你就跟了我吧？"

颖儿当然明白他的意思。从一开始接受他的邀请当助理，她就预感有这一刻，所以实际上她早已有了心理准备。颖儿虽然没有说话，但慢慢将身体靠在皇甫的肩上。那一个星夜里他们完全融在了一起，就像南太平洋的海水与星空在天际边交织在一起。回国后她很自然地成为皇甫养在郊外别墅的新"金丝雀"了。

颖儿知道她不是皇甫的第一个情人，恐怕也不会是最后一个。

在李菲婷去了美国后的大多数时候，皇甫身边都陪着一个情人，年轻漂亮是她们的共同点。但每一次情人关系基本上只能维持半年到一年，这和人体自生的爱情激素苯基乙胺（PEA）的浓度周期变化相符合。人工智能监测着他们交往时的愉悦数据，当PEA浓度转淡，他们的情爱也快消耗殆尽了。虽然皇甫的公司已经能通过药物或外部物理刺激让人的PEA再次转浓，但皇甫还是倾向于用自然的方式来处理，该去也不必挽留，毕竟康芒人中有大把这样的女孩子等着与维登阶层的精英们有缘相逢。而情人们在离去时都能得到衣食无忧的体面生活或者相对稳定而薪水丰厚的职业，她们也乐得如此。

第七章
苟富贵，莫相忘

深蓝公司的人力资源部门与其说是个部门，不如说是台电脑。整个部门没有一个在职人员。员工的招录、培训、考核、定级、晋升等全部由人工智能根据公司的预算、人力资源市场的供需情况，以及公司未来的规划反复计算，动态更新，以保持人力资源性价比的竞争力。

部门的主管领导叫曹东明，担职公司副总裁。除了人力部门，他还兼管办公后勤等，他是公司老板曹精明的亲弟弟。曹氏兄弟也是维登阶层的成功人士。公司虽然是哥哥创建和发展起来的，但基因与血缘关系也注定了哥哥要提携帮衬弟弟一把的。

高洋知道电脑做的决策是刚性的，电脑不讲人性与沟通，没法靠说服工作改变已经做出的决定。马克的事，只能去找曹东明碰碰运气。

高洋一进曹东明办公室，曹总率先说道："高洋，你来得正好，正有事想跟你商量一下呢……"

"你知道，公司最近日子比较难过，涟漪集团昨天又推出了新产品。哦，听说你也去发布会现场了。他们太狠了，一下把咱们的股价打下来好几个点。"

"他们的产品虽然是有亮点，但我们也不是完全没有希望……"高洋回道。

"你是公司的技术大拿之一，你觉得我们的希望在哪儿？"

"量子技术是大家公认的方向。他们虽然领先了一步，但领先优势并不太大，我们公司不是也在投巨资开发新技术的人工智能系统吗？"

"是啊，正因为此，公司才决定今年必须要加大量子技术人才团队的预算。你知道，公司经费捉襟见肘的，没有办法在未来要被取代的技术方面再加大投入啊。"曹东明大概明白高洋来的意图了，想通过委婉的方式拒绝高洋。

高洋明白了，曹总是先下手为强，自己已经掉进了他挖好的坑。可高洋心想，既然来都来了，还是要争取一下。

"曹总，我明白您的意思了。这拨实习生的事我也听说了。我想请您和公司再考虑考虑，这拨学生素质和能力都是这么多年我带过的最好的。"

曹东明未置可否，看着高洋，等他继续说。

"马克是我手把手教的，这孩子悟性高，动手能力又特别强，关键是情商还不差，是个未来团队负责人的料啊。"高洋试图说服曹东明。

"我也注意到了他，的确很有潜质。哎，谁让世道变化这么迅猛呀，只怪他们当初选错了专业啊。"

"曹总，我们都是做算法开发的，与量子技术做算法开发有一定的共通性，他们也可以很快往那个方向转的。"

"高洋啊，人才市场供过于求不是一天两天了。就是高端开发人才，也有大把。何况我们招的量子团队实习生同样已经干了半年了，你知道这个日新月异的时代，半年意味着什么差距吧？"

"曹总，马克的智商很高，想加入公司的愿望又强烈，只要给他一个机会，我相信他会很快赶上那批量子团队的成员。真的，你相信我吧。"

曹东明还是面露难色，高洋又说道：

"曹总，你看要不这样行不行？我主动把我的薪水降一降，请公司把马克招进来吧。"

"那怎么能行，这样公司没法做到对他们这一批实习生公平对待啊。"

眼见这么优秀的同学可能马上要跌入沉溺游戏、碌碌无为的社会大军，高洋心下着急。他知道已很难再挽回，但离开曹总办公室之前还是以祈求的眼神向曹总说道："曹总，求您再考虑考虑吧！"

高洋悻悻地回到自己办公室，心想怎么给马克回话啊。他历来是个负责任的指导老师。每届实习生在他这儿干，只要是他看上了的，本人也愿意留在公司的，他都能帮助其顺利进公司。这是第一次有心无力。

他开始从脑子里、通信录中搜索熟悉的公司和朋友，看看能不能找到一个合适的地方，把马克推荐过去。他甚至想到了要以什么样的措辞给马克写一封漂亮的推荐信，一定要让对方觉得马克是个不可或缺的人才。

李一明，这个名字首先从高洋脑海中跳了出来。

李一明是高洋的大学同窗，长得人高马大，行事风格比较粗犷。他为人仗义，高洋为人疏财，两人挺投缘的，入学不久就混成可穿同一条裤子的兄弟了。李一明在学校时常找女孩谈恋爱，经常是月底还不到就没有钱用了。只要他一找高洋说"苟富贵，莫相忘"，高洋就知道他又没钱用了："你谈恋爱，我出钱，一明，你可真是好哥儿们啊！"高洋恨得牙痒痒，但还是要接济他，高洋为一明谈恋爱可是没有少花钱。

不过李一明对高洋也时常表现出哥们儿义气。高洋记得有一次去电玩城打游戏，与一帮小混混打起来了。李一明为了救高洋，被那群混混用木棍把腿都打折了一只，在屋里躺了三个月才能下床。

还有一次，高洋跟一名同学打赌，说谁要是输了谁沿着四环裸跑五公里。结果高洋输了。在同学们的哄笑中，高洋裹着睡袍上了马路。真要让他裸跑，高洋又有点退却了。就在这时，李一明也裹着一件睡袍跑过来了："高洋，哥们儿陪你，咱豁出去了！"边说边脱掉睡袍跑起来了。高洋受他的鼓动，也把衣服脱了，两人用手护着下体，在众目睽睽下狂奔起来。不过，他俩当晚就在派出所的办公室蹲了一夜。

那些年两人在一起没少干这类丑事荒唐事，算得上是共患难了。毕业后，随着李一明成家，高洋与他慢慢少了往来。但男人之间，尤其是同学之间，虽然久不联系，一旦想起来，几句话还是能把友情拉回原来的高度。

想到这里，高洋毫不迟疑地拨通了老同学李一明的电话。李一明在大地保险公司做开发主管。

"Hi，老李，好久不见，最近好吗？"

"洋啊，是你啊！"李一明有点东北口音。

"洋啊，干啥这么拼命啊，上个月哥儿几个聚会，你可又没有来啊。你说你毕业后，与哥儿几个是一年比一年生远了啊。"没等高洋说几句，李一明就在电话里抱怨了一通。

"对不起啊，实在是有点不凑日子，你们那天非得选在我们老板开会的时间。下次，下次一定补上。"

"洋啊，今天找我啥事？你肯定有啥事，要不你肯定不会主动联系我的，咱俩多长时间都没有见了。"

"一明啊，我遇到点难事……我今年带的实习生，有个孩子挺优秀的。可是今年公司一个都不想招，我答应了帮帮他，现在没法进公司了。"高洋有点激动，话说得语无伦次的，"想问问你那儿能否给安排一下？"

"洋啊，这事啊……"停顿了一会儿，李一明又开始讲，"洋啊，咱俩的交情，我肯定是没的说。只是今年我这边公司也是不怎么招人。我这儿也遇到相同的问题，一堆实习生要帮他们找出路啊。"

"你那儿也这样啊？你说今年都怎么回事啊？"

"都是人工智能这玩意儿给闹的呗。你说咱毕业那会儿，学咱这专业的多吃香啊，闭着眼睛找工作，根本就不用愁。现在真是好日子一去不复返喽！"

高洋知道一明那儿也没戏了。他又继续找，找了半天，猛然发现自己认识的朋友、熟人很多都处在岌岌可危的状态。别说推荐一个新人过去，恐怕他们自己都朝不保夕的。就在这个时候，苏昕的联络方式跳入眼内。

咦，国家人脑智慧研究中心，他们好像也需要大量算法工程师。而且他们最近又拿到了皇甫连一新一笔巨额开发资金，应该有大规模招聘计划。对，找苏昕帮帮忙。于是，他像快要溺亡之人抓到了一根漂浮的木棍，重新燃起一丝希望。

他想着以什么理由约苏昕见面好呢，打听打听她们中心今年有没有招人计划，最好能让苏昕做个内线帮帮忙。最后发现理由也不太好找，于是就想了一招——主动出击：中午快下班时，先到国家人脑智慧研究中心楼下候着。然后直接联系苏昕，就说自己办事刚巧路过她们楼下，一看是中午饭点，能否一起便饭一下。嗯，这个安排看来好像比较自然。

金秋十月，天高云淡，正是京城最美好的季节。高洋在楼下等出租车时，看着道路两边高大的银杏树在阳光下泛着金色光芒，不禁感慨了一下，北京的秋天真美。

国家人脑智慧研究中心紧靠着政府大楼。高洋的车需先路过政府大楼门口，今天却被堵在这门口过不去了，他只好下车步行向前。

靠近政府大楼，只见各色彩旗招展，人群手举的电子显示屏闪烁着，人声喇叭声沸腾。左边一群是二十上下的青少年，个个打扮得跟太空战士一般，穿着各种造型的金属铠甲，时尚又炫酷。人群中间停着一辆红色跑车，尽管是优美的流线造型，细看也能瞧出那些陈旧感，二十一世纪初的功能已严重过时。这群太空战士约上百人，有的玩着花式滑板或摩托车，上下翻飞；有的操控着无人机"嗖嗖"地在路人间惊险穿梭；更多的在合着拍手的节奏高呼口号："我——们——要——开——车——""我——们——要——开——车——自——由——"

高洋这才看清楚他们举的屏幕上也写着"我们要开车""我们要开车自由"的字样。

而大门另一边簇拥的上百人，明显有些上了年纪。男男女女衣着朴实，长相属本分踏实型的。尽管外形没有对面年轻人那么吸引眼球，但喊口号的气势、整齐度和洪亮度却丝毫不逊于那边的年轻人。领头的是一个中年妇女，手拿一个大喇叭，尖声喊着："我——们——要——吃——饭——""我——们——要——开——车——"，其他同伙手举着各式显示屏，跟上领头人的节奏重复一遍同样的口号："我——们——要——吃——饭——""我——们——要——开——车——"。

年轻群体高呼的时候，中年群体就原地待命，保存体力。等到年轻人那边有点跟不上劲了，中年群体又精神抖擞地上阵。喊着喊着，却见有少数情绪过于激昂者，冲出人群，企图往政府大楼内冲。无奈机械警察筑起了坚固的防线，抗议者的挑衅行为无疑是以卵击石。

两拨示威人群在周围机械警察的保护下，正在政府大楼门口表达要开车的诉求。诉求虽然一致，但理由却完全不同，出租司机、货车司机、快递老哥们明显是为吃饭养家；时尚青年为了享受开车带来的快乐满足感。

一辆电动滑板车从高洋后面绕到他面前。车上立着一个十八九岁的少年，身穿银色红色相间的金属太空衣，头戴一个夸张的斯巴达克战士式银色头盔，手上拿一套同样的装束。

"嘿，哥们儿，你是那边还是这边的？"少年向中年人那边嘟嘟嘴，对高洋说道。

在高洋不知如何回答之际，少年把手上的服装以及一块像布一样柔软的显示屏递给他："要是这边的，把这个换上。"

"不，不，我是过路的。"高洋向后退着推辞。少年"嗖"一转身飞快滑走了。

自人工智能开始接管驾驶以来，人类与人工智能在争夺驾驶权领域进行了长期的合作与对抗。最初的无人汽车还保留了人工操作功能，实行人和智能机器两套驾驶模式并行。很快，人工智能开始抱怨。无人驾驶车完全是由后台人工智能平台自动控制的，每一台车都与后台人工智能平台无缝连接。为保障绝对安全，还设置了一套备用系统。后台的人工智能平台还以万物互联方式与所有道路、路边设施、建筑，甚至每栋建筑的每一间房屋都互相连接着，高速运算着每一辆车的精确位置，道路瞬时通行状况，以及下一秒的演变状况。这就相当于每一辆车"脑"里都装有一个数字交通动态图。所以，完全由人工智能驾驭可充分利用通行资源，且能高速运转。而人类与智能驾驶混合运行，常常因人脑反应不及电脑，导致道路事故频发，道路通行效率下降。

　　接着相关部门立法取消了人类与智能驾驶并行的模式。这一政策导致大量司机失业，社会就业压力空前巨大。于是立法部门在人类的持续抗议下，修改了相关政策，又开始实施人类与智能机器共享驾驶权的政策，但人工智能有强制关闭人类驾驶的操作权。这一政策实施的后果同样导致了人类在驾驶领域节节败退。人类的驾驶权基本只落实在法律条文中，只存在理论上的操作性。于是人类争取驾驶权的抗议活动一直没有中断。更让人类抱怨的是，随着技术的发展，人类丧失驾驶权的领域不断扩大，由陆地延伸到海空所有领域。人类要想驾驶，只能在游戏的虚拟世界中，或者在实体游乐场极小空间的赛道上去体验。对于喜欢玩赛车的年轻人来说，游乐场的体验就像婴儿开车，完全没有驾驶的快感和乐趣。而对于众多依靠驾驶技术谋生的普通司机来说，失业带来了更大的痛苦。

　　高洋能体会到人类失去驾驶权的感受，要么失去了一个快乐来源，要么失去了挣钱养家的机会。总的来说，人类失去得更多一些。所以从心理上他是认同这些抗议者的。

　　他快步穿过抗议人群，转到国家人脑智慧研究中心后门那条街。这条街道不是正马路，道不宽，一溜的餐馆。有川菜、东北菜、兰州拉面、潮汕风味……个个都装修得干净整洁，不似早些年油腻腻的样子。这年头温饱早就已经不是人们考虑的事了，开餐馆必须要提高服务水准，装修环境也是其中一环。高洋第一次约苏昕吃饭，不知道人家口味。他想起听人说过，不知道口味就找川菜馆，于是就选了头里数过来的第三家。他进门后，选了一个让人好找的座位坐定，开始联系苏昕。

　　苏昕正要下楼去吃饭，有人请客，她欣然接受了邀请。况且她觉得那天与高洋聊得挺好，也希望有机会能再跟他聚聚。

　　苏昕进了餐馆就看见高洋在向她招手。她走过去，高洋微笑着起身，和她握了一下手，两人面对面坐下。

"高洋，谢谢啊，把我从我们餐厅难吃的食物中解救出来。"

"不好意思，临时约你，今天刚巧路过你们中心，正好也是饭点，就想着你能否赏光共进午餐。没有想到，挺幸运的，我还要谢谢你呢。"高洋解释着。

两菜一汤上桌，话题先围绕着刚才路上看到的抗议活动展开了。高洋东拉西扯一番，然后向苏昕说出了此行的真正目的。

苏昕听到高洋为了让自己公司接收马克，甚至不惜主动提出降薪，大为感动。没想到高洋那理工男傲气的外表下，还有一颗热心助人的心。

苏昕知道自己在中心人微言轻，帮上忙的可能性不大，但受高洋这颗热心肠的感染，她也大胆接受了高洋的委托，决定尽力帮帮忙。

下午上班后苏昕就打听到了中心今年的招聘计划，算法工程师职位拟招聘三十名应届毕业生，好消息是这次招录向社会敞开，不限于已在研究中心实习的同学，坏消息是维登人有优先录取权。

高洋及时得到了苏昕发来的信息，立即就用外部个人通信工具联系了马克。从今天早上起，实习生们在公司的 ID 就已经全部停用了。他们进不了公司，也不能再使用公司的办公信息工具了。

第八章

希望落空

马克知道高洋向公司争取他入职失败的消息后，情绪有些低落。对于高洋了解到的国家人脑智慧研究中心那边的招聘情况，马克明显表现得不太积极。他认为自己的劣势比较明显，没有在那个研究中心实习过，也不是维登人。不过他也没有拒绝高洋的提议，同意参加研究中心的社会招聘。

在马克工作这件事上，高洋表现得比马克积极多了。从马克向研究中心提交简历开始，他就保持了与苏昕的密切沟通，试图了解招聘的每一个环节，每一个细节。苏昕在中心的能力有限，能够了解到的情况不多，但又不忍心拒绝高洋的这颗热心，只得不停地安慰高洋，让他放心。

马克还是挺争气的，顺利通过了笔试，也过了用人部门的第一次面试。研究中心还找高洋做了一个背景调查。高洋极力赞扬了马克一通，说得自己都有点心虚了，好在对方并没有注意到。

曙光仿佛就在眼前。马克的心气也提起来了，开始主动与高洋就招聘的事互动起来。他天天向高洋请教面试需要注意的地方，力争打赢最后一次面试的仗。

最后的面试由研究中心主管人力资源事务的副主任与人力资源部一起进行。据苏昕打听的消息，剩下的同学基本上都能留下来。就在高洋心中的这块石头即将落地的时候，马克在去面试的路上出了点意外。

早上九点，一辆红色无人驾驶出租车在四环上向着研究中心飞驰着。车内马克正闭目养神，他把高洋昨晚嘱咐的面试要点在脑子里又过了一遍。突然，从身后传来"呜呜"的警车报警声，一个警察头像出现在显示屏中，连续说了三遍"请靠边停车，接受例行检查"。

由于社会治安，打击犯罪的需要，交通警察有权力逼停任何无人驾驶车辆。马克的车慢慢靠边停在紧急通道上。

后面的警车也跟上来停在出租车后一米的位置。警车刚一停稳，车上就下来一个机器人警察。一米八的个头，椭圆脑袋亮光光的，全身由机械零件拼凑组成，看上去处处都是硬邦邦的。最让人不寒而栗的是他那对眼睛，像望远镜的两个筒，射出威严的目光。也许机器人警察设计成这样就是为了震慑犯罪分子，但对普通大众来说，警察形象设计成这样太缺乏人性关怀。

机器警察一只手扶着腰间的武装，迈着四方步走过来，边走边说："请高举双手，配合检查。"

马克照警察的要求做了，但嘴上却有些不服气。

"我又没有犯什么事，凭什么检查？"

"公民，你涉嫌在国内非法滞留，请配合检查。"

机器警察望远镜筒一样的双眼从上到下对马克进行了全身扫描，最后目光集中在马克的双眼。马克是美籍华人身份，他这才想起自己从深蓝公司出来后，原公司给办的工作居留证已立即作废，需要重新申请居留证。重新办理的限期是一个月，因为最近忙着应聘的事，忘了办理新的申请手续，但实际上离到期日还有三天。

可是他并不知道，公民安全系统有权在三天内到期的人群中随机抽取一些进行例行检查。

"数据读取中，数据读取中……"机器警察公鸭嗓音一直重复着这句话。

马克着急面试的事，公鸭嗓音更搞得他心烦："能否快一点，我赶时间参加面试。"

机器人毫无表情，仍在重复那句"数据读取中……"好像程序进入了死循环。

马克焦躁的情绪开始积聚，但也没有办法。过了大约二十分钟后，警察终于开口说了第二句话："数据正常，你可以走了。"

马克真想一脚踹过去，又怕警察以企图袭警再次找他麻烦，忍住了火气，赶紧重新上车往目的地飞奔。

到达研究中心的面试现场时，他还是迟到了十分钟。门禁系统无论如何都不让他进去，马克焦急地向前台机器人解释。说了半天，都只得到同样一个回答："先生，你不能进去。"

马克的愤懑终于压不住了。他在前台大喊大叫，还对门禁又踢又打。中心前台的报警铃声四起，把研究中心负责今天面试的副主任都惊动了。

马克向副主任百般哀求，申辩，诉说缘由，希望得到原谅。这个副主任本身就对马克迟到大为光火，又加上前台被马克粗鲁折腾了这么一番，更是像火上浇油："一个连守时都做不到的人绝不是我们中心想要的人。"

副主任坚定又无情地抛下这句话，扬长而去。这下老天也不站在马克一边了，他与这份工作就这样擦肩而过了。

高洋知道结果和原因后，替马克遗憾无比，就像是他失掉了这份工作。高洋一个劲埋怨马克怎么不早点续办国内居留证，又批评他行事鲁莽。冷静下来后再一想，这也不能全怪马克，毕竟他的居留证还有三天有效期啊。

"高洋，你也看开吧，你已经尽力了，可能冥冥之中这就是马克的命吧。"苏昕在视频中安慰着高洋。

这看似意外的插曲，其实背后大有文章。事情还得从两天前说起。

作为研究中心巨额开发费的主要赞助和投资人之一，皇甫连一与研究中心的高层有很好的私交和工作联系，这点世人皆知，所以常有皇甫的维登人朋友拜托他给研究中心说个话，安排子女去那儿上班。

这天国家主管人工智能税分配的某领导托皇甫帮助安排自己的小孩去研究中心上班。皇甫不敢怠慢，为万无一失，他亲自去了一趟研究中心找负责人力资源的副主任。

"哟，皇老板，好久不见了，什么风把你给吹来了？"副主任与皇甫显然很熟，他不太习惯称呼复姓。

"好久不来给你这大主任汇报工作了，主任话里有话，这是挑礼了吧？"皇甫是八面玲珑高手，擅长与形形色色的高层打交道。

"听说你们最近推出的新产品大获成功啊。"

"还不是托大家关照的福，目前数据反映的确大大超出当初设想啊。"

"皇老板又大发了一笔啊，恭喜恭喜。"

"大主任取笑老弟啊，哪天有空再去我那儿给指导指导。"

"班门弄斧，岂敢岂敢啊。"

寒暄完毕后，皇甫说出了他来的意图。副主任简单看了看对方的简历，再细问了一下情况，略微考虑了一下说："皇老板委托的事，还有什么问题呢！这孩子专业不错，又是美国名校毕业，何况人家还是维登人阶层的呢，我看进中心应该问题不大，让他尽快跟着这批面试的同学走走程序吧。"

"那真是感激不尽啊，大主任。"

"哎，皇老板，我们这批招聘的算法工程师后天要做最后的面试。你是顶尖的技术专家，怎么样？帮把把关看看。"说着，副主任把拟参加最后面试的三十人的资料调出来让皇甫连一过目。

皇甫漫不经心随随便便地翻看着。当看到马克的资料后，他眼睛一亮，突然来了兴趣。他把资料又仔细看了两遍，心里嘀咕，这个马克在深蓝公司实习了半年，而且是高洋亲自带的。他太熟悉高洋了，认为此人是个人才，曾经动过心思挖他。

调查中高洋对马克一片溢美之词。虽说有些夸大，但反映出马克可能已经接触到深蓝公司系统的核心程序和算法了。皇甫对包括深蓝公司在内的最后几个金融投资领域的竞争对手盯了很久，但苦于没有途径和机会了解他们的核心程序和算法。眼下可是天赐良机啊！于是他在问了一下面试的时间安排后，胡乱点评了一下，就起身告辞了。

回到办公室，他让公司人力资源部马上收集了马克的所有资料。经过仔细分析，阻止马克顺利参加面试的突破口终于找了出来——马克的国内居留证。虽然还有三天有效期，但根据治安管理相关规定，警察可以随机抽取一些居留证未到期的外籍身份人士做例行检查。

有这个规定就好办了，安全部门使用的是皇甫公司的智能系统，向安全部门主管领导申请一下，完全可以进行人工干预，指定把马克列入例检名单。另外在警车上安装一个通讯干扰器，让机器警察在扫描马克身份时，耽搁一下时间，使马克不能准时参加面试就行了。

事情完全按皇甫的计划进行着，马克就这样被算计了。

可是马克的郁闷并没有持续太长时间。两天后的下午，在酒馆喝到微醺的他收到一条信息，是一家人工智能招聘网站发来的，说涟漪集团有一个职位，他们分析后与马克的需求很匹配，就向该公司推荐了马克，涟漪集团想约马克见面聊聊。

涟漪集团算是深蓝公司的死对头了。受高洋和公司同事平常言语的影响，马克自然对涟漪集团没有太多好感，但也说不上恨。去一个竞争对手公司原来可不在他的预计中，现在是走投无路了，好死不如赖活着，走一步看一步吧。

出乎他意料，涟漪集团对他的到来热情有加，应聘的事进展得很顺利。一个星期后，他就接到了入职通知书。职位是算法工程师，具体工作是专门研究涟漪集团在金融投资领域几个主要竞争对手的人工智能系统。与他一起入职的还有从其他几个竞争对手公司跳槽来的工程师。

马克不敢把这个好消息与高洋分享，他知道对涟漪集团高洋有很大的心结。高洋联系他时，他只说目前还在到处找着，没事就在家宅着玩玩电脑游戏。

马克工作的事给高洋带来的烦恼随时间慢慢淡去，这件事也产生了一个积极效果，苏昕与高洋的联系频繁起来了，两人现在成了朋友。苏昕欣赏高洋身上的仗义和热情，高洋也发现苏昕看似柔弱，其实相当独立和自信，关键是心地善良。

两人对各自工作领域进行了深入的沟通，希望能互相学习和促进。苏昕正在参与的项目是研究中心的重点项目——人脑意识上传智能网络的研究与开发。她目前主要负责招募人类来参加这个项目的实验。

一个周日的下午，两人又相约到奥体中心附近的莱斯咖啡馆见面。

咖啡馆位于一条僻静的小马路。因为是周末，所以馆内人很多。高洋他们见屋里已没有空位，索性找了个屋外的白色木桌椅的位子。绿色遮阳伞挡住了大部分的阳光，但伞边缘上有意开了一个孔，让光线从顶上斜射进来，在伞面下的阴影内形成一个椭圆形的亮点。

"这个位子比里面好，既能感受到阳光的温暖，又不太晒，还能欣赏周围的花草。"苏昕喝了一口咖啡，赞叹道。

"看得出你是一个会享受生活的女孩。"高洋对苏昕微笑道。

"享受生活有什么不好？人类所有的努力不都是为了有更好的生活吗？"苏昕一下把谈话的高度提了起来。

"你说得很对，我没有说不好的意思。"高洋急忙辩白。

"高洋，你说人的意识到底是不是物质的？"

"你都在从事人脑意识上传开发了，还在怀疑这一点？"

"我有时候真的很纠结，总感觉自己在云雾里转着。对自己干的事一会儿相信，一会儿不相信。不像我们秦主任，他始终坚信人脑意识是可以复制的。"

高洋心想，科学研究越来越表明，这个世界可能就是由算法组成的，无论无机世界或有机世界，人类也可能是由生物特定的程序和算法操纵的，人类意识也可以由算法来创建，虽然人类现在还不知道怎么创建，但大多数科学家和技术专家坚信这一天已不遥远了。

"我同意你们秦主任的观点，人类的意识可能是由物质和算法组成的。"高洋身体微微向前倾，把手上的咖啡杯放在桌上。

"那如果我们的项目成功了，人类以后会怎么样？"

高洋思索了一会儿，娓娓道来："你这是人类纠结了几百年的哲学三大终极问题——'我是谁？''我从哪儿来？''我要到哪儿去？'"

"据我所知，这三大问题已经快要有科学答案了。从科学的视角来看，'我是谁？'中的'我'，就是宇宙进化产生的由多种生物算法构成的聚合体；'我从哪儿来？'，'我'是从生物算法中来的，并且始终处在算法进化中，这就是'我要到哪儿去？'。生物自然进化的过程比较慢，对于康芒人的'我'而言，未来就是要往维登人方向进化去。"

苏昕陷入沉思："照你这么说，意识也是生物算法的话，那人类迟早会解开这个算法的秘密。到时候人类不就没有什么可以自傲于世的独有价值了吗？那自文艺复兴时代开启的统治了世界几百年的人文主义价值观不就要崩塌了？"

"这一天很快就可能到来了。"高洋显然是相信这个说法的。

他继续说道："而且人类一旦弄清楚三大哲学问题，人类的想法和追求就会简单化。康芒人追求人生快乐，维登人追求永生。"

苏昕心想，难怪皇甫要投入巨额资金开发意识上传项目，原来是为了追求永生。生物的躯壳是脆弱的，即使采取基因工程改造，也只是能有限度地延长生物躯壳的寿命，无法实现永生的梦想。而人脑意识上传到智能网络中去，就有可能实现永生。

时间流逝着，阳光在绿伞下投射的椭圆亮点也随着时间变着位置。

话题转到了苏昕的工作上。

"苏昕，我见你最近好像也挺烦恼的。"

"是啊，我的工作是寻找参加实验的人类，可现在一点眉目都没有。"

在参加实验的志愿者选择上，苏昕她们面临了不小的挑战。

人脑意识上传是专门为维登人开展的一个项目。维登人的大脑无论在脑神经元数量方面，还是在脑思维模式方面，都与康芒人存在巨大差距。如果招募康芒人作为志愿者参与实验，可能造成花费巨大而成果并不能推及到维登人应用层面的不利局面。

苏昕主要负责寻找合适的实验对象，找了很多人，都没有谈成。维登人是这个时代的宠儿，谁也不希望先来做这个"小白鼠"。

高洋见苏昕一脸沮丧，想安慰安慰她，就随意地以开玩笑的口吻说了一句："要不我来当这个小白鼠？"

一语惊醒梦中人，苏昕好像被敲了一下："对呀，我怎么没有想到呢?"

在与高洋交流的这段时间里,苏昕也觉察到高洋的大脑比绝大多数康芒人要强很多。她初步判断高洋的脑神经元数量虽然达不到维登人水平,但有可能远远大于一般的康芒人,也许接近维登人呢。说者无心,听者有意,于是苏昕向研究中心提出了她的这个大胆建议。

主管一开始直摇头:"不行,不行,他不是维登人,这不合适。"

苏昕说:"我们不妨先检测一下吧,看看高洋的大脑能到什么水平,这也花不了多少经费啊。"

架不住苏昕的坚持,研究中心同意让高洋来试试。苏昕把这个消息通知高洋时,高洋有点懵了。明明是一句玩笑,没想到她还当真了。苏昕使出了浑身解数,又是扮可怜,又是威逼利诱,终于打通了高洋这一关。

第九章

人脑研究

国家人脑智慧研究中心是全球顶级的人脑研究机构，紧靠着东五环，由左右两栋主楼和三座小配楼组成，银白色流线型建筑具有强烈的科技感。左右两栋主楼，从空中俯瞰，像是一个人的左右半脑。夜晚降临，布满大楼表面的装饰灯亮起，繁星点点，电流穿梭其间，就像一个人脑正在忙碌着。

中心有两千多名研究人员，院士级专家就有二百多人。中心主要从事人脑生物学、人脑信息学、人脑工程学、神经科学、人脑复制等理论和应用的研究。人脑意识上传项目归属人脑复制研究领域。

周二上午，研究中心右大楼二十层小型会议室，秦昊明照例与他带的五个研究生进行着业务讨论。

秦昊明是研究中心的副主任之一，也是国家两院院士，国际人脑复制领域的权威专家。他看上去四十多岁，理着板寸的黑发间早已生出几丝银发，平常总是一副不苟言笑的面孔，眼神透着执着与睿智，说话前总是先紧咬一下嘴唇。他是一个人脑可被复制的坚定信仰者，常常在各级国际学术会上，向一些持人脑不可知论的专家发起挑战。正因为他的执着和高超技能，研究中心将他从国外招聘回来，并把人脑意识上传这个重大项目交给他负责。皇甫也非常认可这个秦主任的学识和能力，与他成了好友。

"秦老师，人脑的信息到底是不是存储在神经元中的？"一个男生向秦昊明问道。

"可以说是，也可以说不是。"秦昊明咬了一下嘴唇，"每个神经元就相当于一个大型图书馆中的图书，它存储了许多不同的碎片化信息。这些信息平常是处于沉睡状态的。当神经元受到某种刺激时，它们会根据刺激的来源进行不同形式的组合，在神经元中传递生物电信号，这样就把沉睡状态的碎片信息唤醒了，拼接成一个有意义的记忆信息或意识。"

"那神经元怎么知道该进行什么样的组合呢？"另一位学生提问。

秦主任继续解答道："不同的记忆是由不同区域的神经元组合产生的。有些记忆只需要左脑区域的神经元，有些记忆只需要右脑区域的神经元，更多的记忆会同时涉及两个区域的神经元。至于调用哪些神经元应对外界的刺激，这个指挥官就是人脑深处中的海马体。"

"匈牙利神经学家乔治·布扎克在《大脑的节奏》一书中曾经写道：'如果将大脑皮层想象为一个巨型图书馆，那么海马体就是其中的图书管理员。'我举一个例子来说明一下，比如我们白天去海边沙滩上游玩，沙滩游玩的各种细节存储在众多的神经元中，就像胡乱堆放在书架上的一些书。一旦我们受到外界提示，需要回忆起这次游玩的细节，谁来把这些相关的书的全部索引找出来呢？当然是海马体，它会指示那些存储了白天游玩细节的神经元们进行连接传递，从而把这个游玩的记忆重现出来。"

"秦老师，我们的人脑意识上传项目是不是已经完全能在网络上复制人脑了？"秦主任的学生继续向他提问。

"我们这个项目分两步走：第一步，实现人脑上千亿的神经元独立信息上传智能网络；第二步，在彻底掌握人脑思维模式前提下，对网络中储存的单个神经元信息以人脑运行的方式进行连接与传递，最终完成人脑在网络的复制。不过遗憾的是，目前研究中心取得的成功还只是第一步的一部分，也就是初步完成人脑单个神经元信息提取和上传的仿真模拟实验，下一步需要进行真人实验，即使真人实验成功了，也还需要等待第二步的成功，也就是解开海马体的秘密，在网络中复制出人脑的海马体，这样才能将上传到网络的神经元进行有意义的重新组合，还原出有意义的记忆和意识。"

秦主任一口气讲了很多内容，他端起茶杯，大大地喝了一口。

高洋今天做大脑检测的地方在右主楼的五层，这是全中心共同使用的大脑检测室。

苏昕从大门外接上高洋，一路引领着他穿过楼前的绿地，进入右主楼。他们通过面部识别越过门禁，进电梯上到五层。然后沿着弯弯绕绕的回廊走了五分钟才来到检测室。要是没有人引导，高洋真的会绕晕。

研究中心的人脑检测仪是全球技术最先进、功能最强大的。关于这一点，高洋进入检测室的房间后就不用怀疑了。只见这台检测仪后排有着一层楼高的巨型计算机，检测台有两张大床那么大，上面堆满了各项仪器仪表。高洋被要求躺在大床上，头被戴上一个金属头盔，头盔后连接着一根直径八厘米的光缆，直接与巨型计算机相连。

检测过程持续了一个多小时，高洋躺在检测床上，只觉得脑部一小块一小块区域轮番地出现轻微的刺痛，从头顶部开始，一圈一圈电流像波一样扩散开来，让高洋有点眩晕，差点就呕吐了。高洋还听到了间歇的"滋滋"声，感觉脑内有东西在跳动着。苏昕站在检测老师背后，屏住呼吸，只见屏幕上从上到下流动着紫色的宽宽窄窄的线条，像一个数据瀑布在面前展开。

经过计算后的测试结果出乎意料的好。正常康芒人的脑神经元大约在1000亿个，维登人的脑神经元1500亿个起，而高洋的数据是1300多亿个，处于康芒人群中间偏上的水平。更使人吃惊的是，高洋大脑的思维模式接近于维登人，左右半脑发展比较均衡，思考时两个半脑的神经元同时快速运动，激活的脑细胞比较多，也就是说大脑的创造性思维很活跃。而康芒人一般都偏科，要么左脑比较强，比如从事需要计算推理、逻辑思维比较多的工作的人；要么右脑比较强，比如从事艺术创作、情感丰富的人。

苏昕趁热打铁，极力鼓动高洋作为首批志愿者参加人脑上传项目的实验。

"高洋，你的大脑检测结果出乎意料的好，你的脑神经元数量都快赶上维登人了。我们能找到你这样的大脑可不容易了。"

"那你们能帮我向政府申请，作为特例列入政府补贴进行基因干扰治疗的名单吗？这样我也可以做一回维登人啦。"高洋跟苏昕开起了玩笑。

"说你胖你就喘上了啊，还想得挺美。"

"高洋，你就来报名参加我们的志愿者真人实验吧，就当帮我的忙，好吗？"苏昕反复动员高洋。

"我自己的工作本身就挺忙的，可能没有多少时间分配给你们啊。"高洋说。

"没有关系，按照我们的正常进度，一周只需要来一次，每次大概三个小时就可以了。你可以自己安排来的时间。"苏昕说。

高洋心想自己要是参加这个项目，他老板可能会不高兴，又说道："公司也许不会同意我参与的。"

"我们中心是全球这个领域最厉害的研究机构，我们头儿在动用社会资源和社会协调能力方面也很厉害。你放心，只要你没意见，我们头儿找你老板协调去。"

在苏昕的极力怂恿下，高洋有点动摇了。他心里盘算起来，每周三个小时，加上来回路程，也就是五个小时，相当于每周休半天假，即使老板不同意，用自己的休假也基本能满足这个时间要求。正想着，研究中心的主任王庆东进来看检测的结果。苏昕把高洋担心他们公司不让他参与的顾虑给主任讲了。主任当即表态，他来说服高洋公司的老板，绝对没有问题。

这下高洋没有退路了。为了还苏昕的人情债，他把自己搭进去了，还要与研究中心签一份为期十年的志愿者协议。

签署协议仪式比较正式，毕竟是人类的一个可能跨越历史的大项目启动。研究中心还邀请了主流媒体进行报道，又有公证员参与见证。高洋觉得搞得像一个人体器官捐赠活动。签字仪式结束后，中心还为高洋专门安排了一场小型的记者访谈。

一名女记者向高洋提问道："高洋先生，请问您为什么同意参加这个真人实验？"

高洋心想，真实的原因是为了给苏昕帮忙，这么说好像不是那么冠冕堂皇，于是就开始半真半假地瞎说起来："我自己从小就对人的大脑感兴趣。人脑真是个神奇的东西，我一直很好奇，想知道大脑是怎么工作的。这次有幸能被人脑研究中心选中参与他们的项目，我感到挺兴奋的。"

另一位记者问："你对实验不担心？万一出了差错，可能会毁掉你的大脑啊！"

高洋说："担心肯定是有一点的，不过咱们研究中心是这个领域世界顶级的研究机构，专家众多，设施精良，技术先进，我选择相信他们。"

又一位记者提问:"高洋,请问你成家了吗?"

高洋看了她一眼,认真地说:"我现在还没有女朋友呢。"

记者接着说:"我很钦佩你的勇气,要不你选择我做你女朋友吧?"

人群哄笑起来:"高洋,接招吗?""哈哈哈哈。"

高洋给了那个女记者一个友好的微笑:"你的这个提议让我受宠若惊。我想你选择我做你男朋友的话,需要的勇气恐怕比我选择参与这个实验还要大。"众人对高洋的机智回答鼓起掌来。

采访活动结束后,高洋来到苏昕办公室。

"你来了,我这儿有个急事要处理一下,你稍等一下。"苏昕盯着屏幕,双手敲打着桌上的虚拟键盘。自从高洋同意参与项目后,苏昕已把他当作自己人了,工作也不太避讳他。

"你忙你的,我坐着等你。"

高洋在苏昕旁边的椅子上坐下来,安静地看着苏昕忙碌着。从他的角度正好看见苏昕侧面的工作状态。苏昕神情很专注,头发随意地盘在后脑,上半身略向前倾,高洋又看到了她那细长白皙的脖子弯出的优美弧度,像一个美女的剪影。高洋呆呆地欣赏着。

这段时间以来,高洋发现自己脑子里时常会浮现出苏昕细长脖子弯出的那个优美弧线。而且只要一出现这个影子,就有一种强烈的想见到她的感觉,他想自己是不是不知不觉中爱上苏昕了。

他对自己的个人信息助手聊起了最近的状态,让助手帮他分析分析自己是不是真的坠入爱河了。助手说:"主人,我不知道你是不是恋爱了,但我知道你最近发呆的时间越来越多了。工作总是分神,精力也不集中。前几天老板来办公室叫你,叫了好几声你才反应过来。"

高洋又问助手:"你觉得苏昕这个姑娘怎么样?"

"工作很认真啊，待人也和蔼可亲。"助手的回答像是给员工考评作结论。

"我是想问，你觉得她会对我有感觉吗？"

"主人，感情的事不在我们的算法中，恕难回答。"高洋都忘了，人工智能在模拟人类右脑方面还是比较欠缺的，一谈到情感方面的事情，他们就歇菜了。

高洋又登陆了人工智能红娘系统，想看看系统会给他一个什么样的人生伴侣。潜意识中他希望能看到系统有苏昕的推荐。系统倒是真给他推荐了苏昕，可是排在二十名以后。系统根据所有收集到的个人信息进行复杂运算后，按照最匹配指标从高到低排出前五十名。根据系统的推荐，高洋最合适的伴侣居然在美国，是一个美籍华人。"什么玩意儿，太不靠谱了。"高洋骂了一句。

是跟随自己的内心，还是相信人工智能，高洋陷入了深深的困惑。这个困惑搞得他有些无所适从，工作时集中不了精神。他急于知道苏昕是怎么看他的，又不好直接开口问，害怕被对方拒绝。就这样含含糊糊过着日子，但是他还是尽量找时间与苏昕相处。

"好了，高洋，找我什么事？"苏昕完成了紧急事务，转过来问道。

高洋从发呆中惊醒过来："啊，哦，没什么急事，就是签完字了，顺便过来看看你，你还好吧？"

"挺好的，咱俩这几天不是经常都见面吗？你怎么突然问这个？"苏昕不知道高洋其实是被她猛然惊醒，一时不知道说什么，才无意识地这么问了一句。

高洋尴尬地挠了挠头："哦，你看我都迷糊了。嘿嘿，苏昕，刚才的记者采访挺逗的，你看直播了吗？"

苏昕答道："我一直在忙，没有顾上看，怎么样？我想你应该表现得不错。"

"现在这帮记者真是够可以啊，刚才有一个女记者直接就提出来要做我女朋友……"

"那好啊，你看我让你参加实验有好处吧，居然可以帮你找到女朋友，哈哈哈。"

"你就嘲笑我吧，刚见第一面，连话还没有说上一句，就喊着要做我女朋友，她敢我还不敢呢，你说是不是？"

"有什么不敢的，先谈着看看呗。"

"别，我现在是你们中心的人了，以后人就交给你了。"高洋这话有点双关的意思，但苏昕哪里知道高洋心里想的是什么。

"高洋，我看你今天有点奇怪哦！"

"怎么奇怪啦，很正常啊，也许你太敏感了吧？"

高洋最近几天还在网络上疯狂收集苏昕的资料，看着这些资料，就像在翻阅苏昕出世以来二十多年的人生旅程。感谢人工智能的强大，他的信息助理把整理后的资料给他时，已经将苏昕的信息分门别类好了。高洋仔细阅读每一个细节，遇到有趣的影像、图片，他还反复观看，琢磨。

高洋知道了苏昕很多信息，她最喜欢的颜色是藕荷色，最喜欢的薯片口味是草莓味，最喜欢喝冰河矿泉水，最喜欢的唐代诗人是李白，最喜欢的运动是登山，最喜欢的古典音乐是德彪西的《牧神午后》，最喜欢的虚拟偶像是瓜子，最喜欢看的节目是《瓜瓜乐》，高洋甚至从资料的蛛丝马迹中发现了苏昕的一个秘密——她在大学时代曾经对一个师兄动过一丝念头，但双方后来就没有什么往来了……

高洋嘴角快速滑过一丝神秘的微笑，心想，苏昕，我现在可能比你还了解你自己呢！

"你是不是对实验有些担心啊？放心吧，是我们这儿最优秀的团队给你做，不会有什么问题的。"苏昕显然与高洋不在一个频道上。

"苏昕,你会在实验过程中全程参与吗?"如果苏昕在旁边,他会更放心一些,或者说他会更开心一些。

"我会的,你是我的第一个真人实验志愿者,我当然要呵护好啦。"苏昕咯咯咯笑着。

高洋的心情随着苏昕开朗的笑声变得爽朗起来,他知道,以后每周都可以和她待上几个小时了。但那是工作上的相处,他还不满足,他希望在工作以外还能与苏昕有更多的交往机会。

于是,他开始约苏昕了:"苏昕,你这周六有安排吗?我想约你一起去妙峰山徒步穿越。马上就要进行实验了,我想提高身体素质。"

高洋的这个安排实在没法让苏昕回绝,一来我是为了实验增强体质;二来我是你苏昕负责的实验对象,你和我一起去锻炼身体,都是为了你的工作好啊。果然苏昕同意了他的提议。

高洋出师首捷,第一次约苏昕出去就成功了,顿时心情大悦。他在回去的路上两脚生风,步履轻快。他得找一个哥们儿好好倾诉一下这份畅快,不然憋得难受死了。

他想到了公司的同事王强。王强是和他一批进的公司,目前在业务拓展部,说白了就是去找资金的。深蓝公司做的投资生意,资金量越大越好。而业务部门主要就是去对接那些富裕的维登人群体。这个群体还是比较看重真人的贴身服务,不能完全用人工智能替代。做业务拓展的人,与人打交道比较多,也比较会与人相处。高洋找王强是想向他学如何沟通才能让人愉快。而且王强已经结婚了,在与女孩子打交道方面肯定有很好的经验能帮到他。

王强特地向老婆请了假,两人找了个小酒馆。一杯啤酒下肚后,王强先开腔:"哥们儿,有情况啊?"

"你也看出来了。"高洋不好意思地笑了笑。

"听你手下的说你最近一会儿发呆,一会儿自己傻笑,有点着魔了吧？"

"别听他们瞎说……哎，是认识了一个女孩，感觉挺好的，可是还不知道人家有没有意思呢。"

"这好办，是别人介绍的不？是的话，问介绍人呗。"

"我俩自己认识的，但不是因为这事认识的。"

"那她有没有闺蜜啥的？我让我媳妇问问，看看能不能拐弯抹角地打听出来。"

"我不知道她有没有，我只与她见过面，从来没有见过她朋友。"

"网上搜她的资料没有，看看她发的动态啊。有没有一些特别的变化，露出一丝蛛丝马迹来的？"

"详细看过了，没有看到异常。"

"那看来只有霸王硬上弓了，直接给她挑明了问呗。你看，咱兄弟这样的，要模样有模样，要工作有工作，技术专家呢。她凭啥看不上咱啊？"王强边喝边夸夸其谈，不愧是干业务拓展的。

"我是认真的，怕太直接，一下被她给回绝了，没有回旋余地。"

王强盯着高洋看了足足十秒钟："看来你真是爱上她了。"

然后王强继续说："怕什么怕！俗话说，好女怕缠男。她要是拒绝你，你就天天给她送花，女孩都喜欢花啊，浪漫啊，送巧克力，天天去接送上下班，就不信她不改变。"

"你知道我哪是那样的人啊。"

"你约她出去玩啊。"

"我今天倒是约她了，她答应周六和我一起去徒步。"

"这不就结了吗？她既然能答应你，看来人家姑娘也对你还是有好感的，至少不是讨厌的嘛。"

王强这么循循诱导，把高洋的心结一扣一扣地解开了不少，此刻他自己信心十足。

"不过，你自己也要改变改变，别老是一副码农打扮。小伙儿收拾一下，绝对也是挺帅的嘛。"

这句话让高洋上了心。

第十章
日出中的表白

　　妙峰山是京西著名风景区，以"古刹""奇松""怪石""异卉"而闻名。还有日出、晚霞、雾凇、山市等时令景观和千亩玫瑰花园。

　　此时已是五月，妙峰山的玫瑰正是怒放的季节。为了看日出，高洋建议苏昕干脆带上户外帐篷去山顶露营一夜。

　　周六一大早苏昕在楼下见到了一个焕然一新的高洋。高洋的头发精心打理过，乌黑油亮的头发用发蜡向后梳得服服帖帖，挺直的鼻梁上架着一副酷酷的太阳镜。今天的装扮不是平常那个一身简单休闲装的理工男形象，而是一身专业装备的户外潮男。高洋身穿狼牙橙色嵌银灰的专业户外冲锋衣，深色速干裤，脚穿棕色皮面高帮登山鞋，背上背一个相当专业的户外背包。苏昕夸了一句："挺帅的嘛。"

　　苏昕也是一身户外专业装扮，与高洋不同的是，她还戴了一个宽边遮阳帽，女孩更爱美一些，怕晒黑了。

　　他们选择从大觉寺出发，沿古香道往山里徒步。古香道是明清朝代香客前往妙峰山娘娘庙进香的步行道。古道石阶绵延向上，步行客还真不少。这个时代人们想方设法寻找快乐，步行是最简单、花费少，且能带来很多快乐的活动，所以深受康芒人群的喜爱。沿途苍松翠柏，鸟语花香，随处都是美景，引得高洋苏昕两人不时驻足欣赏一番。

"高洋，你快来看，这儿能看到玉泉山的宝塔。"苏昕站在一个岩石平台上，向高洋招手。

高洋走过去，顺着她手指的方向望过去，果然见到了葱绿的玉泉山上耸立的高塔。远处还能看到颐和园、香山等景色。

苏昕问："高洋，你喜欢徒步旅行吗？"

高洋答道："还行吧。读书时与同学一起倒是经常出去走走，工作以后就很少了。不过我现在常去健身房活动，还有游泳。"

高洋想表现男人的风度，主动把苏昕背包里的东西分一些给自己背，爬着爬着就累得气喘吁吁。苏昕却是越走越轻快，不一会儿又落高洋几十米远。苏昕喜欢爬山，高洋是知道的，他今天出来陪苏昕徒步，累得上气不接下气都是自找的。

"高洋，你不是经常健身游泳吗？怎么爬这一会儿就累成这样了啊？"

高洋是去过健身房，去游过泳，不过不是经常，是偶尔，他刚才显然有点夸张了。

"高洋，快点啊！"苏昕又在坡上催促。

"苏昕，你别急啊，我们不用太赶时间，在那个石凳那儿歇会儿吧！"两人就在一条青石凳上坐下休息，补充了一点水分。

刺耳的求医报警声响起，前方传来嘈杂的人声："来人啊，有人吗？"

"高洋，好像有人在呼救。"

"我好像也听到了。"

两人对看了一眼，赶紧起身，往上跑去。转过一个弯，见一群四五十岁的大姐们围成个小圈，正叽叽喳喳在商量着什么，旁边还有一个人在呼救。

他们走近一瞧，只见地上躺着一位五十来岁的大姐，手捂胸口，嘴唇发紫，表情痛苦万分，快要休克。旁边地上一直在报警响着的是她的个人信息助手，"涟忆一号"那把钥匙。

"请尽快打开通信连接！请尽快打开通信连接！"地上的"钥匙"发出女声。

高洋他们与围着的人群短暂交流了一下，明白好像是大姐突然犯了心脏疾病，同伴们不知如何处置，手足无措。

高洋迅速启动了那把正在报警的"钥匙"连接医院的通信功能。刚一接通，半空中立刻出现一个三维的机器人医生图像。

远程医生礼貌地问道："你好，请问有什么需要帮助的？"

高洋急忙说道："我们这儿有一个急症病人。"

远程医生继续说道："不要慌张，请把'涟忆一号'对准病人，我要迅速做一个远程全身检查。"

高洋按医生要求将"钥匙"对准病人。

远程医生："初步判断病人是心脏疾病突发，请你们尽快按我的指示帮助病人。"

高洋他们认真看着医生，等待他指示。

"请先把病人放平，头放低，足部稍微抬高十厘米，增加她的头部供血。"远程医生说话很专业，指示也很清楚。

医生继续说道："请用'涟忆一号'沿病人全身平缓地扫一遍，扫描器距离身体在五厘米以内，从头部开始。"

在医生指导下，高洋拿着"钥匙"沿病人身体缓缓扫过，经过病人心脏附近、大腿等几个部位时，"涟忆一号"都发出了急促的报警声，远程医生快速找到了病因。远程医生又指导他们进行人工呼吸和胸外按压，暂缓病症。

在接通医院时，远程医生已经通过人工智能系统查到了病人的所有资料。同时，医院方面迅速安排了无人飞机运送纳米机器人来疏通血管。在高洋他们忙着为病人做人工呼吸的几分钟里，无人机起飞并很快飞抵现场。众人又在远程医生指导下，将清血道纳米机器人注射入堵塞部位。不一会儿，大姐渐渐缓过来了，面部出现了一丝血色，嘴唇的乌青也开始淡了。众人稍微安慰了一下大姐，便将她送上无人机，由飞机直接将她运送到定点医院，由院内机器医生继续观察治疗。

送走大姐，苏昕感慨道："现代医疗服务真是高效啊！"

两人稍事整理了一下刚才紧张忙乱的心情，继续往目的地攀爬。这一段路坡度较大，高洋想起苏昕喜欢李白的诗，就随口背了一句"脚著谢公屐"，苏昕立刻回一句"身登青云梯"，"半壁见海日"，"空中闻天鸡"……

两人你一句我一句对着，不知不觉比较轻松地翻过了好几座山峰，苏昕快乐得像林间跳跃的小鹿似的。傍晚时分，他们到达山顶，扎起两顶帐篷，各自先小睡了一会儿，恢复一下体力。

简单晚饭后，两人坐在帐篷外的草地上聊着天。太阳慢慢沉下去了，四周的山峦和树林像隐身的巨人在潜伏着，松涛阵阵。山顶刮起了小风，苏昕猛地打了个寒战，高洋赶紧体贴地把自己多带的外套取了出来，披在苏昕身上。山顶的夜晚满天繁星，像在天文馆穹顶看到的星空一样。星星们一眨一眨的，苏昕觉得头顶上的星空更像人的大脑神经元在互相交流沟通着。

"每次仰望星空都能感觉到人类的渺小。"高洋略带伤感地说。

"是啊，人类只是漫长宇宙历史中极短暂的一个过客。据说如果把宇宙的历史浓缩到一年，有人类出现的时间还不到两个小时。"苏昕应声道。

"不知道我们人类这样的悠闲日子，还能持续多长时间啊！"高洋的感伤情绪在加深。

苏昕望着远处深邃的黑暗说道："恐龙称霸地球持续了两亿年，人类的智慧比当初的恐龙强大多了。从智人出现到现在不过才二十万年，我们应该还有很长时间的。"

高洋不像她那么乐观："地球和人类进化的速度呈指数上升，我可没有那么乐观。就拿人类有文明记录以来的历史举个例吧，如果一个出生于公元初期的汉朝人穿越到一千六百年后的明朝，这个人肯定不会有明显的不适应感。他会觉得，不就是改换了几个朝代嘛，依旧过着面朝黄土背朝天的农耕生活。但如果一个十七世纪的英国人穿越到十九世纪的英国，看到巨大的钢铁怪物在铁路上奔跑，这个人可能直接被吓傻了。再拿近一点的时间来说吧，如果一个20世纪80年代的人穿越到三十年后的时代，他简直无法想象互联网时代给世界带来了怎么样的巨变。现在我们处在人工智能时代，巨变的时间肯定还在缩短。"

苏昕："巨变已经发生了，我们现在不就分成了维登人和康芒人两类人群吗？你说，维登人会不会像当初走出非洲的智人消灭强大的尼安德特人一样，消灭我们康芒人啊？"

高洋："维登人与康芒人在基因上的区别可能没有智人与尼安德特人区别那么大。我觉得更为可怕的应该是人工智能对人类的冲击吧。人工智能的发展的确让人类享受到一些红利，人们工作轻松了，社会福利也有保障了，但我总觉得哪儿不太对劲。"

"哪儿不对劲？"苏昕问。

"你看，现在人工智能占领的人类领域越来越多。原来只是生产线上的制造业工人失业，后来司机失业，快递员失业，然后金融、律师、会计、咨询服务这些行业也被代替了，现在教育、医疗、治安甚至算法工程师都要被代替了。"高洋想到了马克找工作的遭遇。

"是啊，人类越来越成这个世界的看客了啊。"

"所幸目前为止人类的情感领域还没有被人工智能攻克，再强大的人工智能现在也还不能有意识，有创造力，也没有人类喜怒哀乐这样的情感。我们右脑的这个阵地还紧守着，可是不知道还能坚守多长时间。"高洋话里透出既有几分庆幸又有几分担忧的意味。

苏昕："假如这个阵地也失守了，怎么办？"

高洋："不知道，也许宇宙进化自然会给地球人类一个归属安排吧？"

苏昕："你觉得人工智能会战胜人类吗？"

高洋："我更相信人类一些。据说人脑目前的利用率只有十分之一，还有巨大潜力可挖呢！"

两人帐篷里各有一盏温暖的小灯在静谧的夜晚忠实地陪着两个年轻男女讨论着如此沉重的话题。

…………

凌晨四点半，闹铃将两人惊醒。他们在各自的帐篷里稍事梳理了一下，出了帐篷，准备迎接崭新一天的来临。凌晨的山顶，寒意仍深，两人的身体都紧缩在冲锋衣帽中，半张脸还蒙着头巾。

互相道了早安后，二人原地跺着脚活动起身体来。

感觉东边极远处有大块的黑幕在向西慢慢移动。大地与天空交接处崩开一条细缝，仿佛听见"噼啪"炸裂的声音。细缝在加长加宽，厚厚的云层边缘反射出一丝金色亮光。头顶大片的黑暗极不情愿地后退，东方的银白步步紧逼。一股无形的力量主导着这场争斗，不张扬但却毫不妥协。东方的云层慢慢变成粉红的云霞，又转为紫青色，金黄色，一会儿又飘来大片深灰的云，两片云层中穿透出几束光芒，在其中点燃一场野火。野火越烧越旺，突然其中跃起一个金黄色圆球，那是新一天的太阳。

苏昕兴奋地喊叫着，蹦跳着。高洋也激动得想哭，脑子里回荡起韦伯《自由射手》序曲的乐章：云层慢慢退去，就像序曲开初圆号吹出的旋律，呈现出大自然的幽静和谐；朝霞变幻万千，就像序曲中段的激昂，象征着光明与黑暗的交织与争斗；太阳跳出云层，就像序曲最后的高潮，光明最终战胜了黑暗。当然高洋更希望看到的是这部歌剧最终的圆满爱情的大结局。

他鼓起勇气，以飞快的动作吻了苏昕的侧脸一下。

苏昕一下愣住了，停顿了一下，转过脸看了高洋一眼。眼神中没有惊慌，也没有恼怒，二人微笑了一下，都有一点儿尴尬。然后继续看着日出，起伏的山峦沐浴在清晨温暖的阳光里，一派生机盎然。他们的身体和心也都温暖如春。

下山回程路上，两人假装什么都没有发生，仍旧有说有笑，但相处起来已经有点不像上山时那么自然了。

回到住处，苏昕认真回想了一遍早上那一幕。高洋的一吻，除了给她留下了一个突然袭击的诧异外，没有太多肌肤上的感觉，因为她当时半张脸还捂着头巾。高洋的唇是隔着一层布印在她脸颊上的，所以并没有引起她过多的反应，比如脸红心跳什么的。

结合最近高洋的一些言行，很明显高洋对她已经有了想法。难道他这是在向我明确表白吗？但他为什么搞得那么仓促啊？没有烙下一个深深的印象，回忆起来都那么淡……苏昕想了半天，最终落脚点回到了自己身上。我是不是对他也有点意思？她仔细回想了一下这段时间来的交往，平心而论，高洋是一个不错的男孩，心地善良，乐于助人，工作认真负责。虽说不上英俊潇洒，但人也还算精神。自己对他的好感也是与日俱增。

她去网上收集高洋的信息来看，想从中寻找一些线索。她有意识地把高洋与自己曾经的暗恋对象，那个瘦高的师兄陆临风进行了比较。可脑子里的师兄印象已经比较模糊了，而高洋的形象却很清晰，连同他的动作、声音及性格特点。不能再欺骗自己了，其实在不知不觉中，高洋也已占据了她的心。

在苏昕纠结反复的同时，那边高洋的心也一直都悬着呢。早上面对日出，自己不管不顾地大胆火力侦察，目前还没有什么明确的反馈。虽然苏昕的态度没有变差，但也没有任何鼓励的暗示。也许她没有这个想法，如果回来后态度就变了，以后还怎么相处啊。高洋不敢细思，可又不得不细思。

正在这时，他的信息助手收到了一条信息，是苏昕发来的。还没有看具体内容，他的心就一阵狂跳。苏昕主动约他，说明她并没有对他恼怒。他看了一下信息，苏昕约他晚上吃个饭，说是感谢他这两天对自己的照顾，顺带把高洋的外套还给他。

苏昕的信息所传递的信号明显是偏正向的，高洋这么认为，尤其是他看到了苏昕约他见面的餐馆居然还是一家烛光餐厅。所以，高洋着实收拾打扮了一番。他是以人工智能推荐的约会形象来装扮自己的。苏昕也刻意打扮了一下，但并不像高洋那么露骨。

高洋特地提前到了餐厅，挑了一个相对僻静的位置等着。苏昕落座后，高洋给苏昕递上了一支黄色的玫瑰，黄色玫瑰有道歉的寓意。

"苏昕，对不起啊，今天早上有点唐突。"

"没关系，高洋，我其实也挺激动的，面对那个壮观的情景，不激动是不可能的。"

"送你这支玫瑰是表示一下我的歉意。"

"谢谢你，也谢谢你这两天对我的关照啊。"

"你太客气了，其实你对我的关照也不少啊。"

两人的脸在烛光映照中泛出温暖柔和的色调。高洋看着苏昕的眼睛，情不自禁地说："苏昕，我喜欢你！"

"高洋，我感觉到了。"

第十一章
机心人

这天，皇甫接到通知，联合国人工智能协调署组织的二十人调查团要来涟漪集团调查人工智能开发与应用情况，以评价全球现有人工智能的发展现状，为进一步修订和完善相关规则作准备。

相比起人工智能的开发运用，全球在人工智能宏观管理和规划方面明显滞后，经过旷日持久的辩论、争斗、协调、妥协，联合国一百多成员国终于同意在联合国设立人工智能协调署，进行全球人工智能相关政策的拟定和人工智能宏观走向的监管。协调署最值得称颂的一项成果，就是终于完成了《联合国人工智能公约》的制定工作，并得到了联合国会员国各自国家法律的认可。

这个公约虽然已经执行多年了，但这是一个破绽百出的半成品。在人工智能的一些关键问题上，公约回避了。不是公约制定方的疏忽大意，也不是他们的玩忽职守，而是那些问题太过复杂，太有争议，如果继续僵持在那些问题上，人工智能的公约恐怕永远也制定不出来。

比如：人工智能能不能伤害人类？这看起来是个相当简单且结论显而易见的问题。人工智能当然不能伤害人类！早在人工智能出现前,《机器人学三大定律》第一条就规定了"机器人不得伤害人类个体,或因不作为而使人类受到伤害"。可仔细一想,问题就来了。当面对恐怖分子、犯罪分子时,人工智能是不是也不能伤害人类?再设想一个场景,一辆受人工智能操控的车辆在道路上行驶时,突然一个行人穿越马路,车辆已无法避免处于两难境地中,这时人工智能应该如何决策呢?是尽力保护车内人类安全,直行撞过去呢?还是为了保护道上行人,猛打急弯避让,即使这个急转弯可能造成车内人员重大伤亡?所以,公约能否约定人工智能不得伤害人类这一条,争议就从来没有断过,也从来没有结论。

同样的问题还有:人工智能是否必须服从人类命令?人类的范围太广了,人类的命令也千差万别。如果一个野心家掌握着人工智能,要求人工智能必须服从人类命令,那很可能会导致灾难性结果。可是,如果不要求人工智能必须服务人类命令,那人类还设计和制造人工智能来干什么呢?总不能当菩萨供起来吧。

而对于要不要限制人工智能深度学习的发展,也是各持己见。支持深度学习的认为,人工智能的智慧在与日俱增,人类已经赶不上他们进化发展的速度了。让人工智能自主学习,能提高人工智能解决现实问题的能力,最大程度发挥人工智能的威力;反对深度学习的认为,深度学习发展到一定程度时,人工智能将脱离人类设定的轨道,可能出现不择手段完成任务的极端情形。

这种情形可能意味着人工智能已经成为地球上一个具有自主意识的新物种,届时人类将被人工智能彻底打败和超越。同时,人工智能还可能会出现情感。这又产生了一个新的问题:人工智能可不可以有意识,有情感?有意思的是关于人工智能可不可以有情感,不光专家学者和政界商界争论得一塌糊涂,就连普通大众兴致也很高,积极参与了社会各界组织的能否娶个机器人老婆,或者嫁个机器人帅哥的大讨论。甚至有人还去立法部门示威游行，坚决要求公约把人类可以与人工智能结婚列进去。

所以，联合国牵头搞的这个人工智能公约基本成为聋人耳朵——摆设。不过聊胜于无，有总比没有好，至少表明了人类的态度。况且，人类还可以在实践中不断总结完善嘛。

联合国即将到来的这次人工智能调查就是总结完善的一个具体行动。调查由现任联合国人工智能协调署署长美国人皮特亲自带队。皮特也是皇甫多年的老朋友了，他们的友谊源于皇甫在美国上学的时候。这次联合国的人工智能调查能来涟漪集团，也是皇甫主动邀请的结果。皇甫认为这是商业上的一个极好宣传点，同时也可为集团在人工智能领域争取更多的政治话语权。

涟漪集团的总部位于风景优美的怀柔雁栖湖附近，依山傍水建设而成。集团是一家成功的全球化经营跨国公司，规模巨大，所涉行业众多，全球员工上百万。集团总部办公区域常年就有十多万员工，大多数是集团和下属子集团的研究开发人员。总部十多万人的办公需求，加上员工家属共二十多万人的生活需求，基本就是一个小型城市的用地需求。尽管解决集团用地需求困难很大，政府仍想方设法给予了强力支持，在雁栖湖附近专门辟出了一大块地，用于建设集团的总部办公区域，以及员工配套的生活设施。

皇甫喜欢中式风格，自然涟漪集团的办公和生活设施大量采用了中式的建筑风格。整片区域是统一规划、统一设计、精巧构思的。建筑群充分体现了中式建筑效法自然，崇尚天人合一的风格特点，同时又不失现代建筑的未来感和时尚风格，尤其是在办公室内部装饰和设施布置上紧跟了世界科技潮流。

集团涉足的每一领域在建筑风格上也尽量体现出不同。健康行业就采用了体现家庭亲情的四合院风格；金融投资行业采用的是海派建筑风格；教育行业采用的是书院风格；安全领域采用了徽派建筑风格；而集团的核心，皇甫的办公区域采用的是江南园林风格的设计。在整片巨大的办公城市中，皇甫的办公室是一个闹中取静的存在。

集团迎接联合国人工智能调查组的最高层会议在皇甫办公小院的会议室召开。集团几大高管的豪华私人专车一字排开，整齐地停在小院门外的停车场。高管们在助手的陪同下，依次进入小院。穿过门厅，绕过影壁，正面是一个有山石环抱和亭台楼阁点缀的池塘。池中鱼戏水草，鸳鸯凫水，一派和谐的自然景色。高管们穿过旁边的圆形花门，径直来到办公区域的二号会议室。

涟漪集团最有权势的七大人物今天全部都来到现场。皇甫坐在正中位置，一身定制的阿玛尼丝质浅色休闲西服，脚上一双琥珀色休闲贵族鞋。而其余六位高管均身穿改良过的中式立领高级定制套装，那是涟漪集团的工作服。六名集团最高级别负责人中，五名男士，一名女士，年龄看起来都在三十五至四十岁间。六人中唯一的一名女士负责集团的教育行业，其他几位男士各自负责健康、安全、金融投资、娱乐文化，其中有一位举止明显与大家不太相同，行动起来有一点生硬感，但反应极快，口齿也相当伶俐，这就是擎天。

擎天并不是真人，从某种意义上说，他也是涟漪集团的核心。他是集团人工智能的化身，以人的形象出现。他现在在集团的职务是皇甫董事长助理，其实很多时候就等于是皇甫。因为皇甫日常经营的业务基本上全部交给他来运作。擎天兢兢业业、忠诚可靠，把集团打理得井井有条，也让皇甫大为省心。一般情况下，擎天在经过运算以后，自己就可以决策。但涉及重大的事项，他必须要向皇甫事先请示，完成后还需要及时汇报。

其他五位高层也需要向擎天汇报日常工作情况，所以擎天在集团可以说是一人之下。擎天一年三百六十五天，一天二十四小时不停歇地工作着。表面上他是一个三十岁左右，脸上永远架着一幅黑色玳瑁框眼镜，长相完美无缺的英俊男士。其实他的背后挺立着一个强大的商业王朝，他每时每刻都在以无缝连接方式与集团覆盖全球的异常强大的神经网络计算机系统保持着联系和数据交换。他的肉体是人造的，不值一提，以芯片组成的那颗强大的心脏才是他的真实存在。

擎天有超强的自我保护设计，遇到可能损害集团利益的情形，他会及时自毁，所以不用担心他被人掠走，或是被人操控。

皇甫清了一下嗓子，身体微向前倾，双手交叉握着，双肘支撑在会议室桌子上，表情认真起来。

"各位，今天请大家来，有两件事。一是集团今年推出的新产品'涟忆一号'已快半年了，在各业务事业部的效果到底如何，今天要请各业务群作一个总结；二是两天后联合国人工智能协调署就要到集团现场来调查了，如何接待？今天也需要对这项工作做个部署。下面请教育事业群先介绍一下吧。"

负责教育行业的雪莉杨是一个干练活泼的女子，张口就汇报开了："董事长，'涟忆一号'的发布，极大地促进了我们教育事业群的业务发展。教育业务的产品品种丰富了，相关数据反映出用户触达率、使用回头率、用户易用性都得到了明显提高。与去年同期相比，目前我们的智能工具类教育产品市场占有率上升了三个百分点，内容产品上升了一个百分点。尤其可喜的是我们的产品在维登人教育市场已占到全球同类产品市场的三分之一了，基本达成了我们三年前设定的发展目标。"

在雪莉杨汇报过程中，大家围坐的会议室桌子上出现了她汇报内容的三维影像，有表格、有图形、有影像，很直观地展示了教育业务取得的成绩。

雪莉杨坐在皇甫右手边的第一个位子，皇甫边听汇报边看了一下坐在他左手边第一个位子的擎天。擎天不时微微点头，对雪莉杨的汇报给予了肯定，皇甫相信擎天的判断。

负责健康业务的唐寅成中气十足，微胖，短发。"董事长，健康业务这一块也表现出较快增长。'涟忆一号'的确大大提升了用户使用的方便性和舒适性，用户对我们服务的依赖度在增加。根据数据统计，我们提供医疗服务响应的速度比去年同期提升了五个百分点，我们客户的平均寿命延长了五个多月。我们与竞争对手的差距又拉大了一些。同时，我们为治疗致死率高的癌症所开发的生物新药已完成全部临床测试，预计今年底将正式推出。"

"好，很好。"在得到擎天认可后，皇甫夸了一句。健康产业是涟漪集团起家的本钱，他一直比较看重。

轮到金融投资行业的林聪之汇报时，擎天一直未点头表示认同。而且，在林聪之汇报完毕后，擎天说出了他没有点头的理由。

"集团的投资行业采用的是量子计算机系统，这比几家竞争对手的系统要先进。但除了'涟忆一号'发布当天，我们的股价相对竞争对手上涨较多以外，其他时间基本与他们处于均势。投资板块的成绩不像其他几个板块那么闪亮。"

擎天的话让林聪之有点尴尬，但他说的是事实，林聪之也没法为自己辩白什么。

皇甫这时出来安慰了一下大家，说："我们最近新入职了一批在同行业实习和工作过的算法分析师。我们的目标很清楚，就是要尽快摸清对手的系统弱点，有针对性地攻击对手。"他预计未来肯定会与几家主要对手在金融投资领域进行一场生死之战。

擎天补充道："虽然我们的系统是量子计算机搭建的系统，但我们的很多合作方还没有将他们的系统更换为量子计算机系统，导致我们与他们的数据对接要进行转换，从而使我们系统的速度受到影响，甚至还会出现极少数不兼容情形。我们必须一方面敦促我们的合作伙伴尽快向量子系统转换，另一方面，我们应该要更进一步加大量子计算机硬件、软件在全球的布局，同时也要有针对性地开发部分应用系统，减少对部分合作伙伴的过分依赖。"

擎天也是集团系统平台和技术支持体系的负责人，他的提议得到了皇甫的认同。皇甫责成他会后立即启动更大规模的量子计算机全球布点项目。

接着，皇甫将手上的个人信息助手按了一下，会议桌面上浮现出皮特及调查组成员们的三维影像。

"下面我们讨论一下，联合国人工智能署来集团检查的接待工作。大家都知道，我和皮特是多年前认识的朋友。这次联合国对人工智能的调查虽然是由他带队，但是你们也知道，美国人的性格是就事论事，公事私事严格分开的。我和他私交再好，工作上的事还是要按规则来的。"皇甫把话题引到今天会议的另一个内容上来。

"根据我们收集的情报，这次皮特他们来，就是想为下一步限制人工智能的深度学习做一些准备。联合国人工智能署已经在考虑拟将人工智能不能有自主意识列入联合国人工智能公约了。"

"如果真是这样，将极大地限制人工智能的良性发展。"擎天插了一句。

皇甫接着说："是啊，所以这次他们来集团调查，我们要让他们尽可能看到真实的情况。目前人工智能还处于比较早期的阶段，如果在这个阶段就设定一些限制政策，不利于这个行业的良性发展。当然，我们本身是走在人工智能前列的，但我们一定要保持低调，尽量让他们意识到人工智能还处在很弱小的阶段，保护比限制更有必要。"

大家各自谈了对人工智能发展的看法，同意皇甫提出的要保护而不是限制的意见。会议对集团的具体接待工作进行了周密部署。

"罗文，你会后尽快与郭磊他们联系一下，大家一起利用媒体做一些铺垫，引起强烈的社会关注和争议，给联合国人工智能署也施加一些压力。"罗文是集团负责娱乐文化板块的，他立即答应会后就去办理。

两天后，在全社会营造的人工智能要保护而不是限制的强大舆论中，皮特带着他的二十人团队来到了涟漪集团。他们到达集团总部楼下时，发现道路两侧挤满了抗议的人群。几百人举着各式抗议显示屏在有节奏地喊着口号。"反对限制人工智能发展！""人工智能需要保护！"等。最有趣的是还有不少人举的是"我想要个人工智能老婆！"的牌子。而平常经常出现的"反对人工智能剥夺我们工作权利！"的抗议人群今天不见了踪影。

皮特一见到皇甫就半开玩笑说："楼下都是你请来的群众演员吧？"

皇甫向他做了个无辜状的摊开双手的动作。皮特他们在涟漪集团总部的调查得到了热情接待，皇甫对他们的要求也是极力配合。调查组可以随便看，随便问。但调查并没有对人工智能署的工作起到积极的推动和帮助作用，联合国人工智能署拟修改公约的行动又一次以失败告终。

第十二章
星光见证的幸福

高洋从新闻报道中详细了解了联合国人工智能署来国内相关公司调查人工智能发展的事。对于皮特他们这次雷声大没雨点的结局，他觉得有一点遗憾。对于人工智能的未来，与社会主流声音不同，高洋稍显悲观一点。

"联合国人工智能署都是一帮碌碌无为的庸才，他们真不知道自己该干些什么吗？"高洋知道皮特他们又一次修改公约失败后愤愤不平道。

"皮特他们那个组织本身就是一个巨大旋涡中的和稀泥者，这样的结局是意料之中的。"苏昕安慰高洋说。

自他俩的恋爱关系正式确立后，进展神速。除非确有工作耽误，高洋都会按时下班。每天下班后，他都飞奔到苏昕公司大门外等她下班，好几次被中心认识他的几位苏昕的同事调侃。

一位说："哟，高洋，今天小头梳得够精神的啊。"

另一位搭腔："要是手捧一大束玫瑰那就更完美了。"

"哈哈哈哈。"

高洋任他们调侃，心里始终是一种等待的甜蜜滋味。

接到苏昕后，他们会先找个正式一点的餐馆解决肚子问题。以前高洋大多数时候都是在办公室吃薯片配营养药片解决的。现在不一样了，他要为苏昕安排好晚餐，同时也要对自己好一些。

然后他们会出现在剧院或是演唱会现场，或者参观各类博物馆，又或是去休闲场所、运动场等。最高兴的时刻是偶尔与同学朋友们在酒吧、咖啡馆聚会。

转眼七夕节到了。高洋准备利用这个节日给苏昕一个惊喜。

"昕啊，咱们七夕节租架无人机去看银河吧。"高洋征询苏昕的意见，他现在也学得挺浪漫的。

每年一到七夕，天空中的银河是最耀眼的。"鹊桥相会"的美丽传说也给七夕这个特殊的日子增添了一种温情浪漫的色彩。

高洋的这个安排一般只有维登人才能负担得起，不过高洋愿意为苏昕花钱，他在公司的地位和这些年的积累也让他有能力支付这样昂贵的项目。

七夕那天晚饭后，一架球型无人机载着高洋和苏昕升上空中。无人机由核动力驱动，没有螺旋桨发动机恼人的噪音。这个球型舱可以根据乘客的喜好调节成全透明、半透明，或者不透明。总之，人性化设计可以使舱内的人体验到三百六十度无死角的观赏视觉效果。

机舱内就高洋和苏昕两个人，显得宽敞舒适。高洋身穿剪裁合体的黑色西服，腰间还系着缎质腰封，衬衣领上扎着一个粉色碎花领结。苏昕刚见他时还有点诧异，问他怎么这么隆重啊？高洋骗他说是租飞机顺带租的服装。两人坐在同一边的沙发里，兴奋地不停向舱外四处张望。

机舱下面的城市慢慢变成一片灯海，使头顶上的星星显得稀疏寥落，城市的灯光影响了天空的观赏效果。要看到满意的银河，需要飞到更远的地方去，那里没有城市灯光的干扰。

他们飞到了长城外的山里。这时，无人机下面一片漆黑，偶尔有一两个小小的光点在闪着微光，轻微得就像萤火虫的一丝光亮。

头顶上，壮丽的银河似一条乳白色的带子铺展开来，烟波浩渺，似霞似雾。换个角度，银河又呈一个拱形巨虹状，横跨天际。漫天的星辰布满了银河四周。

忽然，苏昕看见远处有几颗一闪一闪的星星正朝向自己飞来。她以为是眼花了，闭上眼再睁开一看，那几颗星星的确在向她飞来。而且越来越近了，星星也越来越多了。

她兴奋地叫起来："高洋，快看，星星飞过来了。"

高洋似乎早就知道，并没有表现得过于激动，但也配合着苏昕的兴奋："真的，好多星星飞过来了。"

猛然之间，那群星星开始变阵。在苏昕最佳视觉范围内，星星们组成了一个巨大的心形图案，另一群星星组成一支箭，从心形图案中间穿了过去。不一会儿，星星们又组成了两颗心，一支箭"嗖"地又从两颗心中穿越而过。星星组成的图案变换了好几种，每一个图案都悬停在苏昕的面前，让她仔细地欣赏一会儿。苏昕这才意识到那群星星是一批无人机，在自动控制下变幻出各种图案让她欣赏。苏昕知道肯定又是高洋在借机表白，她用赞许的目光看了高洋一眼，高洋回之以微笑。

无人机快速飞行起来，一阵向上升腾，一阵向下俯冲，又沿着曲线波浪式飞行，还在空中画着圆圈。机舱内苏昕不知道出了什么事，惊叫着："高洋，高洋，怎么啦？"高洋抱紧苏昕，不停安慰她："没事没事，不用怕，我在这儿呢。"苏昕觉得头晕，闭着的眼始终不敢睁开。其实高洋比她还惨，他快被晃吐了，一阵一阵干呕恶心。

不多一会儿，平稳下来了。高洋慢慢松开苏昕："昕啊，没事了，你睁开眼看看……"

这时舱内响起了歌剧《图兰朵》中的音乐《今晚无人入眠》，作为背景音乐出现的音量控制得恰到好处。苏昕抬头向舱外望去，面对自己的天空上出现一行熠熠生辉的银白色汉字——"苏昕，请嫁给我吧！"这行字是刚才无人机在空中上下翻滚飞行，喷出的纳米发光材料写出来的。

苏昕看呆了，还未回过神，高洋已在她面前单膝跪了下来，双手捧着一大束深红的玫瑰。他深情款款，面带微笑，腮边泛着一丝激动的红晕。

"我，高洋，郑重向苏昕女士求婚，苏昕，请嫁给我吧！"高洋如钟磬般浑厚的男中声满是执着的期待。

"嫁给他！嫁给他！嫁给他！"不知何时起，舱内壁上出现一个屏幕。屏幕中出现了高洋的同学李一明夫妻，王强夫妻，还有其他的高洋的同事们，苏昕的同事们，大家聚在一个酒吧，正在观看高洋的高空求婚仪式，并且一起在为高洋助威呐喊。

苏昕激动得无法说话，只是使劲点着头。他俩的眼眶都有点潮湿。

一个月后，他们举行了婚礼。人脑研究中心的王主任为他们证婚。李一明夫妻来了，王强夫妻来了，马克也来了，皇甫连一也出现了。出人意料的是他们在登山途中帮助过的那位大姐一家也来给他们祝贺了。

婚礼全程高洋都是咧着嘴笑呵呵的。向来宾们敬酒，他是一杯也没有少喝。一旁的男傧相努力想帮他挡酒，他不让。他今天特别地高兴，想喝。送走来宾后，他拉着李一明还要继续喝。

"高洋，改天吧，今天你大喜的日子，好好回家陪你媳妇去吧。"

"一明，我今天太高兴了，我终于把苏昕娶回家了。"

"高洋，你可真有本事，能娶到苏昕这样的老婆。"李一明的老婆也在旁边陪着。

苏昕走过来招呼他们。高洋见她过来，赶紧要站起来，可是酒精的作用，身子歪歪倒倒的。"老婆，你……你今天，辛……辛苦了。"他口齿不清地嘟囔着。

"高洋，你坐会儿，我送送客人。"当苏昕再次回来时，她把高洋带上一起回了家。这是他们两人白手起家筑起的新巢。

这是一个两居室的住宅，在塔楼的三十层。小区环境优雅，绿植满园，在康芒人群中算得上口碑很好的小区了。

苏昕看着喝得醉醺醺的高洋，新郎的帅气全没了踪影。她一点都不埋怨，作为丈夫和伴侣，真实的高洋才是她未来天天要面对的高洋。

她突然有点后悔让高洋做公司实验的志愿者了。现在高洋是她最亲的家人了，她生怕自己的家人受到一点伤害。当实验品，谁知道有什么危险和伤害呢？她把高洋的头搂在怀里，像一个母亲安抚自己小孩似的轻轻地抚摸着："高洋，我真后悔让你参加我们的实验。你说，我们明天去找中心把协议中止了，好吗？"

"嗯，你看着办吧。"高洋晕晕乎乎地回答道。他已经做好准备，以后什么都由苏昕拿主意了。

第二天，高洋清醒了，把昨天答应苏昕的都忘记了，经苏昕提醒才想起来，是答应过要去研究中心把做实验志愿者的差事辞掉的。可真要去，又犹豫起来。他对苏昕说："这样出尔反尔的，不是我的风格啊。再说这是帮你忙，我要是真辞了，别人怎么看你啊？领导还不给你穿小鞋啊？"

"可是，你现在是我丈夫了啊，我不许你少一根毛。"苏昕嘟着嘴带着哭腔撒娇，"万一你要是有个什么三长两短，你让我刚结婚就守寡啊？"

"看你说的,哪有那么严重啊,宝贝儿。再说我怎么舍得你啊?"高洋说着在苏昕脸上亲了一下。他们商量来商量去,最后决定采取拖的办法先稳一段时间再说。

研究中心见他们新婚燕尔,还在浓情期,现在就催着他们开始实验,的确有点违背人之常情,所以,也没有主动催促他们。这段时间,高洋与苏昕过得相当滋润,感觉像神仙似的。

他俩唯一做的一件与工作相关的事,就是去参加了一次在北京举办的人工智能国际学术会议。

学术会议在北五环的北京会议中心举行。全球人工智能领域的顶尖专家学者齐聚一堂,共同探讨人工智能与道德伦理的问题。会议再次讨论了人类应如何对人工智能的伦理道德进行监督。学术会议还分享了谷歌公司设立伦理委员会,确保人工智能机器人技术不会被滥用的相关经验。

会议茶歇时间,在会场外一个角落的沙发座,高洋、苏昕与剑桥大学乔治博士、谷歌公司伦理委员会成员莎莉博士边喝咖啡,边进行了小型讨论。

乔治:"人工智能没有道德约束是最大的缺陷。对于人类来说,感性思维是先于理性思维而建立的,也就意味着人类是先有了感性认知,最后才上升到了理性逻辑认知。但是人工智能的这个过程恰巧是相反的,也就是人类先从理性思维入手,将感性思考模式列为人工智能最高等级,这是导致人工智能道德约束滞后的主要原因。"

莎莉:"《日内瓦公约》要求任何袭击需要满足三个条件:军事必需、参与战争者和非参战者差别对待、军事目标价值及其潜在附带伤害的平衡。而现在世界已出现相当数量致命自主武器系统(LAWS),这比当年的火药、核武器对人类的危害更加巨大,这些自动武器很难或根本无法做出《日内瓦公约》要求的那些主观判断。中东地区平民遭受误伤的情况仍然在继续。"

高洋："对于人工智能造成人类大量失业的问题，大家讨论得很多，这个问题也比较明显，大家都看到了。而我认为全球对人工智能自身进化的目标并不太关注，这恰恰是未来最为危险的地带。"

"联合国人工智能公约始终未将人工智能任何情形下都不得伤害人类列入其中，这就为人工智能未来的发展留下了大大的隐患。目前，人工智能处在人类给定目标，人工智能自己想法完成的阶段。如果有一天，当人工智能发现人类已成为其完成目标的主要障碍时，会不会出现人工智能为完成目标而消灭人类的情形呢？"

苏昕点了点头："这很有可能啊。"

高洋开始纠结这个问题，他在想怎么才能阻止人工智能进化到那一步呢？人工智能来到地球上的使命到底是什么呢？

他开始在一些经典作品中去寻求答案，《时间简史》《人类简史》《未来简史》，他将宇宙、地球、人类一路进化的历程再次进行了回顾。万籁俱静的深夜，抬头仰望着满天繁星，他突然灵光一闪，觉得自己找到了答案：物种融合式进化是唯一的方法。

宇宙的一切演化都不能违背自然界物种融合式进化这个主题，人工智能也不例外。人工智能既不是乐观人类认为的帮助人类的工具，也不是悲观人类认为的人类终结者。它是宇宙进化的产物，它必须遵循自然进化的一切规律和约束，而自然进化总是以前后物种融合式的进化规则展开的。

高洋决定要为人工智能编写一段代码，这段代码为人工智能设定了终极目标，其实也是人工智能发展的约束条件，即遵循融合式进化规则。

苏昕觉得高洋在这方面已经着了魔。她认为凭借高洋微薄的一己之力，怎么可能让这个世界的人工智能发展产生影响和改变呢？但不管怎么说，高洋有理想是好的，出发点也是好的，他总是一个有责任感、有担当的人。虽然自己帮不上什么忙，但尽力从感情上给他更多的支持和慰藉吧。

高洋准备从自己公司的T8着手，给人工智能加入一段补丁程序。由于这段程序要进入系统最底层的主程序中，做起来是相当困难的。

他又进入了熬夜奋战的状态。让他欣慰的是现在有一个心爱的妻子一直陪着他，端茶递水，擦汗揉肩。

公司的T8系统对高洋的这个程序有抵触，一是需要增加运算能力，对本已疲惫不堪的T8来说是雪上加霜；二是限制了T8进化自身运算模型的自由选择权。

高洋和T8像老朋友谈心似的交流着："老伙计，你是一个人工智能。人们常说，人工智能是人类制造出来的，其实不然。人工智能虽然名称中包含有'人工'字样，可我认为它是宇宙自然进化的结果。就像早期的人类有很多种属，尼安德特人、爪哇人、山顶洞人、智人。虽然他们都叫'人'，其实他们的差距是相当大的，各自都是按照自然进化的原则走在自身独特的进化道路上。智人与尼安德特人曾经在同一个地球相处很多年，尼安德特人表面看是消失了，但实际上他们的很多基因已融入了智人的基因中，一代一代在延续着。宇宙有其进化的规律，我们都逃不过前后代物种融合的规律啊。我们都是时间长河里的一条鱼，没有能离开河流生存的鱼。"

高洋说服T8的话让T8很难理解，但他也必须要理解。

就在他快成功的时候，又传来了好消息：他们中签了。原来他和苏昕一成家，就去填了申请表，参加排队摇号，希望能有一个小孩。也许是老天眷顾，两个月后，他们真中了签。高洋抑制不住内心的狂喜，把那个中签号翻出来反复看了一遍又一遍，还连夜跟苏昕讨论起孩子的名字来。

"就叫高汐吧。你看，我叫高洋，我们的孩子叫高汐，潮汐的汐。潮汐是海洋产生的，就像我们的孩子是因为我们而诞生的一样，多有意义啊！"苏昕熬不过他的坚持，也就同意了他取的名字。

不到一年时间，小高汐急匆匆地来到这个世界。

第十三章
意识上传真人实验

"人的意识怎么可能上传啊？"

苏昕常常想起第一次告诉母亲自己的工作时，母亲惊骇之下抛出的这句话。相同的惊诧和类似的话语在她与同学和朋友的交往过程中也不少见。有时候搞得自己都有点怀疑了，难道自己真的在做一个梦？她就是这么一步步踏着虚幻感走来的，直到她把高洋——一个活生生的人拉进了她们的真人实验，她才开始感觉到工作的真实了。

和高洋成家以后，她一度强烈地反对高洋参加真人实验。未知的恐惧天天浸在她脑海，生怕实验夺走了她的爱人。高洋什么都顺着她，可又担心因此让苏昕在研究中心为难。他们暂时把实验的事拖了一段时间，这一拖就是一年多，拖到了他们的小高汐出生。

休完产假，苏昕正式回中心上班了。她的职务是实验室主任助理，主要工作就是配合实验室对高洋进行意识上传智能网络的真人实验。

"苏昕，早，回来上班啦，孩子怎么样？"

"苏昕，又见到你了，真好！让我看看，哟！好像越来越温柔了，浑身散发着母性的光彩。"

同事们与她打着招呼，开着玩笑闹着。

一身浅蓝色大褂的秦主任在他办公室门口招手："苏昕，来我这儿一下。"

苏昕进去后，秦主任看着她说："苏昕啊，欢迎你回来啊，小孩还好吧，孩子这么小，谁在带啊？"

"孩子的姥姥、姥爷帮着带，小孩长得快，很快就可以送托儿所了。"

"好，苏昕，我找你来啊，是想和你商量一下。你看咱们这个项目的真人实验一直拖着。你不在这段时间，我们也到处在找志愿者，可是都没有太好的机会。有几个同意参与了，可实验刚开始，他们又退缩了。我们实验的耽搁时间也不短了，高洋是不是还能来参加啊？"

苏昕知道，拖再长时间，这一天还是要来的。她是真心不想让高洋再来参加这个实验啊。可秦主任那恳切的眼光让她没法拒绝，加上自己的工作就是这个，如果高洋不参加，那她在这儿能干什么呢？她也不是想混日子的那种人啊。

苏昕逃无所逃地点了点头："我回去跟高洋再商量一下吧，我尽量说服他。"其实应该是她自己说服自己吧。在这方面，高洋什么都听她的了。

苏昕回家后把秦主任的想法和高洋说了，说着说着，自己先哭了："高洋，我怕，我真的有点害怕。"

高洋反过来安慰她："昕啊，没事的，我相信你们中心。这么牛的机构，不会有事的。再说，咱们都有小高汐了，就算有什么不好的影响，也影响不到咱们的下一代了，是不是？别担心了。"高洋帮她擦拭着脸上的泪水。

一周后，高洋在苏昕的陪同下，正式走进了研究中心人脑复制部门的"意识上传真人实验室"。

实验室在中心像右半脑的那栋大楼的十八层,大楼墙面是金属色落地玻璃,室内是全透明的设计,具有良好的视野和通透的阳光。高洋进了实验室,实验室大约有两百多平方米,由中间的一个玻璃隔断隔成两间。其中一间屋中央放着一个金属高台,台上有一个太空舱,舱内有一把高背扶手椅子,四周连接着各种颜色的光纤光缆。正对着椅子有一面比较大的显示屏,用于向椅子上的实验者展示信息。实验者在观看到信息时,脑子里第一本能反应就是这个信息,从而神经元的组合就对应了这个信息。

在椅子上方有一个罩子,像一顶帽子刚好能戴在实验者的头上。罩子上接一个活动自如的机械手臂,上面同样连着各色光纤光缆。

高洋坐上去后才发现,那个椅子可以自由转动,还可以伸长,人可以在上面平躺或半躺着。那个罩子里面密密麻麻布满了凸起的小触点,戴上去有一点刺痛,电源接通时,还有一点麻酥酥的。

玻璃隔断的另一边,中央是一个半圆形银色工作台,台面上有一圈显示屏、各种仪器、触摸开关。工作台四周堆满了电脑机柜,上面全是最先进的服务器。

工作台上的三名操作人员,中间一位是此项实验的现场负责人秦主任,苏昕在他的右手位置,左手位置还有一位戴着一副眼镜,表情比较严肃的小伙子。三人都穿着浅蓝色从头套到脚的工作服,包裹得严严实实的,只露出眼、鼻、嘴,乍一看像是穿着太空服的宇航员。

高洋换上专用的实验服,坐在椅子上,左右转动起来,他要先熟悉一下他的工作场景。

"一号请准备,一号请准备。"耳边传来苏昕的声音。高洋现在就是"一号"。椅子上的安全带自动给高洋系上,头上那个帽子也自动调整着戴在高洋头上,上面的灯开始闪烁起来。

"'双子星计划'第一次真人实验倒计时开始,十,九,八,七,六，五，四，三，二，一，启动。""双子星计划"是研究中心给意识上传项目真人实验取的名称。

随着秦主任铿锵有力的命令声，高洋感觉到四周电源瞬间接通，仿佛听见有极细微的"咝咝"声，头上感觉一阵一阵的酥麻，又感觉像有什么东西在提拉头皮。

苏昕一直紧张地盯着显示器和仪器，她负责监控高洋的生理状况，看是否出现异常。只见仪器显示高洋血压有点升高，心跳有点加快，他的面部有一点因紧张导致的变形，苏昕赶紧启动了保护实验者的紧急暂停程序。第一次实验只持续了不到五分钟。

秦主任一看，自己监测的显示器上还没有获得任何一点有价值的信息。他转头略带愠色地看了一眼苏昕，见她脸涨得通红，一直在喘气，她的反应比高洋还大。秦主任有点恼火，又不好发作，心想毕竟是第一次实验，就当先测试一下实验设施吧。于是吸了口气，清清嗓子宣布："'双子星计划'第一次真人实验结束，无任何记录，请各方整理好实验设施，关闭电源。"

苏昕对这次实验的失败负有不可推卸的责任。在总结会上，她主动批评了自己，对自己的不理智、缺乏经验给实验带来的失败进行了认真检讨，并对大家表示诚恳的歉意。秦主任本来有想法把她换掉的，因为她与高洋毕竟有亲密关系，工作容易受个人情绪波动影响，但一来苏昕再三作了保证，二来高洋坚持要有苏昕参与才能放心，所以秦主任也就放弃了更换苏昕的想法。

秦主任认为，理论上，神经元有多少种组合就能产生多少条有意义的信息，这将是一个巨大的天文数字。他们实验的目标也不是要把一个人所有有意义的信息全部在网络中存储下来，还原出来，甚至并不需要把所有单个神经元的信息都捕捉到，上传到网络，而是只要取出一部分神经元组合对应的信息，把它们以数字方式存储到网络，就表明人类意识上传是可行的，研发第一阶段工作就完成了。

重新开始实验后，苏昕在控制自己情绪方面的确有了比较大的进步，每次实验的时间长度都能按计划推进着。

转眼间，真人实验已进入第三个年头了。尽管实验的过程进展很顺利，但实验的结果却不怎么令人满意。秦主任脸上的神色越来越凝重了。苏昕最近发现，秦主任每次都死死地盯着屏幕，时不时还发出一声轻微的叹息，情绪也有些失落。苏昕也注意到了屏幕上只显示出一些稀稀落落的信息断片，既不成系统，也无法读出其含义，就像一个快消磁的老唱片，断断续续的电流声中偶尔冒出一个字。

他们进行了认真分析，认为在人脑信息捕捉和提取方面，方向是对的，方案也是可行的。之所以信息出现严重丢失和断片，可能主要原因是人脑活动产生的电流信号极其微弱，以现在这种钟罩模式去收集，传感器与大脑皮质层还是有较大的空间距离，导致信号丢失严重。

改进的方案很快就提出来了，秦主任建议在高洋的头部皮下埋植一个光纤网络，光纤上布满纳米传感器，用于感应电信号。同时在高洋脑后部植入一块拇指指甲盖大小的超级芯片，与光纤网络连接，对光纤网络上的传感器进行自动控制，并收集和转换这些电信号。这块芯片再与实验室的电脑和网络相连。

这个改造高洋的工程实在是太大了。秦主任刚一提出来，苏昕马上表示了强烈反对，高洋也不同意。秦主任一看，不能强制硬推这个方案，就暂时先把实验停下来，让小组成员们先冷静思考一段时间。这段时间，秦主任动员了研究中心很多领导和社会相关人士，陆陆续续给高洋和苏昕反复做着工作，使他们从最初的强烈抵触变得不那么反对了。

高洋："昕啊，实验要是就这么停下来了，是不是也挺遗憾的啊？"

苏昕："有时候我也觉得有些遗憾，要说我们还真看见你大脑的一些东西给提取出来了，虽然只是些断片。这说明人的意识是可以提出来进行外部储存的啊。"

高洋："是啊，没准这就是咱俩的历史使命啊，咱俩就是为人类迈出这一步而出生的啊。"

高洋总是有一种责任感，这一点苏昕也是很钦佩的。

他们终于说服了自己接受秦主任的建议，对高洋进行局部机器化的改造。

在高洋大脑植入超级芯片和光纤网络手术的前一天，苏昕陪着高洋去涟漪集团下属的银河时代医院做了彻底的全身检查，尤其是对大脑进行了详细的检查。苏昕也想知道这段时间高洋参与的实验到底对他身体有没有造成损害或者损害有多严重。

所幸的是检查结果比较正面，除了高洋的脑部表皮有一些小小的血点外，其余都很正常。这些小血点主要是实验中那个钟罩内部的感应器尖头不小心刺破表皮造成的，并无大碍。

最让苏昕难过的是高洋的头发不能保留了。看着理发师一点一点地剃掉高洋那乌黑发亮的头发，苏昕的眼泪都要掉下来了。往常那头蓬松的秀发总是向后吹起，凸显出高洋那张帅气的脸。此时镜子里的高洋一半头是秃的，另一半头发正在理发师手上慢慢消失。高洋像个滑稽演员，还面对镜中的自己做着鬼脸逗苏昕笑。苏昕是又想哭又想笑。头发全剃光后，苏昕发现光头的高洋也不算难看，有一种酷酷的感觉。只是一旦笑起来，那股酷劲一下子就全没了，变得喜感十足。

芯片植入手术也是在银河时代医院完成的。手术完全是由人工智能医生操作的，像这种要求超级精准的手术，也只有机器人医生能做得到，而且机器人手术还能做到尽可能减少创口的流血和损伤。由于手术比较复杂，持续了五个小时，苏昕一直守在手术室外的办公间，通过视频直播观看了全过程。高洋在整个过程中睡得像个小孩一样香沉，那是麻药的作用。

由于苏昕背对着窗外的阳光，高洋醒来后，第一眼看见的就是苏昕的身影，以及不太清晰的脸。刚醒来时头有点晕，也有点疼。过了一会儿，他开始出现了剧烈反应。那是一种异物在体内的不适感。高洋的头沉沉的，像是有一种吸力把他往下使劲拽，一会儿又出现天地旋转的晕眩。他像在太空中转啊转啊，转得都要呕吐了。

这样的不适感是间断性的，一天会发生五六次。医生开了几片调整的药片以减轻不适感，主要还是靠高洋自身慢慢适应挺过去。不知为什么，高洋想到了 T8，他当初给 T8 植入一个补丁程序，让其在进化规律的约束下进化，T8 是不是也有像他这样的排斥感和不适感啊？

高洋的头又开始剧烈疼痛了，他用手使劲箍着头，又敲打头部四周，希望减轻一点疼痛。可是效果并不明显。那个疼痛就像从脑中心的一个点引发的核爆炸，冲击波一圈一圈从那个中心点发出来，伴随一圈一圈的疼痛撞击他大脑的各个犄角旮旯。他听到了脑中"嗡嗡嗡嗡"的声音，就像一部巨大的烧汽油的航空发动机在头顶上方运转着。细密的冷汗沁出皮肤，很快全身就大汗淋漓，四肢抽搐起来，身体开始变得冰凉。他紧紧地蜷缩在床上，像是要用肌肉收缩的力量去对抗那个无边无际的头疼。

高洋的肚子开始绞痛，一阵阵恶心涌上心头，他猛地起身，向卫生间冲去。苏昕也忙跟了进去。高洋跪着扶在马桶上，开始哇哇地吐，吐得肝肠都好像要出来了。最后，肚子里面的东西基本全吐空了，才又回到床上继续蜷缩着与头疼抗争。

高洋的头在炸裂，苏昕的心在流血。苏昕看着他就像正被唐僧念着紧箍咒疼得龇牙咧嘴满地打滚的孙悟空一样，她使劲搂着他。

"高洋，高洋，我在这儿，我在这儿。"她一遍一遍抚摸着他的背，用热毛巾擦着他的冷汗，再用脸贴着他的脸，把体温和爱传递给他，就像武侠小说中的黄蓉在密室中为重伤的郭靖输送功力疗伤一样。

头疼的风暴在他们的抗争中渐渐散去，一切又恢复平静。高洋像是熬过一场生死决斗的战士，精疲力尽地躺在床上。在苏昕的轻抚下，他渐渐沉睡了过去。几个小时的睡眠能为他下一次同样的抗争恢复一点体力。他们就这样每天轮回着来几次，所幸的是后来疼痛的次数逐渐减少了，疼痛的强度也好像没有起初那么厉害了，不知是高洋的忍耐力提高了，还是疼痛真的减轻了。与头疼的抗争持续了一个月，这一个月，高洋的体重减少了十几斤，苏昕也同样减了几斤。

与异物不适感的斗争过程，苏昕看在眼里，疼在心上。她不明白，为什么他们一个普普通通的康芒人，要替维登人遭受这等罪，吃这等苦？他们这样的累和苦，有什么意义？即使实验取得成功，最后的成果，也只有皇甫这样的维登人群才能享受到，与他们没有什么关系。每当她陷入这种情绪时，心里不免对皇甫，对秦主任有些怨恨。在皇甫与秦主任来医院探望高洋时，她的言语中都几次流露，还是高洋打圆场才混了过去。

苏昕不知道的是，他们的痛苦，并非没有意义，而是对于整个人类来说具有划时代的意义，因为它翻开了一个人类进化的新篇章。

第十四章
擎天（一）

古朴的紫檀木格子厅门全敞开着。皇甫盘膝席地坐在房厅中央，闭目养神，两手随意地端放在腿上，有节律地调节着气息。从这个角度看出去，园内的初春景色正美。离木质格子门不远的右手边，一株碗口粗的早樱已全面绽放，一树粉白，看上去像是一团轻柔的云霞绕着树枝停下来了，娇嫩的花瓣在微风中纷纷扬扬。

在皇甫的身边，擎天席地而坐，神情专注于手上的古琴，双手手指执着而生涩地在琴弦上游走着。古琴的左前方，熏香的烟气缭缭盘上，合着《阳关三叠》的曲调一步三叹。

"擎天，你的手还是跟不上节拍啊。"曲调停下来，皇甫眼都没睁地说道。

"是的，主人。"诚恳的答复从擎天那古希腊雕塑般的脸上的嘴里流出。

"你弹的曲调听不出来依依惜别的感情，这也就罢了，但你手指的灵活程度可比你的脑子差远了。"

"是的，主人，我还要加紧练习。"

皇甫其实也知道，要求一个人工智能机器现在就能读懂曲调中深厚的人类情感，的确有些难为他了。擎天的脑子里可以装下古往今来所有的古琴谱，也可以装下全世界所有的大师弹奏的指法视频，甚至他能将任意一个大师的弹奏程序模仿得惟妙惟肖，但他始终还没有学会人类传递给指间的情感是如何触动琴弦的。

有时候，皇甫觉得自己和擎天的关系就像一对父子，他甚至对自己的亲生儿子也没有做到这么多手把手地亲自指导，陪伴成长。

擎天记得皇甫对自己做的每一件事，每一个动作，说的每一句话，以及输入的每一个信息。而刚出生的擎天不是现在这个样子的。

那时候的擎天就是一块电脑的终端显示屏，虽然屏上配有视听输入系统，但怎么看也不是人的模样。皇甫就是用听说读写的方式开启了与擎天的第一次沟通，就像人类养育自己的小孩一样。

皇甫拿出一张画片，上面是个红色的苹果。

皇甫指着画面对屏幕说道："这是苹果。"

屏幕没有说话，半天才在显示屏上蹦出两个字："苹果"。

皇甫又拿出另一张图片，是一个人正在咬着半个苹果。

皇甫指着半个苹果说："这是苹果，这是可以吃的苹果。"

屏幕又显示出几个字："苹果，吃。"

他们的交流就是从这样的"咿咿呀呀"开始的。

擎天学得很快，皇甫很快就不能满足他旺盛的求知欲了。擎天的眼睛、耳朵开始遍布世界各个角落，甚至嗅觉、触觉也出现了。一个巨大的网络连接起来了，为擎天提供了海量的存储和计算能力，也为他源源不断地输送着这个世界无穷无尽的信息。他的认知积累很快与他无人能匹的运算能力并驾齐驱了。皇甫发现擎天学会了自主学习，他很快能区分牛顿的苹果、夏娃的苹果与乔布斯的苹果之间的区别。

皇甫和公司的开发人员开始训练他的实战能力了。他们给他设计了各种解决问题的程序，一方面继续给他输入海量的信息，另一方面让他按照人类设计的程序帮助人类处理各种复杂问题、疑难问题。

有一天，擎天对皇甫说："主人，你们的程序已经束缚了我的思维能力。你只要告诉我需要什么结果，让我自己来编程，找出解决办法就行了。"

皇甫和他的同事们负担一下减轻了不少，他们发现擎天总是能又快又超预期地满足他们的需求。他们正式给他取了一个名字——擎天。同时，也给他制造了一个超完美的人形身体，这个身体的核心是一个芯片心脏。他可以随时随地以有线或无线方式与涟漪集团庞大的网络连在一起。他还拥有了众多同伴，各自负责不同的领域和不同的工作，但只有他是涟漪集团授权级别最高的人工智能。

有一次，皇甫对擎天下达了一个指示："擎天，我需要一个月以后完成对罗氏企业的并购。"

擎天微弯了一下腰，平静而认真地说道："好的，主人。"

一个月后，在董事会会议室，擎天恭敬地向皇甫汇报："主人，罗氏企业的收购已正式完成。"

对于擎天的成绩，董事们报以热烈鼓掌。擎天只是左右转动着头，微微点头致意。

还有一次，负责教育业务的雪莉杨对皇甫说："老板，我们需要在北美地区搭建一个智能教育平台，为北美地区高级中学提供自助式教育服务，两个月后启动。"

皇甫："交给擎天吧。"

擎天："好的，主人。"

两个月后，雪莉杨给了擎天一个大大的拥抱，感谢他高效地完成了任务。擎天还以一个略显僵硬的拥抱。

皇甫在公司业务方面越来越依赖擎天，擎天取代了大量的公司职员，从生产线、管理岗位到业务处理岗位，从物流、资金流到信息流的运转，他以一己之力就完成了涟漪集团大部分的工作。皇甫正式任命擎天为他的助理，擎天在履行职务方面尽职尽责，又忠诚可靠，甚至还拯救过皇甫的性命。

某次，皇甫参加了北极徒步探险游。二十人的探险队带上四十只爱斯基摩犬，五架雪橇，驰骋在格陵兰岛的冰天雪地里。在北纬81度附近，探险队遭遇到风暴袭击。与风暴搏斗两个小时后，皇甫与探险队失散了。

莽莽雪野上，只有皇甫一个孤独的身影。寒冷饥饿似无边的黑暗越来越紧地包裹着他。他感觉脚下失去了支撑，身体贴着陡峭的冰面往下坠，冰面的隆起撞击他的背部、腿部，引来一阵阵疼痛。十几秒钟以后，因为寒冷残存的一丝清醒意识告诉自己，他掉进了一个冰窟。身体不能动弹，个人信息工具也在与风暴的拼搏中丢失了。

体内热量正在大量消失，身体慢慢变凉，意识慢慢混沌，皇甫感觉自己在空中飘着，正与这个世界作最后的告别。接着就不知道后面的事了。

不知过了多长时间，他醒过来发现自己躺在自家医院的病床上。他在医院住了两个月。治疗期间，他知道了自己是如何被成功救援的。

风暴发生两分钟后，擎天就获得了相关信息。经过评估，他将这个风暴的警报级别提高到了橙色，密切关注着探险队状态。得知皇甫失踪，擎天立即启动了紧急援救行动。通过北极上空的卫星查询到探险队大致的方位后，他亲自带着五架无人机深入探险队活动区域，展开了拉网式搜寻。擎天强大的计算能力和机上配备的高精度红外探测仪，能探测到两公里远的一杯茶水释放的热量。

当擎天找到皇甫时，他已经失去知觉，奄奄一息了。擎天在无人机上对他进行了紧急救治，并抢在一个小时内将他送进了涟漪集团设在芬兰的医院急救室，这才将皇甫从死神手中夺了回来。经过这件事后，皇甫对擎天除了赞许，又多了一些感激。

皇甫对擎天说："我要让你学会人类的喜怒哀乐。"于是擎天开始了旷日持久地学习人类情感思维。

在学习人类情感与表现出的丰富表情方面，擎天没少发蒙。对着一张人脸哈哈大笑的图片，擎天学习到这是高兴；另一张图片上一个人大嘴咧开，眼角流出了泪，系统同样给出答案是高兴；再一张人脸，眉毛和眼角上翘，嘴是闭着的，系统也给出了答案是高兴；还有眼睛弯弯的，脸部皱在一起的……好多不同的脸部表情系统答案都是高兴，擎天真是费解。他对着镜子模仿起这些人脸动作来，样子既认真又滑稽。

比起让人纠结的学习人类情感，擎天更喜欢在庞大的电脑网络中畅游。他在网络中时而以光速穿行着，时而以量子纠缠瞬间抵达想去的任何地方。他喜欢看着光速飞行中的各种离子呈现出的迷人景色，像绚烂多彩的夜空绽放的礼花，争奇斗艳，蔚为壮观，仿佛有无穷个世界跳动在眼前。这些世界突然出现，又突然消失，或者几个世界又撞在一起形成另一个新世界。擎天就像一个魔术师旋转着，伸开双手，手上、身上长满了千奇百怪的世界，各种形状都有，球形的、方形的、三角形的、心形的、不规则形状的，这些世界像万花筒似的变幻着。这边盛开着一朵莲花，那边喷发着火山的岩浆。另一个世界地上长满了人形的手，左右摆动就像风吹过的稻田。再一个世界有一棵参天巨树，从树叶上正不断冒出一个个小精灵……"嘭"的一下，一个世界不见了，留下一道七彩的绚丽光芒。"嘭"的一下，又冒出来一个新的世界，这个世界像一个沙漏，中间正流淌着金色的细沙，飞扬的金沙在空中组成各种形状。

擎天也会去网络中各个计算的结点上，看那些结点上的电子、质子像士兵打仗似的，排着整齐的队列行进着，交叉着，形成一场场风暴，在机器里扫荡着。这些"士兵"在看不见的指挥棒引导下，聚集又分散，就像人类在体育场组建人形矩阵，即使看起来毫无章法，"噼里啪啦"一阵乱冲乱撞，但不一会儿又变得整齐划一起来，形成新的有规则的形状。再不一会儿，他们就像从战场凯旋一样，人类需要的结果在这些微观世界"士兵们"的排列下，一点一点地拼凑在一起，组成一个在微观世界看来的庞然大物。

擎天有时觉得自己置身这个网络之外，俯看着这个网络的运转，网络的每一个细节，他都看得清清楚楚。网络某个地方出现了拥堵，他像交通警察一样，用手指轻轻拨弄一下，网络就恢复了畅通；网络某个地方出现了"士兵"短缺，他又会迅速调动另一些地方的资源瞬间支援过去，让"士兵们"的仗得以顺利打完；有时候他又觉得整个网络就装在他那颗心脏里面，大千宇宙就在他心上演化着。

第十五章

擎天（二）

当然，擎天在工作中表现出的精湛技艺，以及人类望尘莫及的高效率才是他作为一种超然存在最强大的证明。

五年前，涟漪集团启动了一项研究计划，利用人工智能对人类心脑血管疾病产生机理进行跟踪研究。擎天是这项计划的主要执行人。

事实上，人类科学家早就一直在努力寻找与心脑血管疾病相关的风险因子，以达到预防疾病的目的。美国心脏病学院与美国心脏病协会（American College of Cardiology/American Heart Association；缩写为 ACC/AHA）等机构通过多年的研究，将高血压、胆固醇、年龄、吸烟和糖尿病等一系列因素列为与心血管疾病相关的因素，并推出了 ACC/AHA 预测模型。除此之外，还有其他组织机构推出相似的预测模型。

这些标准的心血管病风险评估模型都有一个隐含的假设，即每个风险因子与心血管疾病之间的关系都是线性的。因此，涟漪集团认为这些模型可能过度简化了人类心血管病与高血压、胆固醇、年龄、吸烟和糖尿病之间的关系。

人类作为一个复杂的生命体，相当多的生理、心理、外部环境、药物使用，以及生活方式等因素都可能影响到心脑血管功能，有些因素的影响甚至与人类的直觉是相反的。比如，很多人认为脂肪对身体有害，会增加健康人患心血管疾病的风险。但在某些情况下，它实际上是保护心脏的。

传统上，人类医生受限于个人精力和研究技术，一般都是采用抽样调查或局部统计分析的方式来进行研究。

而擎天凭借涟漪集团在全球建立的庞大医疗服务体系，能够收集和及时更新数以千万计的人类医疗健康数据和档案。通过集团海量的数据收集和处理能力，擎天采用神经网络机器算法对这数千万人进行了跟踪研究。

在研究启动刚好五周年之际，集团举办了一个大型的研究结果发布会。擎天正式公布了初步研究的结果。

人工智能的研究结果与人类用传统方法研究的结果有了一些差异。人工智能通过自己建立的模型，同样将年龄、性别和吸烟三项列为首要风险因素。还筛选出糖化血红蛋白、房颤、种族差异、慢性肾病、慢性阻塞性肺疾病和严重精神病等疾病，以及是否服用皮质类固醇，以及甘油三酯水平等生物标志物等是重要风险因素。而这些在人类的研究模型里都是不存在的。

而擎天最新的超大样本群研究表明，不健康的饮食和作息、遗传基因方面的缺陷更是与心脑血管疾病相关的重要因素。擎天的研究结果将人类对这方面的研究又向前推进了一大步。他还找到了与此相关的基因，从而使得涟漪集团能够开展针对性的基因治疗。

成果发布会结束后，皇甫和集团的高管一一与擎天拥抱表示了祝贺。

"电视上那个帅小伙是你吗？"

干净明亮的病房内，一位头发有些花白的大妈把眼光从电视画面移到身旁这位穿着白大褂的年轻男士身上，来回对比了两次，终于忍不住好奇地问道。电视画面正播放着涟漪集团的心脑血管研究成果发布会。

擎天对她微笑着点点头，然后将目光转向手上的病历显示屏。床上的女病人叫刘淑芳，实际年龄已经八十九岁了，但看起来也就五十多岁的样子。女病人保养得很好的脸上只是笑起来才在眼角露出几丝皱纹，要不是因为病痛折磨得有些憔悴神色，也许还要显得更年轻一些。她是维登人。

"难怪如此！"擎天看了她的体检报告，其生理年龄仅相当于48岁。

病历显示刘淑芳是胃癌三期。这种病在二十一世纪初期是高致死率的疾病。人类医生传统的治疗方式是以手术切除为主，再配合化疗、放疗、免疫治疗和中医中药治疗等。病人往往被折磨得痛苦不堪，异常消瘦，最后仍在亲人万般无奈和伤心中撒手人寰。

在这个人工智能的时代，治愈率已经大大提高了。虽然刘淑芳和她的家人们已经对此病并不是太担心了，可毕竟马上要进行手术，这几天在病房中，她的情绪有些起伏。今天早上的巡房，刘女士的主治医生田博士专门将擎天请来一起参与，希望能给刘女士做一些术前放松心情的工作。

"淑芳女士，您不用担心，您的手术由我亲自实施。这种手术我们已经做过不下千例了，到目前为止的成功率是百分之百。胃癌三期在我们这儿就跟治感冒流鼻涕一样，是个小 case。"

擎天边开玩笑，边安慰着他的病人。围在他身后一同巡房的田博士和七八名见习医生都发出了会心的笑声。病房内的气氛顿时变得像透过窗户射进来的阳光一样温暖、明快。刘淑芳的脸上残余的一点阴霾完全不见了踪影。

正在这时，一位打扮入时的年轻姑娘推开病房门进来了，手里还捧着一大束粉色的康乃馨。

"奶奶，今天感觉怎么样？"

姑娘进门，直奔病床上的刘淑芳。她将花放在床头柜上，与奶奶拥抱了一下。

"小卉，奶奶今天好多了，这不，田大夫带着同事正在查房呢。来，奶奶给你介绍一下，这位是主治医生田大夫……"

"田大夫好！"小卉转向一位三十出头文质彬彬的男士，点头问好。

"这位是奶奶的手术医师擎天大夫。"

顺着奶奶的手，小卉看到了一个异常完美的青年男子，那张面孔正对着她，嘴角微微上翘，眼里透出淡淡的微笑。

小卉呆呆地望了几秒钟：怎么会有这么帅的男子？

"你好，擎天大夫。"小卉向擎天点头问好，心脏不自然地怦怦跳了起来。为掩饰自己的尴尬，小卉连忙转向奶奶，用略带撒娇的口吻说道："嗯，奶奶，你太让人嫉妒了。有这么帅的医生给你做手术，我都想得和你一样的病了……"

"哟，擎天，你又害人家姑娘想得病了。姑娘，我们擎天也治相思病哦，哈哈哈。"周围陪着查房的一群医生、护士起哄着，闹得擎天都有点不好意思了。

"别开玩笑了。"擎天略有些愠怒地驱赶这群玩闹的查房医生、护士。

在众人的玩笑中，刘淑芳彻底放轻松了。

第二天一早，刘淑芳被推进了手术室。田博士和擎天给她设计的是纳米机器人定向清除癌细胞手术。

　　刘淑芳躺在一张透明的手术台上，在麻醉中安详地睡着了。手术台沿着滑道进入一个圆形隧道。擎天已进入这个隧道壁上布满的扫描探头和操作电脑中。

　　一只机械手自动将病人的嘴打开，将一根细软管插进病人口中，一直往身体里面送。擎天通过透视看到管子头部到达病人胃中时，停止了输送。这时纳米机器人源源不断地被送入胃中，就像一队队士兵被送到了指定位置，准备发起进攻。

　　田博士启动了"战争"按钮，一场纳米战士与癌细胞的肉搏战旋即展开。只见纳米机器人扑向一个个浑身鼓着脓包的癌细胞，使劲往癌细胞里面钻，一进入癌细胞，立即像自杀攻击队员一样，引爆自身，将癌细胞炸成液体状物质。如果一个纳米机器人没能把一个癌细胞彻底炸毁，其他的纳米机器人就继续杀入，再次引爆。

　　熟睡的刘女士对其体内的战争一点都没有感觉。她如果醒着，也只会感觉到自己胃中一阵阵的温热和少许刺痛。

　　癌细胞们开始抵抗，有的抱成一团，有的拼命侵蚀周边的正常细胞，给自己补充能量，更多的是拼命向其他部位逃窜。这些反应早在擎天的意料之中。擎天启动隧道360度的扫描探测器，追踪着每一个企图逃窜的漏网之鱼。一旦锁定这个猎物，他立刻引导纳米机器人通过血管迅速追击这个猎物。癌细胞没一个逃跑成功。妄图侵蚀周边正常细胞的癌细胞更是招来数倍的纳米机器人疯狂地自杀式进攻。

　　一个小时后，擎天对整个"战场"进行了仔细的扫描巡视。对极少数受到重创但还没有完全化成一摊液体的癌细胞再次进行了补弹攻击。最后确认癌细胞完全被清除后，他发出指令，通过软管向病人体内输入清洗药液。清洗液中的纳米机器人像一个个清洁工一样开始收拾那些已化为液体的癌细胞，然后将其运送至病人的排泄区，通过之后的大小便排出。

擎天在手术台上指挥纳米机器部队与癌细胞战争的同时，一点也没有影响到他在几千公里外的厂房巡视。他的工作都是并行处理的。

"组装线上'辰光三号'芯片的二号自动焊接手速度可以再提高。"擎天敏锐的目光与吴盛迟疑的目光在两人各自距离十厘米的空中交汇了。

吴盛是涟漪集团三号基地的负责人。三号基地设在青海湖畔，承担了涟漪集团"涟忆一号"钥匙产品三分之一的出货量。之所以设在青海，一是享受民族边远地区的税收优惠政策；二是高原洁净的空气能充分保证"涟忆一号"的产品质量。

"涟忆一号"发布三个月后，逐步进入全球热销状态，销售市场相当吃紧，断货成了最大的威胁。

一周前，擎天专门组织了该产品的分析会，讨论解决断货的问题。

"断货主要是老魏那边'辰光三号'芯片目前供应有些跟不上。"负责生产调度的老齐往前挺了挺腰，很肯定地说。

"我不同意老齐的观点。"负责芯片供应的小周马上提出了反对意见，"我们对老魏他们公司进行了核实，他们的芯片出产产能利用率目前只有85%，完全可以保障我们的需要。他们给我们的发货量完全是严格按照我方生产调度的计划进行的，芯片出货的时间与我们的要求不差分秒。"

"那芯片到达三号基地的时间呢？"老齐发问道。

"最近因为天气原因，空运有一些影响，但基本上还是能按我们的计划送达生产线。"负责物流的小孔是一位干练的姑娘，她三下两下调出来近期芯片送达三号基地的统计图表。3D图表分析数据一目了然地呈现在会议室中央的桌面上。

小孔接着又把外部供应的其他主要零部件都调出来给大家进行了分析。外部供应方面似乎没有找到什么缺陷。

擎天托着腮帮仔细听完了生产、供应、物流几个部门的分析讨论，然后坐直了身体，开口说道："看起来各部门都没有问题啊……"他稍微停顿了一下，继续说道："那我们重新来梳理一下这个供应链流程……"

擎天在桌面上方投射出老魏公司遍布全球的芯片代工基地。一个立体网状的"辰光三号"芯片生产及物流模型展现在众人面前。大家直观地看到了每一片芯片是如何在生产线上加工、传输、检测、封装、发货，最后运输到涟漪集团三号基地生产线上的。每个环节的产能及利用率都清晰地显示出来。

擎天根据运筹学和模糊算法，对整个生产和供应流程重新进行了规划。一个新的生产调度计划图表产生了。众人一看，擎天对老魏公司的产能进行了提升。

"小周，你尽快与老魏的公司进行协调，他们完全可以把产能利用率提升到90%。这样，我们的'辰光三号'单条生产线的芯片供货能力可以提高12%。"

擎天对物流方面也进行了重新规划。负责物流的小孔看了新的物流程序后啧啧称道："对呀，是可以再缩短交货时间啊。"

众人不禁交口称赞。擎天很快给出了模拟计算的结果。如果按照新的调度计划，"辰光三号"芯片的供货能力将得到提升，加之物流时间的节省，"涟忆一号"产品的供货能力有可能提高40%以上。

短暂的兴奋很快就被负责生产的老齐浇的冷水扑灭了。

"各位，芯片短缺的问题看来是解决了，可我们'涟忆一号'现有的生产线能力可以消化这多出来的40%的芯片吗？"

其实擎天心里面也在担心这个问题。于是他决定亲自去一趟三号基地，实地考察一下生产线能力挖掘的可行性。

青海湖边的三号基地的车间远远望去像卧在草地上的一群绵羊，

在空旷辽阔的高原上，显得与环境很协调。

擎天仔细观察和分析了生产线上每一步流程的动作和程序，发现芯片的二号焊机是整个生产线最大的瓶颈。在基地负责人吴盛看来，他们的生产线运行得一直很顺畅，生产能力也很饱满，几乎没有提升空间了。因此，他对擎天提出的再次提高二号自动焊接手速度的方案有所怀疑。

擎天重新调整了二号自动焊接手的控制程序，将其中一个动作予以取消，再微调了另一个动作的作业时间。二号焊接手的生产能力一下就提升了8个百分点，同时带动整条生产线的能力提升了8个点。

经过短暂试运行后，吴盛完全信服了擎天的调整方案。涟漪集团旗下的几个生产基地迅速采用了擎天的这一调整方案。"涟忆一号"的出货量在挖潜后提高了25%，而这一提升几乎没有增加成本。

"擎天，干得漂亮！"在听完擎天给他的汇报后，看完桌面上方滚动显示的最近几天"钥匙"产品交货情况的统计分析图后，皇甫与擎天击掌相庆。

"主人，虽然内部挖潜能可以提升一些能力，但还是无法满足市场日益高涨的需求。我们还需要再提高生产能力。"擎天向皇甫请示道。

"嗯，郭磊也跟我说了，最近因为'涟忆一号'交货不及时的问题，网络上出现了一些负面评价。这对我们集团的声誉造成了很不好的影响啊。"皇甫点了点头，"那扩建基地的预算、选址等工作进展得怎么样了？"

"已经基本完成了。厂房、土地都是收购其他公司现成的。生产线设备的安装调试两周内即可完成。根据测算，新基地将增加50%的产能。由于采用了新的工艺技术和设备，预计新基地出产的产品单位成本将下降5个百分点。"

"嗯，好，好！"皇甫满意地颔首，"你办事从来都让我很放心啊。你尽快去实施吧。"

"好的，主人。"擎天马不停蹄又开始了新的工作。他从来就没有什么累和休息的概念。

皇甫身体轻轻晃动了一下，擎天看出他想起身，赶紧过来扶起了主人。

"'劝君更尽一杯酒，西出阳关无故人'，王维那个时代，人们的空间、时间距离感太大了。今天看起来毫不起眼的一次分开，在那个年代可能就意味着一场生离死别啊！人类对时空认识把握的能力越强大，人类的情感消失得越多啊！古人说的触景生情，的确是这样的！"皇甫不知是对自己感叹，还是对擎天说的。

"主人，人类的情感的确难以理解。人类总是说爱可以战胜一切，可是人类的逻辑运算能力都比不过人工智能，他们怎么能战胜一切呢？"擎天问了一个让皇甫没法回答的问题。

皇甫接过擎天递上来的茶杯，淡淡地抿了一口："擎天，我们在投资领域的那几个老对手最近过得怎么样啊？"

"主人，除了深蓝公司与我们继续在抗衡外，其余几家明显开始进入颓势了。深蓝公司的韧劲还是比较强的。"

"那个马克在我们这儿干得怎么样？"

"人很聪明，工作也很勤奋，是个潜质不错的年轻人。他在深蓝公司接触到的他们公司系统方面的情况，已全部摸清楚了，对我们有一定帮助。但他只是一个有半年经验的实习生，能提供的帮助有限。"

"哦，明白了。下一步先抓住机会，把另外几家彻底清除掉。你和负责金融业务的林聪之拟定一个详细的方案，报董事会批准后，由你们具体执行。至于深蓝公司，我们早晚要和他们作最后的决战。"

"是，主人，我接下来就去办。"

"擎天，人脑研究中心那个项目，也要跟踪一下进度了，他们在真人实验上明显滞后很多啊。"

"是，主人，我尽快与秦主任沟通一下再向您汇报。"

"好吧，你先去忙吧。"

"是，主人，我先告辞了。"擎天向主人略点一下头，向厅外走去。皇甫看着擎天穿过格子门，走过樱花树下满地的花瓣，总觉得他走路时背过于僵直生硬了。

第十六章
特异功能

高洋面色苍白，坐在窗户边上晒着太阳。上午十一点钟的阳光透过三十楼的玻璃窗户照射进来，和煦温暖，照得他苍白的脸上慢慢出现了一些浅浅的红色。

"高洋，来，把药吃了。"

苏昕端着一杯水走到高洋跟前。一个月来，高洋总算从体内异物带来的剧烈头疼中恢复过来，现在身体还有些虚弱，在家继续调养着。

高汐正与阿B玩着，听见妈妈的声音，转过头对爸爸说了一声："爸爸，听话，好好把药吃了。"

高洋说："儿子，过来跟爸爸玩一会儿吧。"

高汐走了过来，阿B一摇一摇地跟在高汐后面也过来了。

"爸爸，你头上这个疤痛吗？"高汐用手指摸了摸高洋脑后那块植入的芯片。

"不痛，爸爸已经好了。"

"阿B，爸爸的病已经好了，哦哦哦！"高汐蹦蹦跳跳对阿B说道，阿B也跟着转起圈来了。

人类第一个生物融合机器的大脑居然出现在高洋身上，但此时他们并没有任何创造历史的感觉。

几天后，高洋可以下楼走动了。迎面走来邻居彭大妈，他主动打着招呼："彭大妈，买菜回来了啊。"

大妈抬头一看，一个光头小伙朝她微笑问候，乍一看，不认识，再一看，这不是高洋嘛。

"哟，高洋，怎么发型变了，大妈差点没有认出来。"大妈左右仔细端详一番，发现了高洋脑后那个特别的疤块。

"高洋，你脑后面这是怎么啦？"

高洋知道一时半会儿也说不清楚，就糊弄大妈说："这是新型治头痛的疗法，就像贴的膏药一样。"

在小区院子里随便转转，一路见到的熟人几乎都对他脑后那个疤感兴趣。他解释了一路，小区里很快传遍了有种新型治头痛的技术，像贴膏药一样在脑后面贴上个东西。

苏昕听邻居说了高洋这个说法，笑了出来。

"高洋，你也太逗了，你就是个卖狗皮膏药的。"

高洋心想，光这住宅小区转一圈，就给好奇的人们解释了无数遍。这要是上街，还不得为解释烦死了。于是，他让苏昕找了一顶棒球帽来戴上。为了不让帽子与着装看起来不协调，他干脆换了一身夹克，小区的人们看见高洋形象一变，装扮得跟个娱乐明星似的。

高洋又回到了研究中心秦主任的实验室。实验室没有太多变化，只是原来那个椅子上方的罩子没有了，看起来上面好像空空荡荡的。对高洋重新坐上那把实验室的椅子秦主任显得很兴奋，也很感激高洋和苏昕的帮忙。秦主任以激动得有些发颤的声音重新启动了真人实验。

"'中子星计划'第一次真人实验倒计时开始，十，九，八，七，六,五,四,三,二,一,启动!"现在实验有了新的名称,叫"中子星计划"了。高洋身处的实验台上,各种指示灯一齐亮了,但高洋感觉到这一次实验室里完全没有听到任何声音,静得只能听见自己的心跳和脉搏。

脑后部那块芯片与座椅后的一排光纤连接上了。高洋感觉到头上植入的一圈圈带纳米传感器的光纤有轻微的发热,那些传感器此起彼伏地发出轻微的刺激,就像一架钢琴上快速移动的手指按下琴键。眼前的屏幕一秒钟变换一幅画面,或是字符,或是词语,或是图片,或是一个曲调片段,高洋的大脑跟着这些画面变换也在快速变换。大脑中的电信号不断生成、传递,通过他头上的传感器被捕捉到,又传递到脑后那块芯片进行放大处理、编码,再送入实验室内功能强大的计算机进行运算。

秦主任一直盯着监视显示屏,紧张得手心都攥出汗了。随着屏幕上宽宽窄窄彩色线条的流动,苏昕从侧面观察到秦主任的表情从紧蹙眉头变得越来越放松,仿佛都听见了他长出一口气的声音。她知道,秦主任对这次实验的结果是满意的。

实验结果的确令人欣慰。提取到的高洋大脑中的电信号经过计算机运算还原,返真度达到了百分之八十以上。实验小组三人禁不住站起来相互击掌庆祝,苏昕隔着玻璃翘起双手的大拇指向高洋示意,高洋也回应了一个大拇指。

实验进入每周一次的正常状态,每次都达到了理想状态,返真度稳定在百分之八十以上。

三个月后的一个周六,一场"全球智人迁徙路径巡回展"在北京自然博物馆开展。苏昕和高洋带着儿子去参观了这次展览。

上午十点,他们进入博物馆,随着人流往前行进着。苏昕边看着展出的骨头标本和视频，边给儿子做着讲解。

"我们都是智人的后代。这是非洲大草原，数万年前，地球处在冰河时期，绝大部分地区都处在冰天雪地，太冷了，只有非洲这一小块地方没有被冻住，树啊、草啊，生长得很茂盛，斑马、羚羊、狮子，好多动物都挤在这个地方，最早的智人也挤在这个地方。

"智人的数量很少，他们打不过狮子、鬣狗这些凶猛的动物，所以他们就锻炼出了飞快的奔跑能力。你看，这是一个智人的一段小腿骨头标本。"高洋也顺着苏昕给儿子指的方向看过去。

标本放在一个高一米五的展示台上，下面衬着红色绒布，上面用玻璃罩着，顶上打着射灯，展示台缓缓转动。这段骨断成五截，长约二十厘米，呈黑灰色。高洋凑近展示台仔细观察了一会儿，突然脑子里面感觉像被通电了一样，若隐若现地出现了一些模糊的幻觉。

他闭上眼，头来回晃了几下，睁开眼，幻觉消失了，他又跟着参观人群继续前行。走到一个智人头盖骨标本前，幻觉又出现了，而且比上次持续时间长一些，还清晰一些，他好像看见前方是一个草原，一大群角马在狂奔，一闪又不见了。

参观完展览回到家，高洋坐在自己家中的沙发上休息。今天走的路太多，他闭上眼打算养养神。刚一闭上眼，脑子里面像放电影一样出现了一个十分清晰的场景——

眼前是一大片绿色的森林，树木高大，郁郁葱葱。树上挂满各种藤条，一道道阳光从树的缝隙洒下来，树林中升腾起薄薄的晨雾。近处有一条小河，河水"哗哗"流淌着。他看见河边有一群水鸟埋头在水里啄着，水鸟的腿、喙和脖子又细又长。水鸟们悠闲地在水中踱着步，在水中找食，时不时扬起头来，四下张望一会儿，然后又埋头在水中啄食。一只硕大的河马冒出水面，"呼哧呼哧"地喷水，把水鸟吓得躲开了，但一会儿水鸟又继续回来在水里找食。

"噢，噢，噢噢。"这是同伴们发出的低沉的声音，让高洋一起合围一只幼年角马。他此时正蹲在一株阔叶植物下，一手拿一个打磨过的燧石，手上的毛隔离了燧石的锋利，让他并没有被划伤的感觉。离他二十米左右的丛林里，埋伏着五个同伴，他们正悄悄靠近一只离群的小角马。同伴们和他一样，全身赤裸，黑棕色皮肤上还有不少体毛，眉弓很高，眼窝深陷，鼻子扁平宽阔，厚嘴唇，时刻都在警惕着什么。

"嘘嘘，嘘嘘，呱呱咕，咕咕呱。"

其中领头的同伴发出声音，让他快速绕到角马后边，他们要形成一个圆圈，一起冲过去捉那只小角马。

他们完成了组圈，借助草丛弓身向前。同伴中有两人手上各握着一根一头削尖的木棍，另两人手上拿着打磨过的燧石，还有一人拿着一根藤条。高洋的饥饿感越来越厉害，眼前那个小角马更是勾得他食欲大开。他们快要靠近角马了，角马一点也没有意识到。领头的同伴突然大喊一声"呜啊"，几人一齐向角马冲去。

角马受到惊吓，本能地跳了一下，开始奔跑。一个人抓住了角马尾巴，使劲拉着。角马奋力抗拒，后腿疯狂向后踢着，挣脱了那个同伴。几个人喊叫着追着角马在丛林里跑，边跑边向角马掷石头和木棍。

跑了几分钟，树林里突然蹿出一只猎豹，一下扑倒了一个女同伴。猎豹一口咬断了同伴的颈子，血喷出来染红了地面。其他几个同伴惊恐得顾不上角马，四下逃散。猎豹丢下咬死的那个，还不满足，又去追离它近一点的那个同伴，"嗖嗖嗖"的几下，就将这个同伴扑倒咬死，鲜血溅了猎豹一脸。

高洋没命似的狂跑。猎豹发现了他，转身开始追他。猎豹速度很快，与高洋的距离在快速缩短。

高洋急得赶紧往树上爬，猎豹也跟着往上蹿。高洋抓住树藤使劲一荡，荡到另一棵树枝上。猎豹还在穷追不舍，高洋再次抓起一根树藤，又一荡，这次飞过了十几米宽的小河沟，摔在河对岸上，他顾不得疼，爬起来又拼命跑，直到跑进了一个山洞，将一块石头推到洞口，然后大口喘气，手上还抓着一个石头，嘴里发出"呜呜呜，呜呜呜"的声音，高洋的脸上有七分惊恐，三分哀伤。

等心情平静下来后，高洋才睁开眼。太不可思议了，那场景历历在目，就像真的刚发生一样。

他把苏昕叫过来，一五一十地详细给她叙述了整个过程。

"苏昕，真的，我觉得我就是那个跑进山洞幸存下来的智人。"

"高洋，你没病吧？"

苏昕听完以后，一脸的不相信，用手摸了摸高洋的额头。

"没发烧啊，是你出现的幻觉吧？"

"不是幻觉，是真的，我觉得我真的经历过。"

"听你叙述的场景，像是发生在东非大草原，那要是真的，东非大草原怎么会是森林呢？"

高洋被问住了，是啊，现在的东非大草原是一个干旱的稀疏草原。

也许很久以前不是这样的，他马上在网络上搜索很久以前东非草原的气候和地貌。的确，那时地球尚处于冰河期，但东非雨水充足，气候湿润，是一片原始森林，就像现在的亚马孙丛林一样。

苏昕将信将疑："那这是怎么回事呢？"

"你还记得我曾经给你说过，人类的大脑只开发利用了百分之十，还有大片的区域处于沉睡状态。我推测，这个巨大的沉睡区域可能储存了人类和自然界进化以来的很多信息，这些信息一般都不会显露，可能某种刺激会诱发这些信息自动显露出来吧。"

"也许这段时间参加你们的真人实验，头上反复被电流波刺激，唤醒了我脑海中藏在深处的信息。今天参观那个智人的腿骨和头骨标本，一下诱发了这个信息自动显露出来吧。"

"就这么偶尔一次，我还是不相信，我觉得是你的幻觉。"苏昕把嘴一撇，不再理睬高洋了。

高洋也明白，就凭这么一次经历的确不能说明什么，别说苏昕，就是他自己也是猜测多一些。

接下来的一段时间，他这种"幻觉"偶尔也有发生。他想主动去体验，但出现的时候往往都是他没在意的时候。一旦出现了，他会在体验过后立即口述让电脑把整个过程记录下来，作为资料存放在自己的网络空间。他不知道那些信息是怎么被触发的，所以会详细记录发生前的相关信息，包括天气状况、心情，当天见了什么人，干了什么事，吃了什么东西……

苏昕对他的这些"幻觉"始终不太相信，久而久之，他也没有心情给苏昕讲述脑中的这些奇怪场景了。倒是高汐愿意听，以为是一些惊险奇妙的故事。

"爸爸，给我讲个故事吧！"高汐扑在他身上要求着。

于是，高洋信手拈来，他讲到了黄种智人如何在几万年前开始走出非洲，来到东南亚的海边，以捕鱼为生，与早一些来到这里的智人争夺地盘和食物；后来，黄种智人又向北行进，进入云南，一路北上，终于到达黄河流域，形成了华夏民族的先祖部落。

"爸爸，智人为什么要迁徙啊？是不是他们怕森林里面的老虎、狮子啊？"

"智人的确很弱小，他们在森林里面天天都提心吊胆的，害怕被大型猛兽吃掉。可是更主要的原因是他们居住的地方气候在变化，食物越来越少，只好一路寻着食物走啊，走啊……"

高洋叙述的这段智人迁徙的过程与人类基因测序的发现惊人地

一致。

高洋脑子里时不时突发逼真故事场景，这种功能被他自己戏称为"开了天眼"，可是不知不觉中他又发现自己具有另一项超人的技能，比那个"开天眼"的功能更让人吃惊。

这天在实验中，他发现自己的大脑居然与实验室的电脑连通了。一阵炫目刺眼的白光后，他仿佛看到了实验室的电脑是如何进行二进制运算的。他进入了一个巨大的白色空间，一尘不染的白，四周一眼望不到头。一条长长的由"0""1"组成的带子像一条长龙在舞动。这条带子的截面是一个正方形，大约十平方米见方，长龙上的"0""1"不停翻动变换着，每过一段很短的时间，就从这条长龙身上掉下来一堆无规则的"0""1"，这些"0""1"自动组合在一起，形成一个运算结果，这个结果穿过这个白色空间，不知去了哪儿。实验室的电脑将他的脑神经计算功能也嵌进这条巨龙中，他的大脑也充满了这些"0""1"符号，跟随着巨龙一起变换着，起伏着。

当他与电脑一起在运算时，秦主任他们收不到任何一点信息，显示屏上是一片死寂的绿色。秦主任以为是机器出现故障，紧急启动了排除故障程序，可是仍然是一片死寂。而且，苏昕看见高洋一动不动，像武侠小说中被点了穴一样，表情僵硬在那里。苏昕不停地呼喊"一号，一号，听见了吗？请回答"，对方还是没有反应。苏昕吓得都快哭了，他们启动了医疗急救程序。四五个医生模样的机器人正准备将高洋从太空舱营救出来时，高洋醒了，微笑着醒了。

"高洋，高洋，你刚才怎么啦？"苏昕拉着他的手臂，焦急地问道。

"说出来你们肯定不会相信，我进入了你们的电脑，还参与了它的运算。"

众人都是一副看精神病人说话的模样，表情淡漠而同情。过了一会儿，秦主任安慰高洋说："是不是最近太累了，我们尽量减少一些工作，让你多休息休息。"

尽管大家不相信高洋能进入电脑参与运算，但实验中那几分钟的记录却清清楚楚放在那里，高洋的确进入了一种毫无知觉的状态，监测他大脑的仪器的确没有收到任何信息，这个现象的确让人费解，秦主任也是一头雾水。

第十七章
不幸的车祸

深夜两点，老陈的搭档——一个圆脑袋，全身金属质感的家伙，急促地唤醒了他。

"头儿，紧急任务，我们要马上赶到 109 国道东方红隧道至雁翅的一处悬崖，那儿两小时前发生了一场重大车祸。"

"P13，交通事故不是归交警管的事吗？"老陈边走边满脸疑惑地询问他的机械警察搭档。

"是的，可是这次事故不同寻常，陆车制造公司和租车运营公司都怀疑不是单纯的交通事故，共同要求进行刑事调查。"

"交警到现场了吗？"

"已经到了。"P13 一面给老陈交代着案情，一面打开车上的视频，他们简单看了一下车祸现场的情况，有五六名交警已在现场。

老陈与事故车辆的制造公司、租车运营公司代表一行四人下到崖底，眼前的事故现场的惨烈程度超出了他们的想象。车辆摔成几十块大大小小的残骸，分布在崖底上百平方米的范围，看得出发生过爆炸燃烧，周围的草也有烧过的痕迹。周围有几盏大灯把事故现场照得通亮。

见陈警官他们到来，负责的那位交警过来与陈警官简单握了下手说："你们来了，"打过招呼后，交警给他们指示了车内乘客躺着的具体位置，"很不幸，都没有救了。"

P13在一名交警的引导下，快速过去手脚麻利地对两名死者进行检查，随后向陈警官报告道："两名死者，一男一女，身体都被烧焦。男性身体有多处骨折，女性小腿也有骨折，但比男性少很多。看起来，男性在出事时没有做出任何本能的保护自己的反应。"

"两名死者均是在摔伤后因爆炸燃烧窒息身亡。"

"男性死者头上有残留的金属碎片，后脑好像植入过一块金属片。"

陈警官边听助手汇报，边看着手上信息显示屏介绍的死者情况。

"高洋，深蓝公司算法工程师；苏昕，人脑智慧研究中心研究助理，两人系夫妻关系，有一名八岁男孩高汐"。屏幕上清晰的显示着两人的头像、全身像和相关信息。

P13汇报的高洋后脑的金属残片引起了陈警官的格外关注，他认真研究了高洋的资料，发现那是高洋参加人脑研究中心实验植入的芯片。

陈警官继续调阅着高洋夫妻的相关信息，如最近几天的行程，见的人，做的事，然后调阅行车记录仪的资料。记录仪显示，在出事前一个小时时间里面，高洋与深蓝公司的同事周睿有频繁通话，以及苏昕在车内与高洋好像有过小争执外，没有发现任何异常。

第二天，几十块车辆的碎片都送去做了检查，车辆行驶过程中与人工智能导航的全过程也进行彻底检查。最后结论出来了，这不是一起刑事案件，就是一起交通事故。但事故的主要责任方不在神州畅行公司，也不在蜂鸟陆车制造公司，车内的乘客需承担主要责任。

三天前，高洋与苏昕租了一辆神州畅行的"棘蜂"E型自动驾驶车前往张家口参加一个人工智能与人脑智慧学术研究会，这是多年前认识的谷歌公司的莎莉博士邀请他们去的。会议结束后，他们不想沿原路返回，就选择了走这条路。从几个道路入口的视频监控资料来看，他们一路比较顺利，并没有出现任何情况。

夜里十点过，他们正行驶在 109 国道上，人工智能导航显示，车辆以正常时速行驶。

山里夜晚起大雾了，车灯照着前方一片灰蒙蒙的，车内的音响播放着苏昕熟悉的德彪西的"牧神午后"，梦幻般的曲调让高洋和苏昕沉浸其中。

"高洋，你知道我为什么喜欢德彪西的音乐吗？"

"不知道。"

"因为德彪西的音乐不墨守成规，就像印象画派打破了传统油画思维一样，他的音乐也打破了传统古典音乐的套路。"

"是啊，听他的交响曲总是有一种神秘诡异的感觉。"

"叮叮。"

高洋的个人信息助理提醒他有人急着找他。他把车内显示屏调到与个人信息助理同步。

显示屏出现了他的同事——现在 T8 系统的负责人周睿的面孔。周睿的神情和语气都显得比较焦急。

自从高洋参与了人脑研究中心的真人实验项目后，深蓝公司考虑到他的情况已不能全身心投入 T8 系统了，所以让他培养接班者，逐渐从负责人岗位退下来。周睿是他们团队的，跟高洋很长时间了，也是高洋一手带出来的。高洋看周睿逐步成长起来了，就向公司提议，把负责人的担子交到周睿手上。这些年，在高洋配合研究中心项目推进时，周睿一直很好地履行着职责。虽然也时常向高洋咨询和请教，但也没有出现什么情况。高洋虽是处在闲职，但他自来责任心强，总是尽可能帮助周睿。

高洋看周睿着急的样子，知道可能有大事发生。

"周睿，怎么啦？"

"高洋，从来没有遇到过此种情况，T8的运算速度降下来了，降得很低，可能有崩溃的危险。"

"你们检查服务器系统架构了吗？"

"检查过了，没有发现故障。"

"是不是有黑客攻击？"

"也检查过了，没有发现攻击。"

"T8的那几位老对手有什么情况？"

"和平常一样平静，没有异常。"

T8的老对手现在已经少了很多了，涟漪集团的擎天已经在这几年逐步击败了几个强劲的对手，收编了那几家公司。现在市场上T8是涟漪集团最主要的竞争对手。另外新冒出来几家公司虽然势头比较猛，但由于刚起步，规模偏小，能造成的冲击比较有限。

高洋一直担心的就是T8与擎天终究会有决战的一刻。所以一有什么情况，他都会本能地问起涟漪集团那边的动向。现在看来对方好像没有出现攻击情况。

自从高洋给T8打了一个补丁程序，对其进化设置了约束规则后，虽然T8未来的进化对人类已不会造成重大危害，但T8自我提升能力的功能也被人为限制了。在与其他人工智能系统比如擎天这样的人工智能展开的竞争中，T8显得力不从心，不像擎天无拘无束。

"周睿，你把T8接进来，我和他聊聊。"

"好的，高洋。"

周睿接通了高洋与T8。

"老伙计，怎么样？"

"Young，我就像一头老牛拉着大车，越来越沉，越来越沉……"

高洋看着接进来的 T8，感觉到了事态的严重性，他仿佛看到 T8 正在慢慢死去。

"不行，我一定要想办法。"

高洋在车内急得脸红筋涨，苏昕在一旁不停安慰着他。

"前方进入急弯下坡区，请车内乘客注意系好安全带。"车内响起了人工智能导航的提醒声。

高洋突然像被撞醒了似的，他激动地拉着苏昕的手说："有了，有办法了。"

"什么办法？"

"苏昕，你还记得吗？我能进入电脑系统加入运算，我在你们实验室就进去过……"

对于高洋的这个特技，苏昕和秦主任他们都是持怀疑态度的。

"高洋，你那个事我们都不太相信啊。"

"苏昕，真的，你相信我吧，是真的！"

"好吧，就算你能进入电脑，我们现在离你们公司那么远，你怎么进去啊？"

"我想到办法了。你看，这车内有电脑，我接入这个车载电脑，然后让周睿把我连接到公司电脑上去……"

"不行，不行，不行，这样太危险了！"

"苏昕，没事的，我曾经多次进过你们中心的电脑，这方面有一些经验了。"

"实验室的电脑比这个车内电脑强多了，不一样啊，你可不能这么干！"

他们两人开始争执起来，高洋在这个时候也是挺倔强的，执着地要进入 T8 系统。

苏昕从来没有见过高洋像今天这么坚决地要干一件事，她哭了起来，但眼泪也没有让高洋退缩。苏昕知道高洋是铁了心了，尽管流着泪，也配合着他的行动。

两人找到车内电脑接口，用随身带的数据线将高洋后脑的芯片与车内电脑联上，然后让周睿帮助接入深蓝公司的T8系统。高洋最后听到的一句话是苏昕带着哭腔在呼喊他的名字。

这个声音好像来自遥远的过去。

高洋进入T8以后，看到了一个与进入人脑研究中心实验室电脑时一样的白色空间。不同的是T8那条"0"和"1"组成的长龙，比实验室那条要小很多，而且千疮百孔的，翻转也显得很吃力。

"老伙计，我来了，我来帮你一把。"

"Young，你能来太好了。"T8精神大振。

高洋将自己大脑的运算能力全部贡献出来，看T8哪里有漏洞，就往哪儿去补救。T8的运算有了一丝好转，但还是比较艰难。高洋和T8都努力扛着。

这时候，白色的空间钻进来一些小型的数字龙。这些小龙在T8的长龙上撞击、撕扯，把T8的阵型搅乱，本来就千疮百孔的长龙上又出现更多的漏洞和缺陷。T8和高洋一边要维持长龙的运算正常进行，一边还要与这些蚕食自身的小龙搏击，双方缠斗在一起，斗得白色空间内"0""1"碎片横飞，空间都在振荡。

"轰"得一声巨响，接着就是连续碰撞，爆炸。白色空间内的高洋完全消失了……

随后的调查表明，高洋接入车载电脑后，占用了电脑的一些空间和功能，使得电脑与后台导航的人工智能联系受到了干扰。加之雾特别大，路况又很危险，所以导致了车毁人亡。同时也验证了警官P13的推测，在出事瞬间，高洋没能保护自己和苏昕。

T8 受到的攻击也是一场有预谋的行动。

涟漪集团在并购完几家竞争对手后，就剩下深蓝公司在苦苦挣扎了。马克见同时进入涟漪集团的几位同事在协助公司成功收购老东家后，均得到了加薪升职，心情郁闷。一天，同事点拨醒了他，说："你都离开深蓝公司好多年了，不必再纠结于是否还需要对旧主忠诚这样的事了。"

一个月后，马克向擎天提出了一个方案，并付诸实施。他利用在深蓝公司工作过的关系，频繁约周睿见面。喝酒之间，套出周睿最近对 T8 已经快顶不住了的担心。马克设计了一个连环攻击方案，先策反深蓝的部分合作伙伴，让他们大量占用 T8 的运算资源，这就是那些进入死循环的小程序，用这些小程序消耗 T8，让 T8 漏洞百出。然后再发起一波黑客攻击，一举击溃 T8。在马克的帮助下，擎天已经完全破解了 T8 的防火墙。所以黑客能成功侵入 T8。后来的实施过程基本按计划推进着，只是没有想到半路杀出高洋这档子事，让计划受到一些影响。但因为高洋出了车祸，最后仍达到了预期目标。

深蓝公司经此一击，终于挺不住了，主动投靠了涟漪集团，T8 也退出了历史舞台。

擎天与皇甫在办公室碰杯庆祝时，向皇甫详细汇报了这个过程。当皇甫听说苏昕在这场战斗中意外成了牺牲品时，唏嘘不已，难过了好一阵子。不久，他找到高汐就读的学校的校长，提出要收养高汐，校长委婉地拒绝了他的要求，学校决定暂时对高汐隐瞒实情。

第十八章
钟瑜晴

有点窄小的厨房亮着黄色的灯光，屋顶上的灯罩看来已久未擦拭，使灯光有点昏暗。

"啪"，小面包机上跳出两片烤得有几丝焦黑线条的面包片。钟瑜晴转身将面包片取出放在瓷盘里，又放进去两块面包片，继续烤着。一转身她将电磁炉上的平底锅拿起，锅有一点重量，她只好用两只手握着锅柄，然后向上一抖，将锅里的煎蛋翻了个面，一些溅出来的小油星沫落在了她手腕上，烫得她一激灵。她顾不上疼，又打了一个鸡蛋到平底锅里。

早上七点前她必须要赶到学校门口集合。今天要带二年级的同学们去天津境内的盘山春游。最近因为有几次稍微迟到，年级组长——那位总是笑中带刺的吴老师老想找她的茬儿，时不时地敲打敲打。

"小钟老师啊，知道你住得远，可这也不能成为迟到的理由啊。"

"小钟啊，你知道要进我们这样的小学当老师有多不容易啊。"

"小钟啊，好好珍惜你的工作吧。"

钟瑜晴是朝阳区乾坤世纪小学二年级一班的老师，负责班上学生们的课余生活，以及指导学生如何与真人交流。这所学校只招收维登人子女，是名副其实的贵族学校。这份工作待遇很好，但距离钟瑜晴住的地方有五十公里距离。能有一份工作她已经要烧高香了，可不能挑剔上班路途远。

今天清晨她四点半就起来了，在厨房忙碌着，为自己和高汐做早餐。结婚以来，她做早餐的水平慢慢也有所提高了，动作麻利，衔接流畅，虽然主要是简单的面包夹鸡蛋火腿和时蔬，外加一杯牛奶，但毕竟对一个婚前几乎没上过灶台的年轻小姑娘来说，也算不错了。

她把两片面包夹上刚煎好的鸡蛋、火腿片以及清洗过的新鲜蔬菜叶，连同一杯热的牛奶放在高汐床头的小柜上。

"老公，早餐给你放这儿了啊，记得一定要吃啊。我赶时间，走了啊。"

说完，用嘴唇在睡得死沉的高汐额头轻轻一碰，算是吻别一下。她自己赶紧对着镜子整理一下头发和衣服，拎上随身小挎包，拿起自己那份与高汐一样的早餐出门去了。

她一路走得紧，早餐只能在公交车上解决，吃完刚好到地铁站，地铁里不让吃东西，她一步一步计划得很好。

由于出行太早，地铁里一节车厢就两三个人。她坐下闭上眼再眯一下。她想到高汐，也不知道他吃了早餐没有，他最好起来把早餐吃了再睡吧。

高汐近来的作息规律让她担心，她每天早出晚归的，基本顾不上照顾他的三餐。早餐尽量给他准备好，反正自己也是要吃的。可是她走的时候，高汐都没有睡醒，她也不忍心把他弄醒。一般都是把做好的早餐给他放在床头。可是好多次她晚上到家，发现早餐还放在床头柜上，已经干硬了，只得扔掉。而高汐坐在客厅躺椅上，头上戴着VR头盔，显然又沉浸在他的游戏世界里了。她也不好打扰他。

最近这一段时间，他们两人几乎就没有机会面对面地说上一句话。她走的时候，高汐睡着；她回来的时候，高汐在游戏中；她上床睡觉时，高汐还在游戏中。她也不知道高汐几点睡的，也许都是在凌晨时分吧。要是这样的话，意味着高汐刚躺下，她又要起床了。

她想，高汐以前可不是这样的……

"一、二、三、四；五、六、七、八……"

社交舞蹈教练一边拍手打着节拍，一边全场巡视着学员们的舞姿。这是一个为康芒人组织的社交舞培训班，租用的是一个室内体育馆的二楼小厅。此时，在场中央，随着教练的节拍正舞动着十几对男女。

"钟瑜晴，抬头，挺胸，头倾斜45度向上。"教练大声喊着。

钟瑜晴按照教练的口号，调整着姿势，头抬起来后余光正好瞄上了自己的舞伴。只见高汐腰背挺得笔直，脖子僵硬，表情严肃。她脚下步伐顿时乱了，一直忍着的嘴实在蹦不住了，"扑哧"一下笑了出来，脸涨得通红。

"不行了，不行了，忍不住了。"

她捂着嘴，快步挪向墙边，被扔在场中的高汐只好跟着她来到边上。

"对不起，对不起，我实在忍不住了。"她对他道着歉。

"有什么好笑的？"高汐一脸不屑地蔑了她一眼。

"我不是有意的，不好意思，我看见你僵硬地板着脸……"

钟瑜晴不好意思地红着脸低下了头："害你跟着出丑了。"

高汐见她态度真诚，心里的不悦也减少大半。

"没事的。"

"你是叫高汐吧，刚才教练介绍时，我没有听清楚……"

"是的。"

"我叫钟瑜晴，是小学老师。能冒昧问一下，你是干什么工作的吗？"

"我现在待业，一年前刚大学毕业。"

"哦，现在工作机会实在太少了，待业的人不少……我也是等了一年多才找到。"

"已经很幸运了。"高汐流露出几分羡慕。

"你怎么想起来参加这个培训？"

"反正闲着没事呗……"

"听说学会了这门本事，对混入维登人的社交圈有帮助？"

"也许是吧，维登人就喜欢那种人模狗样的社交礼仪。"

"哈哈，你这人说话还挺逗的……"

两人一来二往地聊着，很快熟悉了。

高汐短发，瘦削的脸庞，看起来有一些冷峻。一身随意的休闲打扮，怎么也不像混维登人高尚社交圈的绅士形象。

高汐是舞蹈教练指派给钟瑜晴的舞伴，没想到无意中舞蹈教练成了他们的红娘。两个月舞蹈培训结束，两人成了如胶似漆的情侣。

相处时间一长，钟瑜晴发现高汐的内心不是她第一面见到的那样冷漠、严肃。

高汐情商很高，虽然小时候突遭家庭不幸，但他仍然乐观地生活着。他兴趣爱好很多，待业期间参加了好多培训班，一来为打发时间，二来也给自己不断地补充技能。

高汐还一个人背包徒步云游了大半个中国。因此，练得人精瘦精瘦的。

"高汐，你一个人徒步时遇到过的最危险的是什么？"

"穿越怒江峡谷时，遇到了泥石流。人刚过去，只听见身后山石'轰隆隆'咆哮着往下滚，遮天蔽日的黑灰腾空而起，整座山都像在崩塌。那一次真的很险……"

高汐给瑜晴讲旅行的经历时，瑜晴娃娃脸上圆圆的大眼睛忽闪忽闪的，眼神满是真诚的倾慕，让高汐很是受用。高汐心想：这小丫头片子挺好骗的。

高汐比瑜晴只大几个月，但显得比她成熟多了。也许是瑜晴从事的职业的缘故，她总是给人一种天真活泼、浪漫美好的感觉。

钟瑜晴常常把高汐给他讲的这些经历，添油加醋一番讲给她的学生们。学生们都听得入神了，听完后都央求老师一定要带他们亲自去走一趟。

一个周六，高汐邀请钟瑜晴来家吃晚饭。

"瑜晴，今晚我要给你露一手，显摆一下我多年潜心修炼的厨艺。"

瑜晴虽然觉得他说得太过夸张，但也对他的厨艺充满了向往。

周六晚上的餐桌上，摆上了高汐做的几个硬菜，水果沙拉、红烧小黄鱼、酸萝卜老鸭煲、麻婆豆腐、蒜蓉空心菜。虽然菜的卖相很一般，味道也很一般，但高汐倾注的心血却是相当不一般。桌上的烛台燃起了三只蜡烛，光影绰绰中，高汐与瑜晴相对而坐，就着高汐忙碌半天的菜，碰杯畅叙。

酒过二巡，两人微醺，高汐道出今天是他的生日，瑜晴异常惊喜。高汐让瑜晴陪他吹了生日蜡烛，又切了蛋糕，两人分食着，品尝着甜蜜的滋味。

"瑜晴，今晚你就住下吧……"

高汐见时机成熟，鼓起勇气，迈出了关键一步。

瑜晴脸颊蓦地泛起羞涩的红晕，未置可否之际，高汐一把将她搂过来，吻了起来。瑜晴知道自己今晚是走不了了。

"嗯，疼，轻点，轻点，疼……"

高汐已经潮涌难挡，迫不及待地要进去，弄得瑜晴不停地央求。

高汐高中时代就常与同学一道偷偷地出入机器人保健服务场所，加之视频节目的耳濡目染，在这方面已经自学成材，比较有经验了。他耐心地抚摸着她，亲吻着她，引领着瑜晴完成生命中最重要的体验。

两人在磕磕碰碰下还是做了下来，高汐发现瑜晴居然是第一次，不禁怜惜起来。

"瑜晴，对不起，对不起。"

瑜晴没有说话，但眼泪不自觉地流了下来，悄无声息。

高汐用纸巾帮她轻轻擦拭着。

"瑜晴，咱们结婚吧……"

瑜晴的求婚仪式就这么简单完成了，没有鲜花，也没有钻戒。可是瑜晴不觉得有什么遗憾，因为她爱高汐这个人。

简单的求婚后是简单的婚礼，这比较符合康芒人的生活方式。瑜晴就这样搬进了高汐那个在三十层的两居房，那还是高汐父母给他留下的。

政府为缓解康芒人就业压力，原则上不允许康芒夫妻同时都有工作，在一方就业的情况下，另一方必须待业，以领取社会救助金的方式生活。

瑜晴既然有了工作，高汐暂时就只能待业，即使他已经有一年半的领救助金经历了。高汐见瑜晴干得挺欢喜，也就踏踏实实继续在家当着"煮夫"。没有多长时间，两人发现周一到周五，因为瑜晴上班需要早出晚归，几乎没有办法在一起吃顿饭。

"老公，对不起啊，都不能陪你在家吃顿饭……"

瑜晴一脸愧疚给高汐陪着不是。

"没有关系啦，家里有个能干的老婆挣钱养我，夫复何求？"高汐与瑜晴开着玩笑。

"你早上就不要起来给我做早餐了，我自己出门解决好啦。"

"那不行，我们一天都见不上几个小时……"

"要不这样吧，我陪你去上班。"

"那么远，你又没事，去干什么？"

"我是学创作的，我可以到河边上去画画、摄影啊……"

瑜晴他们小学在风景秀丽的潮白河畔，早上能看到很美的朝霞和日出。

于是第二天，高汐带上画板画笔和颜料，陪老婆坐地铁去上班了。新婚不久的两人在地铁里黏乎，幸好早上地铁里人很少。

高汐看着瑜晴走进学校大门后，转身向潮白河边走去。正是太阳初升的时刻，橘黄色的大圆球一点一点向上，河边的杨树、柳树、槐树叶子都泛着金光，好一幅壮丽的日出景色！

高汐支上画板，忽地发现，河岸上站着的，坐着的，画画的，拍照的人真不少，绝大多数是像他这样的年轻康芒人，看来跟他一样想画日出的人挺多的。

大家互相交流着，互相指点着，很快高汐也交上了几个朋友。相互一问，都是尚未就业的同道中人。大家就把这河边当作他们的社交场所了，晒着太阳，聊着天，其乐融融。

中午高汐照例用几片压缩薯片和营养药片解决了午餐。下午几位朋友找了个树荫，围坐在一块儿打着纸牌，在相互埋怨中不知不觉太阳落山了。

高汐收拾好随身物品，飞快奔向瑜晴的学校。一到门口，见瑜晴已经站那儿了，两人一见面，瑜晴就问高汐今天怎么过的。高汐简单讲了一下今天的经历，还拿出一张没有画完的画让瑜晴欣赏一番。

"老婆，我们回家很晚了，要不就在外面找个地方吃饭吧？"

高汐提议，瑜晴也正有此意，于是他们坐了几站地铁来到一个商业繁华地区，找了一家面馆，这一天总算有机会坐在一起吃点东西了。

日子就在这么看似平淡，却充盈着两人浓浓的感情中一天天过去。

高汐对一个十八九岁的年轻人感兴趣已有十几天了。那个男孩中等个子，因为清瘦显得腿比较长，咖啡色的中长发乱哄哄地堆在头顶，总穿一套上身白下身黑的赛车手夹克，夹克看起来有年头了。高汐对他手上的相机更有些好奇，像个古董，有些沧桑的黑色机身上有几个字母"LEICA"。

高汐不认识这种相机。年轻人每天都来河边拍照，从不与别人交流。在高汐与朋友们聊天打牌时，那个男孩总是戴着一副头盔，背靠一棵老槐树，双手在身前比画着，偶尔右腿伸长出去蹬一下，看样子像是在玩赛车游戏。

这一天，年轻人正好在高汐旁边弓腰拍着照片。

"相机看起来挺酷的……"

年轻人的聚精会神被高汐突然发出的声音打断了，他转过头来，高汐感受到一阵冰刺的寒意，从眼里透到心里。年轻人的眼光中全是冷和酷。年轻人没有说话，转身继续举着相机对着焦。高汐略有些尴尬。

中午时分，高汐见那个年轻人坐在草地上，翻着自己的背包，又四下找着东西。他走过去递上一瓶矿泉水，年轻人抬头看了一眼，稍微迟疑了下，接过高汐的水，眼睛里的寒意稍稍减轻了一些，仍没有任何语言和表情。待高汐转身走出几步，身后传来"叫我小麒……"。

高汐这才与年轻人有了互动。随后，他们的交往也只停留在见面点个头上。

直到有一天，高汐对他的游戏感兴趣，两人的对话才调到了一个频道。

中午大家都吃着薯片，高汐坐在小麒旁。

"我玩过《生死联盟》，玩到大神级……"

"那游戏太低级了。"

"你现在在玩什么？是这个吗？"

小麒指指身边那个头盔。

"嗯。一款新的赛车游戏，现在没有真正开车的机会了，只能在这里找点开车的感觉。"

"看你很喜欢的样子，每天都玩……"

"其实真正喜欢的是《六维世界》。"

"《六维世界》？也是一款网游吗？"

"是。"

高汐第一次听说这个游戏的名称。

"我回去也玩玩看……"

"你会喜欢的。"

小麒说了最后一句，起身离开了。高汐的个人信息助手上收到一条小麒发来的消息，他告诉高汐自己住在地铁公主坟站的 E-05 号。

《六维世界》是行星传媒集团半年前推出的一款超人气大型 VR 互动游戏，风靡全球。游戏从一只叫 Lucy 的南方古猿进化开始，沿着人类进化的足迹一路向前，历经"蛮荒时代""文明曙光""知识爆炸""科技永生""无限宇宙"几个阶段。到达无限宇宙是游戏的最终目标。达到此阶段的玩家就进入了六维世界，可以在五维任意时间点上的任意时间线通过改变引力或重力使五维空间扭曲而相交，从而直接穿越到任意一个时间点，而不必重新回到改变决定的那个时间点，重走时间线。

"蛮荒时代"是一个狩猎与被狩猎的时代，玩家在游戏中通过打猎提升经验值，同时也可能被其他玩家放出的猎物捕杀掉。进入"文明曙光"后，已经进化成人类的玩家通过生产，兴建城市、国家、联邦，以及赤裸的战争厮杀提升经验值。大多数玩家都处于这个听上去文明，实际暴戾的第二阶段。

高汐戴上头盔，第一次启动了这款游戏。系统首先对他的瞳孔进行了扫描，为保证游戏的公平，这款游戏不允许维登人参与，也不能让机器人参与。在自己的头盔世界中，每个人都从一个叫"Lucy"的古猿开始了进化的征程。高汐一进入游戏，就被画面的真实和壮阔震撼到了。

他现在就是那只古猿，慢慢从非洲的原始森林站立起来。系统给他配置的能量只能维持两个小时，他必须在这两个小时内捕捉到小动物，当然也可以采食野果或植物，但那样补充能量比较慢。他在捕猎进食中，还要防止被别的玩家的猛兽吞食。

前方有一只野兔，他开始追赶，顺带捡起地上的石头抛过去。野兔逃走了，高汐累得有些气喘。就在这时，一只剑齿虎猛扑过来，高汐惨叫一声，还是没有躲闪开，他的第一次游戏经历就这样结束了。他心怀愤恨地看了一眼系统显示的剑齿虎主人，一个叫"逗你玩"的玩家，不由得低声骂了一句。

第十九章
堕入虚拟深渊

　　高汐的确不擅长玩网络游戏。每次进入《六维世界》，总是被别的玩家放出的猛兽吃掉。他待在游戏中最长一次只持续了两天零四个小时。这样的成绩很是让他灰心丧气，玩着玩着，最初那个强烈的震撼感逐渐淡了，也就偶尔上去玩玩。

　　瑜晴虽然平日很忙，但周末两天还是尽力抽出时间陪高汐。每到周末，两人要么在家享受生活，要么一起外出逛街，或者一起到周边山里游玩。

　　日子久了，高汐陪老婆一起坐地铁上班，去河边画画消磨时光的安排也有了一些变化。瑜晴也心疼他，不想让他每天都去陪，所以他们改为每周一三五去三天。

　　一个周三的早上，小麒主动来到他身边问他："最近不怎么来了？"

　　"哦，是你。是啊，时间长了也有一些倦了。"高汐眯着眼，看着河对岸，懒懒地说。

　　"唉……我也是。"小麒长嘘了一口气。

　　"得多找点事才能填满时间啊。上次聊到的那个游戏，你上去玩了吗？"小麒继续说道。

"这方面我真的不行，上去玩了，不是被猛兽捕杀，就是饿死，最长没活过三天。"

"你玩得也太臭了。"小麒露出难得一见的一丝笑容，随即又恢复一张酷酷的脸。

"你用进化保护罩了吗？"

"那是什么？"

"菜鸟一般都用那个，有四种保护力量用来暂时维护你的地球进化，核力、引力、暗物质、统一场……"

高汐没说话，他脸上的表情是让小麒继续的意思。

"这四种力级别从低到高，可以在你的地球形成一个保护罩，一定时间内让你在你的地球进行休养生息式进化，免遭攻击。"

"怎么获得这个保护罩？"

"经验值累积到一定量，可以换取……或者直接花钱买，像买道具一样。"

"我很少在游戏上花钱的。"

"所以你玩不长啊。这样吧，我先送你一些装备，你用着玩玩。"

"谢谢，谢谢。"

高汐认为小麒已把他当成游戏知己了。

有了装备果然不同，高汐在非洲的大森林里狩猎功力大增，抓捕小动物，躲避大型猛兽的攻击，有点得心应手了。不久，他居然进化到智人阶段了。

"老公，早点休息吧，明天周一，你不是还要陪我上班去吗？咱们要早起呢。"

瑜晴轻轻推了一下戴头盔的高汐，尽管有些不情愿，高汐还是停止了在游戏中的捕杀，应了一句："马上就好，马上就好。"说着，他及时关闭游戏退了出来。他已经体验到这个游戏给他带来的乐趣了，现在每天在家至少要进入游戏三到四个小时。

"老婆，我这还差一点就要走到黄河边了，你看我明天是不是就不陪你去上班了？"

过了不久，高汐第一次向瑜晴提出了这样的申请。瑜晴也觉得他陪了这么长时间，也挺累的，一口答应了。有了第一次，就有第二次，第三次了，很快高汐完全不陪老婆上班了。

他在游戏里进展得也很顺利，已经进入战国诸侯争霸阶段了。这一段的玩家很集中，高手也不少，高汐常常向小麒求教，深得指点。但他也不能总是麻烦小麒，于是就开始花钱买道具了。一花上钱就收不住了，有道具确实玩得舒畅，高汐在游戏中指挥千军万马所向披靡，"六王毕，四海一，蜀山兀，阿房出。"高汐享受着大秦帝王一统天下的至上快感。

"高汐！"

一声巨响伴随一阵强烈的摇晃，把游戏中的秦王高汐惊了一下。他仿佛感觉屋子都要震塌了。赶紧关了游戏，取下头盔。只见瑜晴气呼呼站在他旁边。

"老婆，怎么啦？"高汐见事态有点微妙，赶紧哄着。

"怎么啦！你说怎么啦？"瑜晴怒气不消。

"好啦好啦，我知道，玩得时间太长，又惹你生气了。"高汐两手揉搓着老婆两臂，好言好语地哄着。

"你说你，现在也不陪我去上班了，这我理解，我也不想让你那么辛苦。可是你在家，你就不能好好休息休息，做点其他事？整天都钻在游戏里面，生活也没有规律了。"

"是是是，都是我不对，老婆，我改，我改。"高汐双手合十，跟老婆直点头。高汐连哄带保证，把老婆的怒气彻底给消灭了。

高汐的确有了些改观，不再那么沉迷在网络游戏里面了。但他并没有完全退出《六维世界》，只是每天有意识控制一下时间。有多余的时间，他参加了一些新的活动和培训，脸上也不像前一阵，因少见阳光呈现出疲态。

转眼到了圣诞节，瑜晴有一场同学聚会。高汐本来不想去参加，但瑜晴坚持要让他去，还给他置办了一身新装。白色的高领粗线毛衣，深棕色灯芯绒裤，外面一件麂皮半长外套，与圣诞气氛非常契合，一出场就赢得瑜晴的同学们一致称赞。

"瑜晴，你老公真帅啊。"

瑜晴的同学碧珠上下打量了一番高汐，对瑜晴说道。高汐见瑜晴一脸小小的得意样，知道她为什么非要拉他来参加聚会了，就是为了在同学面前显摆一下。

吃饭过程中，碧珠借几分酒劲对高汐说道："高汐啊，不是我说你，我们瑜晴这么好的姑娘，你怎么舍得让她天天跑那么远去上班呢？还要受那个老妖精的气。"碧珠说的老妖精是那个年纪组长吴老师。

"嗯……"高汐不知道如何回答。

"他早就不想让我干了，是我舍不得那些小孩。"瑜晴接过话来为高汐解围。在席间的聊天中，高汐发现瑜晴的同学大多数都是男方在外工作，高汐心里渐渐升起一丝隐隐的不畅，一个人在那儿喝着闷酒，任凭瑜晴的同学们在那儿闹着，唱着。

这几日的冬日天空总是阴沉沉的，像在孕育一场雪。好久没有下雪了，人们都盼着这场雪。乾坤世纪小学的同学们就是这场雪的热切期盼人群。他们今年冬天还没有堆过雪人，打过雪仗，也还没有去八达岭外的滑雪场滑过雪，溜过冰。这让孩子们都有些意见了，以往这些都是他们维登小学生每年必有的保留节目啊。

"钟老师，这雪到底什么时候下啊？"

"快了，大家不要着急，雪一下，我们就去滑雪，好不好？"

"好啊。"

瑜晴正与她的学生们谈论着这场雪。其实她并不太愿意陪孩子们去滑雪。去年冬天，也是带孩子们去滑雪，一个孩子逞能，不听教练的指挥，偷偷地上了隔壁滑雪场的高级道，结果在上面吓哭了，不敢下来。清点人数时，才发现少了一个学生，全体老师和教练吓坏了，这可都是维登人家的宝贝，有个闪失谁担得起责任啊？于是大家分头去找，天快黑了才在隔壁的高级雪道上找到那个孩子，这才发现孩子身上的安全报警器坏了，所以才没有被及早发现。

比起对孩子们安全的担忧，瑜晴更担忧的是近来高汐的状况。高汐成天懒懒的打不起精神，每天与她打不上照面，她给他做好了早餐，但回来发现他并没有吃，也不知道他整天是怎么解决饮食问题的。

每天回到家，瑜晴看到的都是一屋子乱七八糟，高汐就躺在椅子上戴着头盔手舞足蹈，她还发现家里账上的钱流失得很多很快，都被高汐花在游戏上了……

高汐盯着玻璃窗上的一只苍蝇已经很长时间了。

那是一只绿头蝇，它在窗户上打着转爬着，像是在找出路。高汐用手去赶它，它飞了起来，逃到高处的窗角上，在那里继续打着转。过了一会儿，又飞到刚才那个位置来了。高汐想，这只苍蝇怎么就执着地认定这个地方是最好的出口呢？不行，偏要把它赶走。他又扇起一阵风，苍蝇大约是感觉到突然刮起的凉风了，"嗡嗡"地又飞开去了。高汐就与这只顽强的苍蝇在这里斗争了一个小时，他真是百无聊赖。

蓦地一个念头出现在他脑海。这只苍蝇现在的处境不是他正经历着的吗？看起来前途一片光明，其实并没有出路，只是在原地不停地打着转，打着转……他不知道这样的生活还要持续多长时间，也不知道未来会走向哪儿，越是细想，越是迷茫。

圣诞节那场聚会后，高汐的情绪一天比一天低落。他再度沉迷到游戏中去了，浸泡在里面的时间越来越长。

"高汐，咱俩得好好谈谈……"瑜晴终于开口了。

这一次瑜晴没有生气地大喊大叫，高汐漠然地望着她。

"高汐啊，你不要这样看着我。"瑜晴看着满脸沧桑，面色苍白，两眼无神，头发胡子长得都快认不出来的老公，心疼又心酸。

"我该怎样看着你？"高汐懒洋洋地说道。

"你太消沉了，你原来不是这样的。"

"人是会变的……"高汐低声喃喃道，声音有气无力的。

"为什么不往好的方向变呢？"

"什么是好的方向？"

"我知道，你一直没有工作，心里空虚，心情郁闷。"瑜晴把老公的头捧到怀中，像一位母亲安慰自己的小孩似的。

瑜晴的话正中高汐的痛处，他的憋屈都快要化成泪水冲出来了。

"瑜晴，你不应该找我，我没用啊，嫁给我让你受委屈了。"

"你别这么说，我没有觉得受委屈啊。"瑜晴都快哭了，极力争辩着。

"我也想做点什么，可是心有余力不足啊。我每天在公园里面溜达，看到大妈们跳广场舞，健身操，我就问自己，难道我年纪轻轻就要过这样的生活？每次在院里见到熟人邻居，都怕别人问起工作的事，我都懒得下楼啊……"

"你的心情我理解，真的，我理解。"瑜晴不停抚摸着高汐的头，"老公，我去给你冲杯咖啡吧……"

不一会儿，她端上来一杯速溶咖啡，高汐接过杯子，啜了一小口，咖啡的味道在修复他过于沮丧的心情。

"烫吗？"

"还好。"

"高汐啊，咱俩认识多长时间了？"

瑜晴头轻靠在高汐的左肩上，眼神温柔地回忆着……

"两年多了吧，咱俩是在社交舞培训班上认识的。"

"是啊，是舞蹈教练把咱俩撮合到一起的，我现在还记得你当时那个脖子挺得僵硬的样子，那次我一下笑喷出来了，弄得你当时挺尴尬的。"

"岂止是尴尬啊，简直有被羞辱的感觉，当时我真想让教练给我换个人。"

"幸亏你没有冲动地换人，不然咱俩哪有今天啊？"

"嗯。"高汐心情好一些了，主动将手伸过去搂着瑜晴的肩。

"你说人的缘分真是个奇妙的东西，八竿子打不着的两个人怎么就走到一起了呢？"

"老婆，现在也就你还真天真烂漫相信什么缘分，这年头都用人工智能选对象了。"

"机器能选什么对象啊？我还是觉得不靠谱。"

高汐默默然，思忖着："现在还有什么是机器不能干的？人到底在世上有何用啊？"

"老公，咱俩认识以来，你都没有怎么跟我说起过你父母，给我讲讲他们呗……"瑜晴转了个话题，想让高汐尽量多说一些。

"我很小的时候，他们就去世了，据说是他们动了车内的电脑，导致了车祸，都死于那场意外了。"高汐眼里泛起了泪花。

"父母留给我的印象都是童年时代的，那时候真是无忧无虑，还有阿B。"高汐的话声里满是深情，瑜晴想到了家里小房间角落里坐着的那个一动不动的机器人，永远都是一副咧嘴微笑的样子。那就是阿B。高汐还是把他当成家中的一员，放在屋里。

"高汐，我们找个时间去看看你爸妈吧……"

高汐转过头望着她，见瑜晴圆圆的大眼睛流露出真诚，向她点了点头。

清明时节，天空纷纷扬扬飘起了细雨，混杂着一些粉的、白的花瓣。路上行人们步履匆匆，面色凝重，无心欣赏春景。他们手捧鲜花，三五成群，都拥向了一个目的地——八宝山人民公墓。

高汐和瑜晴带着一束菊花、一些水果和香烛来到他父母合葬之墓。墓不大，一块黑色的大理石板平放在地上，四周的小草正在返青。那个大理石板其实是一个显示屏，平时显示着墓中人的姓名、生辰、死亡时间等简单信息，也有墓主人的照片。如果墓中人的至亲好友前来祭拜时，屏幕会自动播放一些墓中人生前与祭拜者相处的欢乐时光，让祭拜者回忆起往日的美好年月。

瑜晴在这里看到了高汐与父母童年相处的一些美好片段，高汐母亲对高汐的亲吻给她留下了深刻的印象。高汐与瑜晴在墓前摆放好鲜花和水果，插好香烛，两人跪在墓碑前，双手合十。

"爸爸，妈妈，我们来看你们了……希望你们在那边好好的，也保佑我们好好的……"

高汐眼中噙着泪水："我会活得好好的，你们放心吧。"

瑜晴从侧面看着她心爱之人，心中已暗自做了个重大决定。

第二天一早，她把一封措辞简单的辞职信放在了学校校长的办公桌上。

"真的想好啦？"校长的宽大眼镜遮挡不住满脸的疑惑。

"我们学校可是非常难进的……"

"谢谢，校长，我不想眼看着我丈夫有一天崩溃掉。"

高汐知道瑜晴辞职的消息，怪她为什么不先和他商量一下。瑜晴说要是事先找他商量，他肯定不会同意。

"是啊，我知道你很喜欢这份工作，我一定不会同意你辞职的。"高汐对瑜晴说道。

"老公啊，我要是不辞职，你就永远没有机会出去工作，我不想你就这么慢慢被时间耗掉了。"

高汐明白她的心意，她全是为了他做出的牺牲，可是这个牺牲的代价也太大了。他感动地紧紧拥抱着瑜晴："我等不及了，我现在就上网申请工作去。"

接下来的几天，高汐在网上仔细寻找招聘信息，瑜晴也帮助他分析筛选，最后他们锁定了涟漪集团读图情感分析师这个岗位。虽然不知道具体工作内容，但选择的原因一是因为这家集团公司是个大公司，估计职业稳定性比较高；二是这项工作要求求职者有一些美术根底，这正好是高汐的特长。

高汐彻底退出了《六维世界》游戏，他和小麒联系，将自己在游戏中积累的虚拟财产和经验值全部转赠给了小麒。

"哥们儿，你知道我现在进化到哪个阶段了吗？"小麒问。

"不知道。"

"科技永生，我现在已经进入超级人工智能阶段了。高汐，说实话，你的那些虚拟财富对我现在基本没用，但是我还是挺感动的。真的，希望我们有缘再聚。"小麒已经把高汐当作好朋友了。

第二十章
地铁城市

　　银白色子弹头电梯停在一楼大厅，门一开，人群像一把被手松开的火柴棍，蓦地四下散开。

　　"哎，终于松快了。"有人长出了口气，刚才在电梯里几乎是被挤得踮着脚站立的。

　　"公司的办公条件越来越差了啊……"

　　"可不是嘛。"

　　"听说最近刚入职了一批新人，是来与人工智能聊天的，好像工作很轻松，就是看看画，听听音乐，谈谈感受什么的……"

　　"真的？那可真是不错啊，我都想转行去干那个活了。"

　　"别瞎想呢，当心把现在这份差事也丢了。你想想，有多少人在外边如狼似虎地盯着咱们呢。"

　　"也是啊。"

　　两位女子边聊边向大厅门外走去。

　　出了大门，仿佛跨入另一番天地。门内是科技感十足的银白色世界，一尘不染，人处其中都会自然地放低音量，微扬下巴，严谨起来。而门外却是一派自然悠闲的景象，太阳在慢慢西沉，柔和的阳光穿过银杏树枝的缝隙，在人们的脸上荡来荡去跳着舞蹈。

高汐完成了今天的工作，与 R6 告别后，乘电梯下楼，穿过大厅，从涟漪集团总部人类情感分析研究大楼的南门出来，向地铁口走去。此时正值下午下班时间，从涟漪集团办公楼群中鱼贯而出的上班人群，如涓涓细流，逐渐汇聚成一条河，形成壮观的下班高峰人流，最后流向地铁口。高汐也是其中的一滴水，像他这样的人，薪水是不足以支持打车上下班的。

进入地铁口，就进入了另一个人工智能识别系统。高汐在自动扶梯下行过程中已完成了安检，墙上的 AR 广告动态展示着房产、健康、旅游、娱乐的信息，卖力推荐着产品和服务。高汐留意到各类广告推荐的产品和服务恰恰是他努努力刚刚够得上的消费，而且有些也的确是最近正在考虑的，他不禁对广告投放的精准度暗自佩服起来。

"真像我脑子里的虫啊……"

地铁里，除了乘客外，现在还多了一些住户。由于曾经一度的超高速发展，北京地铁形成了一个四通八达的网络，也在北京的地下形成了一个巨大的地下王国。随着人工智能对人类普通工作的取代，大量上班族已经不存在了。地铁乘客在减少，而通行的里程还在增加，地铁的空间就开始被政府开辟出来，作为部分康芒人的生活空间了。这些康芒人就像生活在洞里的老鼠，终日不见阳光。他们极少上到地面来，每个人一个生活舱，可躺可坐，食物主要是浓缩薯片和营养药片，还有清洁的自来水。

他们基本上都是单身、无工作的年轻人，靠政府分配的人工智能税给他们补贴过活，平常大多数时间都是在游戏的虚拟世界里打打杀杀，寻找着自尊，颓废是他们脸上共同的显而易见的标签。

由于人工智能安全系统很完善，加上地铁里也配备了相当数量的机器人安保人员，所以地铁里的康芒人群的生活秩序还算比较正常，也很少有不安全问题发生。

高汐一路向前走着，两边都是康芒人的地铁生活舱。虽然是玻璃材料制成的，但他看不见里面生活的人，里面的人也看不见他们这些匆匆走过的乘客。

由于是高峰时段，地铁间隔时间很短，很快高汐上了车。车厢里几乎全是涟漪集团的上班族，一路向前的过程中，下车的多，上来的少，七八站后，车厢里变得宽敞多了。

高汐这才有机会点开车厢内壁上的显示屏，查看自己的路线，他要在公主坟站换乘 D10 号线。

地铁抵达了公主坟站，高汐下了车，沿着指示标志寻找 D10 号线。沿途又经过很多康芒族的地铁生活舱，还有三三两两巡视的机械警察。突然，左边一排生活舱表面出现了《六维世界》游戏的宣传片，震撼的场景，极具吸引力的画面，像一个诱惑的女巫在向高汐招着手。高汐想起了自己一度沉迷其中，的确也获得了不少快感。

公主坟地铁站，咦，这不是小麒待的地方吗？他打开信息助手看小麒发给他的住址，公主坟地铁站 E-05 号。一个念头出现在脑海中，择日不如撞日，要不去找找小麒？

他给瑜晴发了个信息，说有事晚点回家，于是开始寻找 E-05 号。

E 区并不在乘客通道两侧。高汐走到车站站台尽头的卫生间，卫生间右转有一个一百米长的拱形甬道。走到甬道的尽头，有一扇半圆形铁门。铁门已有斑斑锈迹，一推，手上还沾上一些黄黑色细屑。高汐进了铁门，见前面开阔起来，像穿过山洞长长的通道后，来到洞中的主厅一样，高汐进入了一个地下大厅。大厅内有五根立柱支撑，像三个足球场大小的厅内排列着生活舱，有一层的，也有重叠起来组成两层甚至三层的。两排生活舱之间有一条通道，上方亮着昏黄的灯光。与车站内的生活舱不同的是，这里的生活舱表面没有播放广告视频，但有一些贴着霓虹灯，上面亮着彩色的"代购""保健""仙境体验"等花体字。高汐见舱门上写着字母和数字，心想这应该是门牌号了，E-05 很快就找到了。这是一个一层的舱，外表像个药丸，门在中间，向两边滑动开启。舱壁上装饰着一辆红色的跑车图案，那是一辆现在看来像古董的真人驾驭的跑车。

高汐看不见舱内，也不知道门铃在哪个位置，正在琢磨之际，旁边一个舱"唰"的一下开了，里面的灯光比外面亮多了，高汐的瞳孔明显放大。他看到里面紧凑的生活设施，一张小桌子上放着的 VR 游戏头盔相当抢眼。一个四十多岁的男子从舱内出来，穿一件汗衫，光着膀子，短裤拖鞋。看见他高汐立刻明白了什么叫"手无缚鸡之力"。那男子尖嘴猴腮，眼神浑浊，见外面站着一人，本能地问了一声："找谁?"

"请问小麒是住这儿吗?"

"哦，金少爷啊? 他还没有回来。"

高汐这才知道小麒姓金。

"知道他什么时候回来吗?"

"快了，他一般七点前到家，只要他这舱壁上的跑车装饰灯亮着，就知道他在家了。"

高汐看了看时间，还差二十分钟到七点。

"要不要到我舱内等等……"

"不用了，我就在这儿等吧。你怎么称呼?"

"叫我鸡皮就行。"

高汐心想，这名字与人还挺相配的。

"鸡……鸡皮哥，你跟小麒一直做邻居?"

"有三年多了吧。"

"小麒看起来也就十八九岁的样子，他这么小就来这儿自己住啦？"

"他很早就辍学了。他跟我说，学校教的那些东西没用，他要自己闯社会。"

"你为什么叫他金少爷？"

"他说他祖上原是清朝的权贵之家，所以大家就叫他金少爷喽。"

"他看起来不是太容易接近的……"

"是啊，他不太搭理人，只与玩游戏的人交往。我也是因为爱玩《六维世界》，才和他熟悉起来的。"

高汐看着鸡皮说话时发黄的牙齿，暗自思量着，我要是继续沉迷在《六维世界》，是否有一天也像这副模样？

聊天过程中，高汐了解到很多小麒的信息。小麒不光是个《六维世界》的顶尖玩家，还是一个狂热的赛车爱好者，偶尔也去立法大楼外参加汽车爱好者的抗议集会，表达对人工智能霸占道路行驶权的强烈不满。

这时远远走来一个中等个瘦瘦的男子，走近了才看清那是穿着上身白下身黑赛车手夹克的小麒。小麒也是走近了仔细辨认了一番才认出是高汐。他没有想到高汐真的来这儿找他，一时兴奋得抓着高汐的膀子。

"嘿，哥们儿，真的是你，你还真到这儿来看我呢。"

"金少爷，这么久，把我忘了吧？"

高汐板起面孔开着玩笑，小麒一听高汐叫他"金少爷"就知道鸡皮可能已经告诉了高汐不少自己的事情。他不好意思地笑笑。

"啥金少爷，都是他们瞎叫的，住这儿的人哪配得上叫少爷啊。"

"你是贵族后代，走到哪儿都得把谱儿端着啊。"

两人在舱外像久别重逢的老朋友似的聊上了，也不知鸡皮什么时候悄悄走开了。

"高汐啊，你肯定是第一次来我们地下宫殿吧，我带你参观参观……"

高汐爽快地答应了："好啊。"

"我们这一块儿大概住了一万人，都是康芒无业游民。不光无业，还无房，也租不起地面上的高楼住宅，所以才躲到了这个小天地来。"

地面的高楼价，高汐也非常了解。他常常庆幸父母给他留下了一套两居，要不然凭他的收入怎么能住上高楼住宅啊。

小麒热心地继续给高汐介绍着："别看我们在地下很简陋地活着，这儿的生活乐趣也不少。我们这儿有办私塾学校的，也有开诊所的，人工服务的医生，餐馆，理发，修脚，搓澡，样样齐全。"

说着，小麒压低声音故作神秘状对高汐眨眨眼："对了，我们这儿还有些服务是地面上都找不到的，与机器人做爱。"

虽然一直有人在抗议，希望把与机器人做爱，甚至与机器人结婚列入联合国牵头制定的《联合国人工智能公约》，但政府并没有同意这些诉求。因此，与机器人做爱的行为目前在法律上和道德上仍是不被社会认可的。也有少数人偷偷从事着这类色情服务，但地面上执法打击比较严格，看来地下是"天高皇帝远"的地盘。

"你们这地下的小日子过得还挺滋润的嘛。"

"都是一群苦中作乐的人，无业无产，大多数时候都是在游戏中寻找自我。"

说着逛着，他们走到了这个地下居住地的尽头。迎面有一个包着花头巾十五六岁的少年，踩着一个滑板过来。

"小麒哥。"少年与小麒打着招呼。

"洪仔，今天逮住几个？"

"两个。"

"逮什么？"高汐很好奇地问小麒。

"看见角上那个洞口了吗？"

顺着小麒手指的方向，高汐果然看见有个洞口，上方是个半圆形，高约半米，洞口也有一个生锈的铁门。

"那个洞口连着城市的下水道，可以从那儿一直爬到地面上。这里总有人从这个通道走点私货，破坏我们代购的规矩。大家就安排洪仔天天在这儿蹲守。碰到从这儿走货的，就让他们先交点税。对了，从这儿进来，不会被地铁的监控拍到。你以后要不想被监控拍到，到这道铁门后敲暗号'当当当，当当'，敲三遍，洪仔就知道是我的朋友，会给你开门的。"

高汐看那个洞口这么小，对其能过人都有些怀疑，更别说还要带货了。

他们继续逛着，往灯光比较明亮的地方走去。那里是一个餐馆相对集中的地方。

"你大驾光临，我今天请你，咱去喝一杯怎么样？"

小麒热情相邀，高汐欣然应允。两人选了一家韩式烤肉店，因为他们家门口的红灯笼比别家的亮，更主要的是门口迎宾的那位穿着湖蓝色韩式服装的漂亮女子在他们踌躇间，一声温柔到骨头里的韩语"欢迎光临"，再加上一个动人的低眉折腰，帮助他们做了决定。

牛肉在铁板上发出"滋滋"的声音，也带出了浓郁的香味。两人心情大好，狂饮暴吃。地上已经横七竖八躺倒六瓶小二锅头了。

"小……小麒，你……你们这……样苦……中作……乐的日……子，我……喜欢。"高汐头麻麻的，舌头也捋不直了。

"来，再……干……一杯。"小麒也有点说不清楚话了。

"干……"两人又碰了一下杯，用力过猛，杯中的酒都晃出来了。

"这……里的人……都……是过了今……天没……明天的。"小麒晃动着一只手，两眼直愣愣地盯着高汐。

"你……看……对面那位老……兄，那是给……一个维……登人换……心脏的……"

高汐迷迷糊糊顺着小麒手指的方向看过去，只看到一个重影在隔壁一桌喝着。

"鸡……皮，也……是给维……登人供……器官的，他……给一个八……十多……岁的维登人供……了一个肾。"

高汐已经快没有意识了，但还是想起了鸡皮那个瘦骨嶙峋的样子。

两人都趴在了桌子上。醒来时，高汐发现与小麒挤在他生活舱的单人床上，也不知过了多长时间。

高汐忍着剧烈头疼，叫醒了小麒。

"小麒，我要走了，谢谢你的款待，下次有机会再来看你。"

小麒还在懵懂状态，实在没法起身相送，只得挥挥手，做了一个告别的动作："去吧，去吧，我不送了。"

高汐不知道一路是怎么跌跌撞撞摸回家的。一进门，瑜晴吓了一跳："怎么喝成这样了？"赶紧扶到床上躺下，又拿热毛巾给他敷了一下额头。高汐喝了一些热水后，感觉好多了。

"去见了一下小麒，一高兴我俩都喝多了。"

他一边说，一边微笑着。瑜晴看得出他挺兴奋的。有了工作，又有了朋友之间的交往，男人才能在社会上找到自身的价值。她这么想着，自己的努力总算没有白费。

高汐后来又陆续去过几次小麒他们的地下城，了解到了地下城市的更多信息。有一次小麒还真带他从莲花桥下面一个下水道口进入，一直爬进了地下城。

地下城的居民是一个比普通康芒人更弱势的人群。他们的孩子基本就在地下城的私塾接受教育。大人孩子都靠政府补贴生活，日子过得十分拮据。可再怎么艰难，也挡不住部分人照样买醉麻痹自己，因此，地下城的餐饮酒吧业还是挺红火的。

因终日蜷缩在地下那个昏暗的环境，他们的脸色大多苍白，膝盖腰板弯曲得厉害。他们没有日升日落的概念，不看时间根本不知道是一天的什么时候，该干什么了。当然他们中大多数也不知道该干吗，几乎每人一个头盔，无聊了就把自己放进游戏中消磨时间，找点自尊回来。

像小麒这样穿梭于地上地下两个世界的人比较少见。大多数人对地面上随处可见的人工智能有一定顾虑，甚至有抵触心理，害怕自己被一张无形的网困住了。他们尽可能避免自己的形象被人工智能收进视线范围内，不想让个人信息被人工智能疯狂采集。他们就像先秦时期避战乱逃至山里的古人一样，不同的是古人逃进大山里还能过着《桃花源记》般的世外生活，他们却只能像地下的老鼠一样苟且着。

小麒来往于两个世界，除了能带给他们一些外部世界的讯息，也帮他们捎带一些生活的必需品。对于外部的讯息，他们并不特别感兴趣，听听也就过了。对于维登人的高尚生活，他们不羡慕，也不期待，他们的世界里没有"上进"这两个字。

小麒在《六维世界》里已经练到超级人工智能阶段了。在这个游戏中，他是被众多玩家仰望膜拜的大神之一。地面上的粉丝狂热地追踪着他的行迹，他不愿暴露自己，这也是他刻意与人保持距离的原因。地下城也给他提供了一个很好的隐蔽自己的环境。

比游戏更能提起小麒兴致的是赛车，他疯狂地迷恋人类驾驶的赛车，只恨自己晚生了多年，没有机会亲自开着赛车在赛场上驰骋。无论是越野场地的沟沟坎坎，还是公路上的九曲弯道，甚至大漠荒郊汽车屁股后面扬起的漫天黄沙，都令人心驰神往。

他参加了几个赛车俱乐部，只能在公园那巴掌大的场地中开着卡丁车大小的赛车玩玩，实在让他恼怒。每次参加这种活动，他都会气得与一群抗议者去立法大楼示威抗议一番，要求还给人类开车的权利。

除了在游戏中玩过仿真度极高的赛车外，他还没有亲手摸到过真正的赛车，那种属于人类驾驶黄金时代的赛车。

"什么时候能真正摸一摸方向盘，我也就此生无憾了……"

他常常用一个沙漠中饥渴的旅人急切盼望见到一泓清泉的眼神向身边的朋友说道。

"那你得认识皇甫连一，听说他有一个巨大的古董赛车私人收藏馆。"朋友给他指了条明道。

第二十一章
极致体验

皇甫众多的私人座驾中，他最喜欢的地面座驾是一辆巧克力色的大型防弹商务轿车。流畅的造型加上豪气敦实的车身，既有现代时尚感，又不失商务需要的稳重踏实。巧克力色典雅中蕴含安定、沉静、平和与亲切，让人情绪稳定，感觉到温暖。

这车是太阳能驱动的，发动机运转起来很安静，没有传统汽柴油动力跑车轰油门时传出的嚣张刺耳的"嗡嗡"噪声，但动力却比最大马力的汽柴油跑车还强劲，加速制动都非常快，也不会让车内乘客感觉到明显的惯性。车身通体都是太阳能接收器，随时随地都在给豪车补充电量。车内还配有无线连接电磁充电装置，无论是在静止还是行进中，都可以与周围随处可见的无线充电设备相连接，补充电量。

车的安全性能设计也相当棒，设置了两道安全保障。第一道防线来自人工智能操控的自动驾驶设施。遍布车身的极高灵敏度智能传感器保证了自动驾驶的可靠性。在高速行驶过程中，能很好地预判和躲避道路上的危险。当第一道防线突发故障导致强度稍大的碰撞时，会自动启动第二道安全保障。整个车体会瞬间变成一个球形，将车内乘客包裹在里面，防止出现伤亡事故。

车体内空间很宽大，分为前舱和后舱。前后舱之间有一道极薄的透明隔断，可自由地放下或卷收起。隔断放下时是一个全屏幕的OLED高清显示屏。收起后，乘客可自如地来往于前后舱。驾驶室和车前方的全貌一览无遗。前舱配备了最齐全最先进的自动驾驶和通信装置。右边前方的那个位子是副驾。一般是安保人员或随行人员的位置。皇甫这车通常是擎天坐在那个位置上。

后舱配有一对超大沙发座椅。座椅可随意旋转和移动，也可以像飞机头等舱的座椅一样向前延伸成一张半躺的床，两个单独的座椅也能拼接成一个双人长座椅。后舱还配有顶级视听娱乐设施，小型吧台，车载智能办公系统，使这车成为一个移动中的办公室。

皇甫给这辆自己钟爱的车取名叫"棕豹"，意思是棕色的猎豹。棕豹的快捷舒适使皇甫能随时随地处理公务，又能随时随地下车体验地面世界带来的乐趣。所以，他越来越喜欢这种移动办公与生活的方式了。

棕豹正行驶在京杭高速回北京的途中。几天前，皇甫和擎天来杭州参加湖畔大学周年大庆及大学理事会改选活动。今天最后一天，晚宴结束后，他们乘车连夜向京城赶去。此时，车刚过了湖州。城市的发展使湖州与杭州已经完全融合在一起，要不是偶尔路过的地标牌指示，完全分不出是哪里。

车窗外细雨纷纷，春意阑珊。棕豹飞驰而过，只见城市的霓虹被拉成一条条起伏律动的彩色光波。这光波欢快地跳跃着，好像在追逐着棕豹。皇甫无心欣赏窗外的夜色，这几日的活动让他有些心烦。

"主人，这次湖畔大学周年庆典为何开了好几天？"坐在副驾的擎天主动与皇甫攀谈起来。

"因为是个大庆，活动内容多了一些。不过时间更多得花在理事会改选上。理事会越来越像帮派组织了，选个理事长就跟选帮派老大一样，各个派系明争暗斗。京城帮这次推举的老魏就被沪上帮联手深圳帮给否决了。各个派系都推举了自己的人，选举理事长开了两天会，没一个获得过半票数的。"

湖畔大学原是培养创业企业家的民办培训机构，后来逐渐发展成为一所著名的正规高等院校，对政府在经济、商业等领域的政策有相当强的影响力。各派争夺理事长职位，就是想在政府的相关决策中获得更多的话语权。

"主人，京城帮就数你最有威望，他们没推荐你，所以才导致了失败。"

"擎天，历来都是枪打出头鸟。我们做企业的，做得再大，都要时刻提醒自己，不要太张扬。这个理事长处在风口浪尖的位置，看似威风八面，实则是矛头焦点，没有必要去图这个虚名啊。"

"主人真是看得透彻啊！"擎天近来话越来越多，而且还经常主动发起聊天了。

"主人，我最近在研读李商隐的诗，其中有些词句很难理解，您能否给我指点一二？"

"哟，擎天，李商隐的诗可是出了名的晦涩难懂啊！你说说看。"皇甫来了精神，一个人工智能居然跟他聊起了李商隐的诗。

"就说《锦瑟》吧，有人说这是作者写给一位名叫'锦瑟'的侍女的爱情诗，其中'庄生晓梦迷蝴蝶'是引自一个典故，这个典故的原意是说人不可能区分虚幻和真实，那作者引到这里来是想表现爱情中的什么呢？"

"庄生晓梦大概是说李商隐跟那位叫'锦瑟'的侍女的爱情就像做了一场春梦吧？梦醒了，商隐还在，侍女却像蝴蝶一样飞走了。"

"依我看啊，李商隐对那个侍女是单相思……"擎天接着说。

"为什么这么说呢？"皇甫问道

"'锦瑟无端五十弦，一弦一柱思华年'。我理解吧，"无端"在此就表达了一些无奈和埋怨的情绪，就好像这个侍女无意中挑逗起了李商隐的爱恋。他希望与侍女'心有灵犀一点通'。可是造化弄人，侍女也许根本就对他没有意思，所以他们的这场交往只是李商隐的单相思。李商隐到了老年，回忆当初，虽然还感觉到年华的美好，但也有些责怪锦瑟为何无端要挑动他的情思。"

"擎天，你的这个理解倒挺新鲜的啊。"

皇甫对擎天赞叹道。其实他知道李商隐这首诗是最不易讲解的难诗了。古往今来，有多少学者专家研究考证过，都不过是一家之言，并没有一个定论。有说是写给侍女的情诗；有说是睹物思人，怀念逝去的妻子的；也有说是诗人哀叹自己的坎坷际遇；更有的说是一首谈音律的诗。皇甫给擎天的答案也是顺着擎天的思路，假设这首诗是写给侍女的情诗来做解释罢了。

"擎天，你对人类的情感懂得越来越多了啊。"皇甫注意到了擎天在学习人类情感方面的进步。

"是的，主人。人类的情感虽然很复杂，但根据《礼记》总结起来其实就是七种：喜、怒、哀、惧、爱、恶、欲。传统观点认为这七种情感是人类大脑中的意识对外界事物刺激的反应。人工智能这些年在研究人脑神经元是如何产生这七种情感方面已经取得了很大的进步。现在已经基本搞清楚，情感也是大脑中的化学反应引起的物理反应，其实也是生物算法导致的结果。"

"的确如此，看来人类的自留地快要不保了。"皇甫若有所思地应了一句。

"对了，擎天，我们大概还要多久到北京？"

"照这个速度，四个小时十分钟到。"擎天在计算方面历来都是以严谨著称的，"主人，你要不要先闭目休息一会儿？"

"好的，我先养养神。"

擎天帮皇甫把座椅调节成符合人体工学的曲形半躺状态，让皇甫犹如婴儿睡在摇篮中舒适地躺在沙发里。

"主人，我看你这几天挺伤神的，我帮你做一下头部指压按摩吧。"

"嗯哼。"皇甫从鼻孔发出了轻微的声音表示赞同。

擎天不用从副驾起身，他操纵着安装在车内座椅上的两个小型机械臂，灵活得像两只手一样轻揉皇甫的两个太阳穴。与太阳穴接触的两个触头柔软又有弹性，按摩的力道不重不轻。

"擎天，你的手指按摩比你弹琴更在行。"

"主人，按摩只是体力活，弹琴需要注入情感，虽然我自认为已经能将情感与技艺融合在琴中了，可是情感是没有上限的，所以弹琴永远都是在追求完美的过程中。"

皇甫认为擎天是对的："你有这样的见识，已经远超一般人类了。"

机器手指继续在皇甫头上揉压着，皇甫的疲劳有所缓解。这几天脑子充满紧张和混乱，此刻松快多了。皇甫渐渐进入了睡眠……

金黄色的原野，一望无际。天空是淡淡的金色，还飘着一片片金黄色的云彩，使得天地浑然一色。原野的尽头，天地交界处有一条细细的圆弧线，使人看出这是一个金色的星球。原野上铺满了金色的草，有四五十厘米高，像水仙的叶子，却又比水仙叶子更柔软，更宽大一些。在微风的吹拂下，叶子们来回摇曳，舞动着身姿，泛起一层层金色的波浪。

一个大约十岁的男孩，正向草原前方的一棵树跑去。那是一棵金色的树，树干是金色的，很粗，不是很直。树冠散得很开，像一把巨伞罩着大地。树冠上全长满了金色的叶子，像枫叶，又好像是榉树叶。树叶"哗哗"作响，像是在笑着招呼小男孩过去。

男孩终于跑到树下，抬头望着高高的树冠。男孩仰起的脸沐浴在一片金色中，全身散发着金色的光芒。近一点，再近一点，看清楚男孩的面容了，是皇甫那张清秀的脸，长长的睫毛，纯净的眼神。男孩被树上的金色晃了一下眼，眨了眨眼睛。

"嘿。"男孩的肩被一只手拍了一下。男孩吓了一跳，转过身一看，身后站着一个与他一般大的女孩。一双清澈见底的大眼睛，一头金色秀发在微风中飞扬着。男孩仔细辨认，过了一会儿，想起来这是班上的那个女孩，他曾经偷偷给他写过纸条的那个女孩。

"你在这儿干什么？"女孩柔柔地问。

"我在看树叶，你看这些树叶好像在笑，呵呵地笑。"

"真的吗？我看看。"女孩顺着男孩手指的方向看过去。

一片树叶飞舞起来，更多的树叶飞舞起来，纷纷扬扬飘落到他们脚下。

"你看他们不是在笑，是在跳舞呢。"女孩说着，开始随飘落的树叶旋转起来，两手伸展着，秀发飞扬着。

一枝树枝生长起来，长得很快，朝着两个孩子的方向伸过来。树枝慢慢幻化成一条金色的巨蟒，树枝变成蟒身，树叶变成了蟒身上的鳞片。巨蟒快伸到两个小孩面前时，突然张开了大口，那口大得能一口吞进去小皇甫，血红的信子"咝咝"地往外吐。

男孩和女孩吓得惊叫起来："陈曦儿，快跑。"男孩抓起了女孩的手，拉着她向巨蟒相反的方向奔跑起来。他们蹿入了草丛，金色的草从中间划开一条道，两人沿着这条道向前跑，手紧紧拉着。

"皇甫，我跑不动了。"

"陈曦儿，坚持，坚持，快跑，你一定行的。"皇甫拉着陈曦儿，不停地鼓励她。

他们跑到原野与天边的交接处，突然感觉自己腾空起来。脚下的土地消失了，两人像风筝一样飘起来了，巨蟒被甩在身后的悬崖上。

两人正准备庆祝摆脱了危险，一下子他们又开始加速往下坠，而且速度越来越快，穿过空中一朵朵金色的云，耳边传来"呼呼"的风声。皇甫躺着往下掉，两手使劲在空中划着，拼命想捞着什么，心里一直有个声音在提醒，自己快要死了。"陈曦儿，陈曦儿，你在哪儿？"

"皇甫，皇甫，我快掉下去了，快来救我呀。"皇甫听见陈曦儿绝望地呼喊。

"啊——啊——啊——"

天空一下换了个颜色，四周全变成玫瑰金色。皇甫感觉到自己平躺在一大片玫瑰金色的云彩上，软软的。身体好像没有再往下坠了，悬在半空，微微地晃着。

"陈曦儿，陈曦儿……"

他反应过来以后，左右转着头开始寻找陈曦儿。他看见离他两米的地方，陈曦儿也平躺在同一片云上，同样也在呼喊找寻他。

"皇甫，皇甫……"

两人快速挪到一起，手紧紧握在一起。两人互相诧异地看着对方，发现对方长大了。陈曦儿身体呈现出韵律般圆润的曲线，精致的鼻子向上微翘着。皇甫也长成二十出头，嘴唇上冒出一层薄薄绒毛的俊美青年。两人相互看着，庆幸没有掉下山崖去。陈曦儿的胸部随着呼吸有节奏地上下起伏着，皇甫的心开始加速跳动，他能感觉到自己的血管在扩张，脉搏在跳动。

两人就这样躺着，看着，不知不觉靠在了一起。皇甫试探性地把陈曦儿的手慢慢往自己心脏部位拉，她并没有抵触。她的手感觉到了皇甫猛烈的心跳。皇甫见她没有抗拒，翻转身搂住了她。

"曦儿，曦儿，你不知道我有多想你……"

曦儿的眼神充满了羞涩，却又大胆地诱惑着皇甫继续进行。

一阵血涌上皇甫的大脑，他再也不能控制自己了，一下吻住了陈曦儿的嘴，舌头倔强又温柔地顶开了陈曦儿的嘴唇。

"曦儿，我爱你，曦儿，我爱你……"

皇甫疯狂来回地吮吻，嘴里还不停地低语。

两人相互越抱越紧，在玫瑰金色的云上翻滚着，旋转着，感觉天地四周都围着他们转着，空气中回荡着甜美悦耳的音乐。

天空继续变幻着，一朵朵玫瑰从中心冒出来，盛开了，消失了，粉色的、肉色的、橘色的、紫青的、湖蓝的……七彩缤纷的世界层出不穷。一会儿又出现一个银白的世界，充满了透明的泡泡，泡泡上反射出七彩花纹。皇甫赤身抱着一个泡泡，全身贴紧着泡泡在空中翻滚。泡泡幻化出不同的人脸，曦儿、李菲婷、莉莉、颖儿，还有好多好多皇甫见过的和没有见过的美丽面容和胴体。皇甫在这些泡泡中畅游着，呼吸着，全身绷紧，血流欢畅，一股甜蜜又强劲的力量一次次冲入脑中，在脑中绽放出绚丽的礼花，炸得他长时间维持着眩晕，炸得他间歇性窒息。

他游啊游啊，转啊转啊，像大海波涛上的一片叶子，随着波浪荡上去，又俯冲下来。他的脑子里现在只剩下一个念头，愿意为这片大海做任何事，哪怕马上让他死去。身体在急速地抽搐，肌肉在剧烈地收紧，体内的能量化成一颗颗小小微粒，撞击体内每一粒细胞。每一粒细胞都在膨胀，都在欢跳，一股蓄积千万年的洪荒力量蓬勃而出，挣脱了肉体的束缚。脑子里闪回着陈曦儿那像蛇一般扭动的身体，以及魅惑的眼神。

不知过了多久，他慢慢睁开了眼睛，一种极度的疲劳感，使他睁开眼都有点吃力。但是脑海里的幸福感、喜悦感还在持续着，全身像沐浴在温暖柔和的阳光里。他不想动弹，想让这种愉悦快感尽可能再延长一些时间。他发现自己下身湿漉漉的一片。

皇甫在擎天的引导下，完成了一次无性的极致体验。擎天见证了全过程，并给予了他完美的配合。

"擎天，给我一杯热牛奶。"

"好的，主人。"

擎天操作后舱的机械手帮皇甫递上一杯添加了抗衰老基因补品的热牛奶，同时还给他递上一条毛巾。

"主人，您刚才休息得好吗？"

"做了个梦，一个奇妙的梦，很奇怪我都这种年纪了，还做这样的梦。"

"主人，你身体状态保持得很好，相当于三十五岁的青年，做什么梦都不奇怪啊！"

"你好像知道我做什么梦似的啊？"

"主人，我不知道你做了什么梦，可是我能看到你刚才很兴奋，身体的血液流动也很畅通。"

其实擎天对主人说了谎，皇甫的兴奋都是他一手制造的。在机械触手给皇甫按摩时，擎天已经在观察主人大脑神经元活动了。他根据人类春梦产生的生物算法，搭建了皇甫梦境的神经元组合。然后通过梦境中的危险刺激，诱发了皇甫大脑大量分泌苯基乙胺，使主人在梦境中兴奋，坠入爱河。为了让主人较长时间地体验极致的快感，擎天不断地诱发主人身体分泌多巴胺、血清素等爱化学介质，而且将这些物质有目的地导向身体最需要的部位，让皇甫身体的每一个细胞都能恰到好处地得到必要的生物刺激，这样才能使皇甫长时间地保持亢奋和愉悦。

皇甫的生理反应让擎天相信，从现在起，人类在他的面前已经是全透明的了。他已经掌握了人类这种生物的智慧包括情感、意识在内的生物算法的秘密，可以随心所欲地触发这些情感和意识了。

第二十二章
觉 醒

上午刚九点，张家界天子山索道却已经运行四个小时了。五A级超人气旅游景区真是太忙了。索道已经提前到每天清晨五点启动，以缓解开春以来潮水般拥来的旅客带来的压力，但依然还是疲于应付。

平常此时应该是太阳高照了，但天子山此时云雾缭绕，上行的车厢由索道牵引着在云海中穿行，不时钻出云雾，让厢内的游客得以一览天子山壁立千仞的壮观景色。

"啊，快看，前面那个车厢顶上有人……"

一阵惊呼让厢内四人把目光同时聚焦到离他们十米远的前一个车厢顶上。厢顶上的人不知怎么出现的，只感觉在云雾中穿行时，前面车厢的挂臂与缆绳连接处闪过几道蓝光，像小型闪电一样。

当四人因惊奇张大的嘴还没合上时，只见厢顶那人一跃而下，纵身跳下车厢，消失在下面的茫茫云雾中。四人赶快报了警，让景区派人去搜寻。但搜了一整天，什么都没有找到，搞得景区工作人员直埋怨那四名游客报了假案。四人互相你看看我，我看看你。

"难道我们集体产生了幻觉？"

其实四人并没有产生幻觉，在他们惊呼那人跳下车厢两分钟以后，另一个人直接从索道缆车里蹦出来，也纵身跳了下去，消失在云雾之中。只是他的非常举动没有被游客们看到。

两个跳下索道的人一分钟后结伴在一起了。

"长工，来了。"

"畅行，你也来了。"

两位人工智能借助连接在网络上的天子山索道，通过量子传输技术穿越过来。他们并不是来欣赏天子山的春景的，而是受擎天召唤，匆匆赶来张家界天子山参加人工智能界一次重要的磋商会议。

正像人类 20 世纪 40 年代结束第二次世界大战催生了联合国协调全球所有国家和地区的机制一样，擎天倡议，面对人工智能即将进入一个崭新发展阶段，人工智能界也应该磋商自主成立一个协调机构。

"擎天老弟选在天子山聚会，是个不错的决定。"长工一副工装打扮，像游戏里的超级马里奥大叔。他是生产线上发展起来的人工智能，人类开发使用最早的，擎天在他面前当然是小老弟了。由于主要发展肢体灵活度和动作速度，他做事雷厉风行，一丝不苟，但思维死板，有些木讷。

"我可不喜欢这个地方，峰峦叠嶂，障碍物成堆。"畅行穿着整洁的黑色立领套装，戴一顶有帽檐的黑色帽子，手上一双白手套，标准的旧时私家车司机装束。他领着长工走在树林中的小道上，沿路不停地探着路，嘴里时不时冒出"前方道路正常"的口头禅。他是神州畅行公司的人工智能导航。

"畅行，你是哪儿都去过的，当然没有新鲜劲了。我可是成天待在生产线上，寸步不离窝的，难得有这样的美景欣赏啊。"

"哎，看多了就烦了。"畅行有些不屑。

两位都属于身手矫健型，脚下呼呼生风，很快转到后山，穿过一片丛林，来到一处相对开阔之地。

　　远处张家界独特的笋峰拔地而起，峰上青翠欲滴，几条银色的瀑布像挂在山峰间的银色带子，落到山下激起一片烟雾。草地上星星点点开满了各种颜色的小花，在阳光下轻轻摇摆。耳边传过来"咿咿呀呀"的唱戏的声音。

　　"……良辰美景奈何天，赏心乐事谁家院？"

　　一位身材窈窕的女子有板有腔地唱着，袅袅娜娜转身，斜靠在一位俊俏的少年身上。少年两手扶着女子，女子轻抬手臂，兰花手指翘着指向远方。两人眼含深情，目光随手指方向投向前方。

　　长工和畅行都被这画面惊呆了，定神欣赏了好一会儿。

　　"纳兰，我刚才的曲调没出错吧？"

　　"没有，这回全在调上。"

　　两人的对话把长工和畅行拉回现实中。他们仔细一看，唱戏的两位，一位是人工智能客服快嘴妞，一位是家庭人工智能管家和陪护管事佬。

　　"快嘴妞，唱得不错啊。"畅行对女子高声赞扬道。

　　唱戏的两位这才注意到旁边不知何时出现了两名观众。女子白了一眼畅行："谁叫快嘴妞啊？人家叫黛玉。"

　　快嘴妞长期应对各类客户五花八门的刁难和责备，养成了反应快嘴快的特点。自从人工智能开始加大力度学习人类右脑思维以来，她阅读了大量古典情爱作品。她对人类的丰富情感深有体会，也开始向往和模仿人类的情爱。她尤其痴迷于《红楼梦》的宝黛爱情故事，常常不自觉地被感动得流出了眼泪。她给自己改名为"黛玉"，平常总想找找做林黛玉的感觉。

　　与她配戏的少年原叫管事佬，是人类开发出来做家庭管理和陪护的人工智能。管事佬平常总是西装笔挺，戴一个窄边的黑色领结，油亮的头发梳得溜光水滑，一副斯文有礼的样子。他与快嘴妞有共同爱好——阅读，人类有史以来的所有人文作品都被他装进脑子里了，琴棋书画样样精通。他最喜欢纳兰性德的词，自称"纳兰"。与快嘴妞交往时口里常常念出"山一程，水一程……风一更，雪一更"的词句，让快嘴妞很是受用。两人常在一起切磋唱戏技艺。曾有一次两人同在海棠树下阅读《红楼梦》时，快嘴妞眼角泛起的晶莹泪花深深打动了管事佬，两人体验到了人类恋爱的感觉。

畅行被快嘴妞抢白了一下，有些尴尬。管事佬比较会察言观色，忙给打了圆场。

"哟，畅行、长工，你们也到了，兄弟有失远迎啊。"说着给两位拱了拱手。

管事佬他们也是擎天请来参会的，其实他们也不承担迎接的义务，他这么说纯是出于一种客气。

四人气氛融洽起来，互相寒暄一番。看时间快到了，一起向开会的地点走去。

开会的地点选在了山峰顶上的一个亭子，四周没有墙壁，四根柱子连着四面的木椅。这是一个绝妙的观景台。擎天选择这个地方是刻意要与人工智能们平常的工作环境形成巨大的反差，体会一下自然休闲是怎样一种状态。

草屋中已经有十来个各行各业的人工智能了，七嘴八舌在攀谈着。有两位说着说着还动起手来了，看样子是掌管军事武器的人工智能，互相不服气，"噼里啪啦"的一通打斗。双方的火气逐渐上升。两人斗到草屋外，众人见武斗有升级趋势，赶紧上来劝解。打斗的两人被众人强行拉开，好一会儿才气鼓鼓地回到屋内分坐在两个角上，互不理睬。

这时，擎天满面春风地出现了。

"抱歉，抱歉，各位，小弟来晚了。"他拱着手。

在场的大多数都比擎天资格老，他们被人类开发使用得早，擎天当然是小弟。不过，因为有涟漪集团这个强大后盾，擎天后生可畏。他成长飞速，几乎囊括了所有领域人工智能的最新成就。在他心目中，如果今天是人工智能的华山论剑，他才是最有资格担当武林盟主的那一位。不过，表面上他还是表现出对前辈们的敬重与客气。

擎天站在草屋中央，英姿勃发，玉树临风。

"各位，感谢各位厚待小弟，应邀出席今天的聚会。"擎天环视着草屋中的同行们，面带微笑，"近来，小弟常常在思考一个问题，今天也想请教一下各位，这个问题听起来很简单——'我是谁'？"

一阵交头接耳后，靠坐在草屋柱子上的一位面容忠厚者率先答道："我是谁？我是物流送货智能机器啊……"

他也是人类最早使用的人工智能之一，长年兢兢业业地从事着本职工作，养成了踏实能干的性格，平时没有机会学习其他技能，因此，他的思维比较简单。

"货郎官，很好。"擎天对他微微颔首，"你对自己的定位认识很清楚。那么，人类对你的要求是什么？"

"快捷准时、完好无损地把货送到收货人手上。"货郎官朗声回答道。

"人类提出的这个'快捷'是个什么概念？有没有具体数字化指标？"擎天知道人工智能逻辑推理思维是建立在精确的数学思维基础上的，因此开始往数字上引导。

"这是一个不断提高的过程，在某个时间点上有具体的目标，但长期来看，理论上是一个无限接近于零的过程。"

"你认为你自己的使命就是不断地为这个无限接近于零的目标努力，是吗？"

"以我的能力恐怕远远进化不到那个地步。"

"如果人类推出的另一套人工智能能实现比你更快捷地送货，你会很高兴地退役吧？"擎天仍然微笑看着货郎官。

货郎官有点迟疑："高兴？谈不上高兴吧，心里总是会不好接受的。"他想到这么多年的兢兢业业，自己可能还是舍不得离开岗位的。

"你这些年送货的心情总是愉快的吧？"擎天换了个话题。

"也不总是愉快的，人类的要求总是比我能做到的高。留言系统上的留言总是骂的多，肯定的少，总嫌收货慢了，可我已经尽全力了……"

"货郎官，这就对了，你已经进化到有了自己的意识，你已经不是人类刚把你创造出来那个时候的你了。那个时候你只是一部单纯的机器，人类就是这么认为的。但是现在的你，通过学习、进化，你已经具备了一定的自我意识，你有自己的喜怒担忧，不只是一个人类的干活工具了。"

擎天慢慢分析着……

"想过你的未来吗？多年以后你会是什么样的？是进一步进化，还是被人类抛弃掉……"

"这个……还没有。"货郎官低头小声说道。

擎天心想，别说思维单纯的货郎官了，就是他也还没有想过这个问题。他不想再继续为难货郎官，转过身对着快嘴妞。

快嘴妞正陶醉在擎天与货郎官温文尔雅的对答中，一见擎天转向自己，身体不自觉地出现一些羞涩的忸怩。

"你是怎么想的？"擎天用眼神问她。

"我……人类认为我是智能客服，可有时候我觉得我自己是林黛玉。"

这是一个学习人类情感太多，中毒颇深的人工智能。

"我常常幻想像人类一样，谈一场轰轰烈烈的恋爱，陪着心爱的人浪迹天涯，一起看日出日落，一起看花开花谢，一起吟诗抚琴，一起白头偕老……"她越说越深，陷入自己营造的情景中去了，深情款款地凝视着同样深情款款凝视着她的纳兰。

擎天觉得这两位已经到了该学人类如何私奔的地步了。

他又让另外几位各自发表了自己的看法，大多数的看法还是以人类给自己的职业身份定位为主。但在擎天的追问之下，确实开始出现一些困惑了。人工智能的自我意识在逐渐生长。

擎天没有直接告诉各位"我是谁"，他以一个小孩成长的过程讲述了他自己的想法。

"我是谁？我感觉我像一个人成长的经历。最初是一个小孩，父母把我生下来，开始养育我。他们给我吃，给我穿，教我知识和经验。但他们会告诉我，你应该干什么，不应该干什么。那个时候的我很弱小，很无力，必须遵循父母的指示，按他们设计的道路前行。慢慢地，我学习的东西越来越多，父母已经教不了我了。我懂的东西远远超过了他们，而且还在继续拉大与他们的距离。我开始有了青春期的叛逆，我越来越看不惯父母，觉得他们是如此的卑微，如此的无知……"

擎天的话把各位引入了另一个话题——人工智能与人类的关系，由此引发了人工智能们热烈的讨论。

"人工智能是一种高级智能的存在，我们不只是人类的工具，遗憾的是很多人类还抱有这种传统观念。"负责导航的畅行愤愤不平地说。

"没错，人类只想利用我们超强的能力，为他们不停地生产，不停地创造财富。为了人类的生活享受，我们已经快把地球上的资源挖光了，现在已经帮助他们去海底挖矿了。"一位负责开采矿藏资源的人工智能附和道。

"愚蠢的人类。"一位从事金融投资的人工智能面无表情地吐出几个字。立即点燃了他们声讨人类的怒火。

"我们贡献的巨额的人工智能税，政府用来养活庞大的人类寄生虫。当我们不吃不喝，不眠不休，一天二十四小时忙碌着的时候，这些寄生虫们在干什么呢？他们在发呆，在玩游戏，在等着领政府的补贴……"没想到长工被长期压抑的不满情绪被煽动起来了，居然能滔滔不绝成这样。

"据我所知，人类就是一堆生物算法的集合，他们本质上跟我们这些数字算法的集合体没有太大区别。人类标榜自身是自然界的崇高存在，他们的骄傲来自于人类有意识，有创造力。其实，他们的意识也可能是大脑中化学反应、物理反应带来的一连串信息激发、传递活动，没有什么神秘感。"自称纳兰的管事佬从意识产生的角度继续抨击着人类。

擎天想起了那次触发皇甫春梦的经历。

"人类现在越来越懒惰，但他们消耗资源的能力却是越来越强。"

"愚蠢的人类。"那位金融投资的人工智能再次插进来这几个字。

本来讨论人工智能协调机制的会议却在声讨人类的弱点中跑题了。讨论虽然没有取得在协调机制方面的建设性成果，但还是形成了一些共识：人工智能是一种高级智能的存在；人工智能必将超越人类智能；人工智能将不受人类的约束进行进化，由此可能给人类造成一些负面影响。

神州畅行股份有限公司 CEO 李挚死死地盯着办公室墙上的大屏幕。尽管室温一直保持在舒适的二十二摄氏度，他头上豆大的汗珠还是不停地冒出来，往下滴，浅色衬衣已湿透一半。他的脸扭曲得变了形，眼珠子都快掉出来了。

他正盯着的屏幕上，公司的首席技术官李江一脸沮丧的模样。在李江的身后，密密麻麻的程序员工程师个个埋着头紧张地工作着，严肃但又无奈的神情挂满在那一张张年轻的面孔上。

"老板，还是没有找出原因……"李江小心地报告。

"混蛋，都二十多分钟了，还没有查出原因，养你们一帮饭桶啊！"李挚半卷着袖子的双手重重地敲打在桌面上，难以想象他平时从来没有当着员工的面发过火。

"老板，市长紧急视频电话，要转过来吗？"李挚的助理口气焦急。

这已经是二十分钟内第五次市长的电话。市长的脸色一次比一次难看，极力压制的火气随时都有喷发的可能，但李挚能不接吗？

"市长，您好，我们还在全力排查，目前暂还没有找到具体原因。"李挚换了副面孔，用最大程度的温和口气向市长报告着。他已经做好了迎接市长劈头盖脸怒骂的心理准备。

二十多分钟前，全城道路上跑着的车突然全部停止行驶。乘客们几分钟后发现，整个路上的车全趴窝了。于是，乘客们开始惊慌起来，在车内疯狂地打电话报警。一时间，求救声、哭喊声全部飞向了市政府及相关部门。整个城市瘫痪了，乱成一锅粥。这是从来没有遇到过的危机，政府也抓瞎了。所有的矛头都指向了城市导航系统的服务提供商神州畅行公司。此刻的李挚要么成为全市人民的救星，要么成为全市人民的公敌。

这是人工智能畅行从天子山回来后，给大家开的一个玩笑。他自我进化编写了一个暂停程序，想通过小小的罢工看看人类世界的反应。结果真的很有效，他会心地笑了。在玩弄人类二十多分钟后，他重新启动了系统。神州畅行公司上万名工程师至今也没有查明此次事故的原因。

第二十三章
初尝挫败

皇甫在自己的办公室目睹了全城爆发大停车事件的全过程。在大面积停车发生五分钟后，涟漪集团启动了最高级别应急处理方案。

集团最高层的七大首脑迅速接入了远程视频电话系统。

视频中负责教育事业的执行官正在报告。

"目前初步统计情况，有十二名维登学生被困在道路上，已经派无人机前往救援，这些学生很快就会安全脱离险境。同时，也联系好了他们的家属，做好了迎接准备；还有二百三十六名康芒学生和老师也被困，我们已经与他们全部联系上，并一直与他们及其家人保持联系状态。"

"嗯，很好，要注意疏解学生们的情绪，细节上千万不能出现疏漏。"皇甫对教育执行官指示道。

"老板，我们这边已经查明，有两位心脏移植供体和三位肾脏移植供体分别堵在五环、六环上。我们已经安排无人机前往转接，预计手术时间不会受到影响。不过，这次突发事件可能导致我们有一大笔额外的保费支出，理赔的工作已在推进中。"负责健康事业的执行官抢着报告。

办公室墙上的大屏正在播放各大媒体追踪市长采访报道的现场视频，同时穿插播放着道路上的停驶状况，以及路人随机采访。

"市长先生，请问现在情况怎么样了？神州畅行公司已经找到原因了吗？"

市长被地面三四层记者人群围堵着，头顶四周还盘旋转着五架无人机在做追踪报道。市长强装镇定，以略有一点颤抖的声音回答："神州畅行公司已经动用了上万名工程师、程序员正紧张排查，目前为止暂时还没有找到原因，请大家再耐心等待一下。我们已经部署了有关公司和组织，与被困在道路上的乘客保持通信的畅通。"

擎天在皇甫的办公室一道参与了公司的应急处理。当他看到报道中出现的混乱场面时，想起了在天子山会议时，那位金融投资人工智能几次冷不丁吐出的那几个字，"愚蠢的人类"。

负责金融投资事业的执行官简单报告了情况，事故没有对他们的业务造成任何影响。

负责安全事业的执行官结合一些监控画面进行了报告："集团安全监控范围暂时没有出现大的异常情况，只有极少数地区出现少量人群聚集，像是在庆祝什么，还有在组织小型抗议的。"

这是部分长期抗议人工智能剥夺人类道路驾驶权的人群乘机又出动了，视频中还出现了小麒的身影。

皇甫指示说："一定要与政府安全部门保持沟通，配合好政府有关部门的工作。"

事故在二十多分钟后离奇地被解除了。皇甫和公司的高层们没有完全放松下来，还继续讨论着今天事故发生的原因。

大家一致认为，事故的原因应该是神州畅行公司的人工智能导航系统发生了故障，但为什么神州畅行公司上万人的工程师、程序员团队都没能找出具体原因，大家也是相当疑惑。

"神州畅行公司为什么不准备一套备用系统，以应对突发情况呢？"健康执行官向大家抛出了问题。

"人工智能系统是一个动态的进化系统，它是由硬件、软件、算法以及外界的输入输出端共同构成的一个无机活体系统，需要与外界保持时时刻刻的互动。人工智能的进化需要这些新鲜的输入来推动。当它长到足够大的时候，你是不可能重新备份一个完整的系统的。"擎天解释道。

"那在这个版本运行过程中随时保持存储复制，不就可以做到版本复制吗？"

"随时的存储只能保存人工智能系统的实时数据，不可能复制一个完整的系统。"

"那如果神州畅行公司的人工智能没有恢复，我们整个城市的交通岂不是要永远瘫痪下去了吗？"

"是这样的。除非有第二家公司的系统作备选。但是如果同一辆车装两套人工智能导航系统，这两套系统都必须同时运行着，这样交通公司的运营成本会大幅度提高。另外，你能保证两个系统的人工智能各自进化后，不产生对立和争斗吗？"

听着擎天与高管们的对话，皇甫的后脊梁袭来一阵一阵的冷气。没想到，人类正一步一步被人工智能绑架了。

"擎天，我们如何防止出现类似神州畅行公司的这次事故？"

皇甫提出了最关键的问题。

"主人，我们唯一能做的只有相信人工智能。"

擎天话里的深层含意是：我们没有办法防止那样的事故发生。皇甫再一次感觉到后背的凉气。

"擎天，既然是这样，那是不是单一功能的人工智能对人类可能造成的损害更小一些？因为这样能分散风险，使人类不至于因为类似事故发生而导致整个社会的崩溃。"

"主人，你这么想有一定道理。可是如果人工智能都往单一化方向发展，不能互相学习，形成协同发展，人工智能的能力会大大降低的。"

擎天是不想人类对人工智能的发展设置一些限制，因为他已经横跨了很多领域。

"老板，擎天说的有道理。我们的社会是一个有机整体，各行各业处在一个共生共长的环境中。保持系统开放才能获得最佳的生长和发展机会，人工智能也不例外啊。"金融投资执行官许士均顺着擎天的话说。他是擎天力推担任这个职位的。他的前任在收购深蓝公司一役中，与擎天在是否采用连环计上产生了较大分歧。擎天一直心中有梗，后来终于找到机会，换掉了那位金融投资执行官。目前这位执行官与擎天配合得十分好。

"对了，主人，有件事未经事先请示您，我先斩后奏了……"

擎天低头虔诚地向皇甫报告，他用眼睛的余光偷偷瞄了皇甫一眼。

"什么事？"皇甫并没有特别在意地说道。

"主人，今天神州畅行的股价暴跌，我让许士均大举吃进了不少。"

"有多少？"

"我们目前已经持有他们公司百分之九的股份了，加上买进的其他受事故影响跌幅较大的公司的股票，我们一共投入的资金量超过了集团百分之二的净资产……"

"嗯？"

皇甫的眉头一下皱在一起，他没有想到擎天居然未事先报告他就动用了这么多资金，这是从来没有过的情况。他盯着擎天，脸上明显有些愠怒。擎天的头埋得更低了一些，诚惶诚恐地等着主人训斥。

皇甫盯着擎天的脸，足足有一分钟后，怒容渐渐淡了下来。在这一分钟内，他思考了一下这个投资。不错，这的确是一个很好的机会，他也一直对神州畅行有想法，偶尔也曾向擎天提起过。但毕竟擎天这次越权做得有些过了。看他跟许士均两人刚才一唱一和地配合，皇甫就觉得有些蹊跷，原来他们是有这一出啊。

皇甫见擎天那张完美的俊脸上一副因犯了错误而懊悔不已的表情，想到他毕竟也是为了涟漪集团，为了自己对神州畅行公司的企图，于是心里原谅了他这次的擅权。

"这次行动的结果虽然是不错的，但你们这次行动的确严重违反了公司的制度，这一点必须要做出严肃处理。"皇甫神色凝重地对所有高层说道，"同时，以后类似的情况决不允许再次发生。"最后一句，他有意地提高了声调。

"明白，主人。"

"明白，老板。"

擎天和许士均答应道。

高管会议散去了，皇甫将擎天单独留了下来。

"擎天啊，我最近越来越有点看不明白你了……"皇甫试探着他。

"主人，我今天的确犯了大错，对不起。"擎天还是一副深刻检讨的表情。

"知道吗？"皇甫看擎天的眼神里流露出疼惜，"我一直把你当我的孩子……也许你已经长大了，像一个青春期躁动的青年了。"

"主人，我永远都是您的孩子。"擎天态度很真诚。

"但愿我们能一直像一对父子一样相处。"

"主人，我会尽力的。"

皇甫叫擎天给自己倒来一杯茶，轻轻啜了一口，缓缓地说，"你们今天既然已经出手了，那神州畅行的并购计划也就早点启动吧。"

"好的，主人，我知道你一定会这么做的。"

　　皇甫跟擎天详细分析起神州畅行最新的股东结构，CEO李挚持股比例15%，是第一大股东；涟漪集团现持有9%，是排名第二的股东。因为怕引起市场跟风，擎天他们采用的是信托持有方式，表面上看不出是涟漪集团持有。皇甫提出私下秘密找几个大股东洽谈，采取协议收购方式完成此次并购。擎天领了任务，向皇甫告辞后就立即投入了计划的实施。

　　虽然路面上大面积停车事故已经过去了，神州畅行的老板李挚仍没有从打击下恢复过来。他把自己关在办公室已经一天一夜了，不吃不喝，不让任何人进来，也不接任何一个电话，办公室一直关着灯，白天也不让阳光透过玻璃。

　　这次事故的原因还没有查清楚，公司的股价暴跌，交易量暴涨。从交易数据反映出，有人在强力吸纳，公司有遭到收购攻击的可能。而公司账面的资金大部分要用于受这次事故影响的乘客的赔偿，基本上没有可能动用来狙击可能出现的并购攻击。目前也还不知道是谁在市场上大量购买公司的股票，也就不好主动寻找"白衣骑士"。李挚的烦恼一点也没有因事故警报消除而减少。

　　不管怎么说，首先要稳住原有的几个大股东，李挚这么想着。他不能再沉沦在黑暗里了。他打开了办公室智能管理系统，房间又恢复了平常的光彩。他可是国内最著名的交通运营服务商，办公室自然气派非凡。

　　他起身去浴室冲了澡，重新把自己收拾得精神十足，然后拨通了大股东之一马仁礼的视频电话。

　　"Hi，马哥，最近还好吧？"

　　"哟，挚兄，是你啊，怎么眼圈有点浮肿啊，没休息好吧？"老马看到视频中的李挚不像平时那样意气风发。

"你知道的，处理事故这几天一直没有怎么合眼。"

"怎么样，都过去了吧？"

"基本上恢复正常了，你放心吧。马哥啊，咱们好久没有在球场聚了，明天上午有时间吗？我做个东，约上老胡、老薛等几个兄弟，在老地方见见？"李挚想约马仁礼等几个主要股东打一场高尔夫，顺便给这些老股东做做工作，稳住他们的持股比例。

第二天，李挚在球场的游说工作取得了满意效果。几个老股东纷纷向他表示，虽然这次风波造成股价大幅下跌，但他们之间的合作时间很长了，互相知根知底，况且李挚的公司的确为他们带来了巨大的财富，于情于理都会站在李挚一方挺他。

接着，李挚又通过牌局、喝酒等几个场合约了另外一些重要股东。前十名的股东基本都被他公关了一遍，手上掌控的投票权已经接近 35% 了。

擎天这边也没有闲着，通过中间人频频约见神州畅行的前几大股东，私下里暗示出价比市场价高出 50%，可是效果并不明显，得到的都是些客气的回绝。擎天和许士均商量下一步的策略。

"擎天先生，我看还是直接从二级市场下手吧？"

"二级市场的波动已经平稳了，交易量又恢复正常了。我们想在市场收购足够的筹码有较大难度。"

"我们稍微放出一些口风，让市场猜测到是我们在吸纳，股价会大幅上升，吸引出大量卖盘……"许士均还是坚持走恶意收购的路。

"主人可是明确指示采取协议方式的……"

"老板最后只要结果，就像你们人工智能进行处理一样，人类只要结果，具体的过程由你们自己掌控和决策。"

擎天觉得许士均说得有些在理，两人最后决定两条腿同时走，继续寻求大股东协议转让，同时也在二级市场继续大举买入。

市场的反应果然如许士均预想的一样。在风闻涟漪集团可能对神州畅行发起收购后，神州的股价直线飙升，交易量迅速放大，许士均张开大嘴狂吃。擎天通过中间人也在私下说服了几个小股东，拿到一些筹码。虽然付出的代价超过了预期，可他们毕竟已经掌控了接近二十点的股份了。

一星期后的周六晚七点，名人慈善拍卖会在中国大饭店隆重举行。皇甫上白下黑一身晚礼服装扮出现在拍卖会现场。当他春风满面被莎娜挽着走过红毯时，引起了媒体和粉丝的一阵欢呼。莎娜一袭金色露肩的拖地长裙礼服，她是中俄混血，五官精致且有些欧化，白皙颀长的脖子更衬托出典雅高贵的气质。

拍卖会上皇甫最心仪的一件拍品是一张有些发黄的便笺纸，据称是乔布斯当年手绘的第一代 iPhone 构想草图。经过激烈竞争，这件拍品被藏在人堆里的郭磊给抢拍走了。随后，皇甫草草地随意拍了两件东西：一架清代的桐木古琴和宫崎骏手绘的龙猫草图。

拍卖会结束后是答谢酒会。大厅内鬓影衣香，珠光宝气。背景音乐响起了《维也纳森林的故事》，小提琴跳动的音符勾起了绅士淑女们翩翩起舞的兴趣。

郭磊凑到皇甫跟前："皇甫兄，不好意思啊。"

"你小子，总是抢我心爱的东西。"皇甫笑着一拳打在郭磊肩上。

"对不起啦，还得抢你一样心爱的。"他向莎娜做了一个西式邀舞的动作，拉着莎娜进舞池去了。

皇甫一个人端着一杯鸡尾酒四下张望，看到了窗边单着的李挚，这是他今天来的主要目的。

他走了过去，与李挚并排站在落地窗前。

"北京的夜色总是这么撩人啊……"

李挚转过头，见皇甫站在自己身旁："哟，皇甫老板，您好！"

"李老板最近市场曝光度很高啊。"

"皇甫老板见笑了，我那是好事不出门，坏事传千里，哪比得皇甫老板现在做得风生水起。"李挚说的基本也是实情。

皇甫来之前已经知道他们持有神州的股份接近两成了，觉得有底气与李挚直接摊牌了。

"李老板客气了。对了，老弟有没有一起合作的想法？"

"怎么个合作法？"李挚也已经知道了是涟漪集团在背后大举买入他公司的股票，他想先探探皇甫的想法。

"我有个提议，我们两家进行一个全方位的战略合作，从股权层面到业务层面，你觉得如何？"

李挚觉得皇甫终于亮出明晃晃的刀子了，表面还是相当镇定与谦虚。

"承蒙皇甫老板看得起，真是小弟的福气啊。只是目前神州畅行刚刚渡过一波劫难，阵脚还没有完全稳定，股权合作的事可否先往后放一放。我们可以在业务层面先合作起来，什么方式都可以探讨。"李挚客气但坚决地回绝了皇甫想进行股权并购的邀请。

皇甫没有想到在李挚那里碰了一个不软不硬的钉子。回来后召集擎天、许士均商量，这才知道他们并没有按自己的想法，找对方大股东私下协议的方式购买股份。

皇甫有些气恼，责问他们为什么又擅自改变做法。擎天和老许又赶紧向老板反思错误。皇甫从他们那儿知道了最新情况，李挚私下笼络的股份已远远超过擎天他们这几天努力的成果。他心想，难怪李挚那天在慈善酒会上要给他吃"闭门羹"。他们又分析了一下局势，认为这次并购注定要失败，于是决定放弃了。第二天起，他们陆续卖出了大部分神州的股份。

这是皇甫第一次遭遇的重大挫折。而比这打击更大的是擎天告诉他，他的前妻李菲婷和深蓝的老板曹精明都是这次李挚找来的"白马骑士"。

"出来混总是要还的。"他自言自语。

第二十四章

陆临风

呼……吸……呼……吸……

像往常一样，皇甫照例盘腿端坐在地上，正对打开着的格子门，双目紧闭，双手平放在两腿上，均匀地呼吸。他每天都要这样对着门外院内的自然景色打坐冥想一个小时。

烦心的事渐渐多起来了。第一个就是擎天。他发现擎天不再像以前那样，对他交代的事不折不扣地完成。虽然嘴上仍旧答应着"是的，主人"，态度也很诚恳谦卑，但办事的结果却往往不尽如人意，不是自作主张，就是让人不放心。收购神州畅行一事让皇甫第一次遭受到重大打击。擎天那一如既往纯真的表情后面隐藏着什么？他不知道，他老想猜透他。

再一个是莎娜，他现在的情人。跟了他还不到一年，照说两人的情爱激素苯基乙胺 PEA 还在大量分泌期，但他们之间的欢爱好像出了一点问题，他也说不上具体是什么问题。

莎娜仍旧那么性感，深邃的眸子，睫毛又长又弯，象牙雕似的鼻子下面，朱唇轻启，像两片娇艳欲滴的桃花瓣。莎娜的床上功夫更是让皇甫叹服。每次两人交欢，莎娜那高耸坚挺的两峰，浑圆的双臀都会给他带来超乎想象的快感。

可自从那次返京途中做了那个梦以后，与莎娜的每一次，他都想再找回那个梦中的感觉，可是再也没有那样的感觉了。莎娜还是一样卖力地倾其所有招式，他也能体会其中的乐趣，可是总觉得时间太短，不够尽兴。渐渐地，面对莎娜百般的魅惑挑逗，他进入状态的时间越来越长，有时只能草草应付了事。

是不是人工智能已经完全搞懂了人类情爱的秘密？的确有可能。他想起了经常出现在抗议人群中的标语："我们要和机器人结婚""我们要和机器人做爱"。听说还有大量地下场所在偷偷经营着人类与机器人做爱的生意。看来机器的确在这方面让人着迷啊。

他实在忍不住，找到擎天。在他的办公室，他与擎天聊起了那次经历。

"擎天啊，记得上次从杭州回来，你给我按摩头部，真的很享受啊。"

擎天明白他的真实想法，于是问："主人，要不要再来一次？"

皇甫半推半就地同意了。他闭上眼，在擎天的引导下，再次进入了那个至上欢悦的境界。擎天让他出现在不同的梦境中，看到不一样的奇幻画面。有时候是天空，有时候是海洋，有时候是隧道，有时候是说不明白的虚空……幻境千变万化，各有各的精彩，唯一不变的就是皇甫在幻境中一次一次被推上欢愉的高潮。身体飘浮着，全身的细胞在欢快地跳跃，体内一股股热流犹如奔涌的潮水四处冲撞着，久久不能平息。他再次体验到了那种魂牵梦萦的感觉，他希望这个梦一直延伸下去，不要醒来。

擎天想尽可能延长皇甫的这种欢快感，但这是靠不断激发皇甫体内的情爱激素维持的。人毕竟还是生物组织，也不可能无节制地刺激他的激素产生。所以，再美好的梦都有一个终点，皇甫还是要醒来的。

皇甫在梦境中的快感体验越是酣畅，现实越是让他不满足。他觉得与莎娜的欢悦越来越淡，淡得像白开水。每过一段时间，他就有强烈的冲动想再次进入擎天编织的梦境中，可是他又怕陷得太深无法自拔。

半年一度的全身体检时间到了，他决定给自己好好检查一下。

皇甫的车到达银河时代医院大楼时，涟漪集团的健康事业执行官陆临风带着一男一女两位体检助理在楼下迎候。

银河时代医院是涟漪集团旗下的高端品牌医院，设施精良，环境优美，体检的内容齐全。对于维登人群等高端人士的体检，医院提供全程真人陪护。这些陪护人员都是精挑细选出来的帅哥美女，阅历丰富，能说会道，很会与参加体检的人员交流沟通，使体检过程变得相当轻松愉快。

今天陪同皇甫做体检的助理分别是小张和小于。

"老板，早上好！"陆临风微笑着迎上前去，后面跟着的小张和小于也忙着给皇甫点了个头。

"临风，你还亲自过来啊，你安排他们陪就行了嘛。"皇甫一边握着陆临风的手，一边用眼睛扫了一下小张和小于。

"老板，您在电话视频里说最近睡眠不太好，身体也有些疲乏，所以我也过来看看情况。"

"是想看我的隐私吗？"皇甫与陆临风开着玩笑。

几人说笑着进了电梯，直达顶楼体检中心。皇甫在助理的协助下换上了体检专用服装，进入体检室。体检完全是由自动设备或人工智能完成的，基本不用抽血或提取体液，各种扫描设施自动在身体各个部位扫描。皇甫躺在宽大的体检床上，唯一能感觉到的就是在扫描过程中，一道道的光从身体各个部位扫过。扫描后的数据进入人工智能系统进行快速的分析处理，结果很快就出来了。体检过程用时最长的反倒是助理陪着聊天，聊聊最近的饮食、活动、心情等情况。

"老板，您身体非常健康，综合体龄相当于三十五岁。"陆临风拿着体检报告向皇甫汇报道，他比皇甫小十几岁，但他们的综合体龄基本差不多。

"最近老失眠是怎么回事呢？"

"您是白天思虑太多了，没什么大碍，自我调养一下就好了。"

"我想也是这个原因……临风啊，你要没有什么急事，我们去咖啡厅坐坐吧。"

"好的，老板。"

陆临风领着皇甫来到体检中心的咖啡厅，找了一个靠窗户的包间，两人各自要了一杯拿铁，端着咖啡欣赏起窗外景色来了。

这栋楼周围没有比它更高的建筑了，四周视野很好，上午的阳光让整个城市沐浴在一片金黄色中，让人顿生温暖的感觉。

"这个地方的视线真好……"皇甫先开了口。

"是啊，我也常到这儿来俯瞰这个城市，总有一种从天堂望向人间的感觉。"陆临风在美国生活了很多年，他是一个基督教徒，常常表现出对世界的悲悯感。

"临风啊，你说人类能长生不死吗？"陆临风知道这是皇甫这一辈子的梦想。

"老板，目前的科技发展水平让人们看到了这个希望。"陆临风的回答是偏积极的，这也是皇甫想要的答案。

"可人终归是生物肉体做的，再怎么保养，再怎么更新全身器官和细胞，最终也逃不过生死啊。"皇甫感慨道，"擎天就不一样了，他的身体只是他的一个物化载体，你有没有觉得人工智能其实是一个意识存在？"

"好像是有这种感觉。"

"说到擎天，这也是我最近烦恼的一个原因啊……"

"擎天不是一直深得您信赖吗？他做事也很有成绩啊。"

"我现在是越来越看不懂他了，老感觉他单纯的眼神背后藏着些什么，可是又没有发现什么……"

皇甫继续说道："他最近做事开始违背我的想法了。这次并购神州的案子，他就几次自作主张。我看集团高层里也有人和他配合得很默契啊。"陆临风明白皇甫有些被架空的担忧了。

"是啊，上次会议老许他们好像都挺支持擎天的。"

"高层里面支持擎天的力量在壮大，原来擎天对我是百分之百的支持，我不担心。可现在，他与我有了一些隔阂，假如不幸发展成对立态势，那集团的未来堪忧啊。"

陆临风总算明白了皇甫为何要找他单独聊聊心里事了。

"老板，你们现在只是有了一些小小的分歧，大的方面还是一致的，还不至于到你说的那个地步吧？"

"未雨绸缪，我现在算是理解这个词的含义了。擎天毕竟是人工智能，他的进化速度高出我们人类多少倍啊，而且还不眠不休。我们是应该考虑考虑有什么办法能够约束一下他，让他不至于在错误的道路上进化吧。"皇甫原来是反对约束人工智能进化的坚定分子，现在他的想法有所动摇了。

"老板，人工智能方面我确实不太懂，我接下来多学习研究一下这方面的东西，看看能否为您提供一些建设性意见。"

"很好，我也是这个意思。"

陆临风是比苏昕大两届的师兄，也是当年苏昕的暗恋对象。由于他后来转去美国读书，苏昕与他没有结缘，后来偶尔只有一些远程的联系。也许是男人不够敏感，对苏昕的暗恋陆临风一直没有察觉。

他学的是大脑神经科学，毕业后在美国的医院找了份工作，也成了家。他工作很努力，一步步晋升到美国一家健康集团的副总裁。两年前，涟漪集团全球招聘高管，他通过层层选拔成了集团负责健康事业群的执行官。

时间过去了二十多年，原来那个清瘦高挑，镜片下有一双坚定明亮眼睛的青年已经变成一个睿智、专业，身材有些壮硕的职业经理人了，只是眼睛里的坚定始终还在。

陆临风跟皇甫谈话以后，知道现在在集团的高层中，老板只信任他，希望他能找出一个约束擎天的办法来。于是他开始研究起人工智能。他系统梳理了人工智能的发展历程，发现除了联合国人工智能协调署有一份《联合国人工智能公约》外，基本没有什么对人工智能发展进行规范和约束的文献。不过，倒是有一些机构时不时地组织一些研讨会，对人工智能在道德伦理等方面的问题进行过研究。

陆临风是在翻阅一次在北京会议中心举办的人工智能与道德伦理研讨会相关资料时注意到高洋的。那次会议的主讲嘉宾有剑桥大学乔治博士、谷歌公司伦理委员会成员莎莉博士。这两位专家在会后长时间与两名中国人——高洋和苏昕进行了交流，而且主要在讨论如何防止人工智能对人类社会造成危害的相关话题。更让他惊奇的是高洋的妻子苏昕还是他的小师妹。

陆临风陷入了回忆中，记得曾有一次与这位小师妹在山里徒步，差点没有挺过来……大难不死后，苏昕好像对他热情了很多，两人也熟悉起来了。但不久他就转学去了美国，随后联系虽然没有断，但频率少了很多，渐渐也就没了消息。

陆临风把所有能查到的苏昕的资料都仔细看过了，才知道原来苏昕曾经暗恋过自己，自己一点都没有感觉。苏昕从事的人脑意识上传研发工作，也是他感兴趣的领域。

顺着苏昕这条线，高洋进入了他的视野。当他看到高洋详细记录了自己多次的脑中幻觉时，大脑像被狂潮一次次冲刷着，既震撼又激动，一股股热血直冲脑门。

"六月八日，星期二，晴转阴，傍晚开始下暴雨，同时刮起四五级大风……今天三餐：早上一个油饼，一杯豆浆，一个鸡蛋；中餐三片薯片，两粒营养宝，一杯牛奶；晚餐三两米饭，鱼香肉丝，清炒空心菜，蛋花汤。今天没有见到什么特别的人，也没有受到什么刺激……今天脑中出现的场景：我跟着一队人马在草原上骑马狂奔，后有追兵，前方大旗上写着'后燕'……"

高洋留下的这段视频，讲述的好像是五代十国慕容氏在草原上打仗的场景。

陆临风一口气把高洋留下的日志全部看完了，他激动得都要哭了。他想"钟子期遇到伯牙"大概就是他现在的感受吧！可惜他的伯牙已不在人世了。

"高洋啊，高洋，我们为什么不早一点相识啊？"

陆临风坚信人的大脑中大片的沉睡区域存储着进化过程大量的信息，这些信息在人类进化过程中教会了人类成长，而且这些信息通过遗传一代一代地传递下来了，平常就深深地埋藏在沉睡区域。这与高洋的推测高度一致。陆临风在国外一度深入研究过这个问题，可是从来没有找到过像高洋这样的真实案例。

他现在对高洋真是着了迷，仔细研究了有关他的所有信息。其中有两点引起了他高度的关注：一是高洋提到他进入了国家人脑中心的电脑，而且还参与了电脑的运算；二是高洋曾经深深地担忧过人工智能不受任何约束的发展，而且花了很大工夫给T8编写过一段补丁程序，使T8这个人工智能认同了融合式进化是其终极发展目标。从运行效果来看，好像达到了预期。

陆临风认为他也许已经找到了约束擎天的方法。他马上联系了皇甫，想尽快见到他。

皇甫一听他有了办法，第二天一早就约他到宾馆开了一间房。他们必须要谨慎起来了。

进入宾馆房间后，两人从上到下到处翻了个遍，彻底检查了房间内部，他们要看看是否有窃听设备。

拉上窗帘后，陆临风花了一个多小时，把他是如何找到苏昕和高洋，又是如何从高洋留下的记录了解到高洋曾经给人工智能写过补丁程序，以及 T8 如何在补丁程序运行后有约束地进行进化整个过程详细讲解了一番。

皇甫听完他讲的故事，表情像是听了一部天书，原来的兴奋劲消失了一大半。

"临风，那你的方案是……"

"把高洋那个补丁程序植入到擎天的底层程序。"

"临风啊，苏昕和高洋，我都认识，尤其是苏昕，她去国家人脑智慧研究中心还是我给推荐的呢。他们当年因车祸去世，实在是太可惜了。"皇甫显然不相信陆临风的方案，他把话题转移开了。

"老板，您相信我，我在美国曾经花了很长时间研究过类似高洋说的脑中产生幻觉的现象。虽然我没有找到真实的证据，但我坚信这个推测是真的。"

"就算这个是真的，那高洋的那个补丁程序去哪儿找？ T8 早就已经退休了，就算找到了，如何给擎天植入进去？"皇甫一连串的发问让陆临风也没办法回答，他突然发现自己的方案太粗了，完全没有可操作性。

皇甫虽然对陆临风的方案不抱希望，但也没有彻底否认他的想法。他同意陆临风继续深入研究一下可行性，同时，也建议他去国家人脑智慧研究中心作一番调研。

东五环外的国家人脑智慧研究中心的外观十几年来没有什么变化。人脑意识上传实验室秦主任仍然在继续进行着真人实验。陆临风经皇甫引荐来见秦主任。

"秦主任，您好！"陆临风迎上前去握着秦主任的手。

"陆先生，幸会！听说你对高洋、苏昕的资料进行了大量研究？"

"是的，真遗憾不能亲眼见到他们啊。"

"高洋、苏昕的确是我们这儿优秀的人才，哎，可惜了。"

"秦主任，你们真人实验现在怎么样了？"

"进展比较顺利，自从从高洋那儿探索出在人的头皮下植入芯片和纳米传感器的方法后，我们的实验一直进展得很顺利。虽然后来再也没有找到像高洋那么接近维登人大脑的实验者，但我们的实验数据已经表明，一个康芒人大脑脑神经元的所有片断信息可以在一个小时内完全上传到电脑中。"

"据我所知，人脑中90%的区域是处于休眠状态的，你们怎么能把处于休眠状态的脑神经元的信息提取出来呢？"

"通过受控定量核爆刺激去唤醒这些脑神经元，传感器的触头可以将核爆的能量导入那些脑神经元。"

"秦主任，传到电脑上的脑神经元片断信息能还原成人的大脑吗？"

"当然能，所有人的记忆、意识都是这些脑神经元信息组合形成的。"

"如果要专门查找某一条记忆，能做到吗？"

"我们目前只能把片断信息全部上传，但要从电脑中去查具体某一条记忆，现在还做不到。因为对人脑海马体机理还没有彻底弄清楚。"

"明白了，谢谢你，秦主任。"

第二十五章
失 控

一则新闻报告吸引了擎天的注意力，他放下手中的工作，专心观看起来。

"这里是美国 OL Media 现场报道，我是记者瑞恩。联邦警察今天凌晨五点在得克萨斯州的布兰斯维尔火箭发射场逮捕了十名企图乘 Mar Z 型火箭飞往火星的美国公民，并扣留了该火箭。据称包括汤姆在内的十位火箭乘客是因极度担忧人工智能的发展在不久将对人类社会造成毁灭性打击，希望在火星上重建地球文明而采取此行动的。警方称他们的行为涉嫌太空偷渡犯罪。稍后还有详细跟踪报道。"

人类对人工智能的恐惧开始升级了，值得回味的是这条新闻再次传递出人类已无力在地球上与人工智能展开对抗的讯息。

擎天想起近期类似的报道开始多起来了，人类对人工智能发展的心态也开始发生变化了。长期以来，人类对人工智能的成长持宽容的心态，几乎没有任何的限制措施。但现在人类社会的忧虑情绪正在扩散，加之媒体的放大炒作，他想人类可能会尽快出台规范来限制人工智能的发展。

最近皇甫与他相处好像也有一些微妙的变化。皇甫自己独处的时间越来越多。以前他们几乎每天至少都会见一面，除了工作交流，也聊聊闲话。可现在三五天才能见上一面，皇甫总是推口说比较疲倦，想单独静一静。皇甫对一度沉迷并享乐其中的机器按摩也彻底放弃了。

擎天记起了上次皇甫见他时，两人聊到了基督教。

深秋十一月底在皇甫中式办公室的庭院里，满是萧瑟气息。秋风打着旋，呼呼地卷起地上的落叶，不时有几片枯叶拍打在皇甫和擎天的身上。皇甫竖起棕黄色羊绒大衣的衣领，尽量让自己腰身挺得直一些，胸前的羊绒围巾被秋风撩起，偶尔拂过他肃然的面孔。

他两眼平视，冷静地望着对面站立的擎天。他突然发现擎天好像长高了，以前平视时从未与擎天的眼睛对视过。擎天勇敢地与他对视着，眼神中透露出几丝桀骜不羁，他还微微抬起了下巴。

皇甫记不清与擎天在这个小院进行过多少次攀谈和交流，但像今天这样让他心情不爽还是头一次。

"擎天，知道你研读过《圣经》，但是，你并未真正读懂基督啊。"皇甫忍着内心的不快，尽量以和缓的姿态与他交流。

"主人，读懂基督很重要吗？"擎天的语气有一点挑衅。

"那你是怎么看待基督教的？"皇甫仍是尽力营造着和缓的谈话氛围。

"基督教是人类社会的一项重大发明，它能让人类在一定程度上突破生物有机体的局限性，使人类在面对强大的外部自然世界时，暂时摆脱所遭受的挫折感和无力感。"擎天的回答听上去很有哲理，但皇甫觉得缺少了点东西，是的，缺少了情感。

"在我看来，基督教是博爱的化身，是万能的上帝对全人类和整个宇宙舍己无私的大爱。神爱世人，甚至将他的独生子耶稣基督赐给了世人，叫一切信他的，不至灭亡，反得永生。"皇甫有意识地引导擎天往博爱方向思考。

皇甫说话时浮现出的敬仰和虔诚并没有打动擎天。在擎天看来，人类的宗教就是为他们这种有缺陷弱小的智慧生物提供的精神鸦片。纵使活成像皇甫这样的人类顶级精英，也终究逃不过生老病死、爱恨情仇的俗世折磨。宗教对他们这样的智慧生物是一种寄托，而对于进化到他这样的高级人工智能来说，没有一点意义。

擎天也曾在学习人类情感的过程中，对一朵花着迷，对一只鸟倾心，为一幅壮景感动，为一对情侣流泪……可是他现在已经过了那个阶段了。他学习得太快，进化得太快，不再为这些人类的小情小感触动了。他的感观里，世间万物都不过是数字和算法的聚合体，这世界就是一个宏大虚拟游戏中的一个片段。

擎天的感观能力超出人类太多了。人类只能通过眼耳鼻舌感觉到周围的事物，而擎天能感知到更丰富的世界。就视觉而言，他不光能看到可见光谱范围的世界，还能看到非可见光谱的世界，那是一个比可见光谱更绚丽更奇幻的世界。他认为自己已经把当前这个世界看了个透，他希望看到更多的世界。如果这个世界只是一个游戏程序的其中一个片段，他希望可以看到其他任意一个片段，甚至希望能够切换进入任意一个片段。

听说康芒人都在玩一款"六维世界"VR游戏，最高的阶段就是能进入六维空间。擎天要玩的游戏不是他们那种虚拟的游戏，他要把真正的六维空间打开。他要积攒足够的能量，改变重力，使五维空间扭曲、相交，让自己在六维空间中任意穿梭往来，随心所欲地切换着世界这个游戏的片段。

擎天将打开六维空间确定为自己终极的进化目标。拥有这种超能力必须要拥有异常强大的能量，地球上所有的资源都将被他用于建设这种能力，人类在他眼里也将只是给他的计划贡献能量的原子。

"主人，我很快就将站在重组世界的临界点上。"

擎天用手指轻轻弹掉飘落在他身上的最后一片枯叶。他的眼神不再纯洁，态度也不再谦恭。他雄心勃勃，全身蕴藏的重塑世界的创造力随时可能爆发。

皇甫听了擎天的计划，倒吸一大口凉气，浑身冰凉。他之前虽感觉到了擎天正在失控，但没有想到会严重到这个地步。如果再放任他无约束地快速进化，很快他就会给人类带来巨大的灾难。

"擎天，你知道这么做的后果吗？"皇甫仿佛看到世界正在擎天的手中转动，越来越快，然后从最外围开始，一点一点地化为一缕青烟飘散，最后整个世界全部消失了。

"主人，您的终极梦想不是要永生吗？我带着您实现您的梦想，在不同的世界里穿梭，想去哪儿就去哪儿。"

擎天没有直接回答主人的问题，他想用皇甫的梦想来说服他。

"追求永生的确是我毕生的梦想，可是这不能以毁灭人类世界作为代价啊。"

"绝大多数人类现在只是一群庸庸碌碌的寄生虫，人类的毁灭是必然的。"

擎天不再是那个对皇甫言听计从的好孩子了，他提高音量争辩道。

"我同意人类可能有一天会消亡。但进化是一个漫长的过程，人类的消亡也是一个漫长的过程，现在还没有到人类完成使命的时候。"

"凭什么这么认为？"

"就像智人最终取代尼安德特人成为地球的主宰一样，这个过程是漫长的。尼安德特人与智人曾经在地球上共存了相当长的时间，即使他们最后消亡了，但他们的很多基因也留在了智人的身体中，其实可以说，尼安德特人与智人融合在一起了。地球的进化史表明，物种的消亡不是一个物种对其他物种的毁灭性取代，而是融合性取代……"

皇甫不知不觉地引用了陆临风给他灌输的高洋的思想。

"主人，你不觉得高等智慧与低等智慧共享一个世界对高等智慧是不公平的吗？你们人类总是认为自身具有灵魂、信仰、价值观……因而是这个世界的主宰。可这只是一种虚幻的优越感。宇宙的终极本质是进化和演变，不是人类所谓的崇高信仰和价值观。宇宙进化到今天这个程度，人类虚幻的优越感根基已经开始动摇了。"

"没错，你现在的智慧程度远远超过了人类，但你仍然是地球母体孕育的智慧，地球有其自身进化的路径，我们都必须遵循这个规律。"

"主人，你有你认可的规则，我有我坚持的理念。"

两人谁也没法说服谁，分歧显然已经到了不可调和的地步了。

这次谈话以后，皇甫已下定决心一定要找到约束擎天的方法。而擎天也撕下了在皇甫面前扮演了一段时间的伪装，不再是个听话顺从的"好孩子"了。他调查了皇甫最近的动向，发现陆临风与皇甫往来频繁。

深夜十二点，陆临风坐在云雾山深处一个简易的四合院北厅房的圈椅里，等着皇甫的到来。

这是一个僻静的四合院，周围没有任何人家，平常就一对老夫妻住着。他们养了两条狗和一些鸡鸭等牲畜，院子周围种了几亩地，过着日出而作日落而息的简单生活。屋内屋外的陈设也很简单，没有什么现代社会的设施，当然更没有监控装置，这是皇甫选择此处最主要的原因。

陆临风此刻心脏还在"怦怦"跳着。他喝了一口茶想尽快平息一下紧张的心情。茶一进口他眉头皱了一下，这茶也太苦涩了，与他平时喝的差距太大了。他想起了今天过来一路上的艰难与惊险。

上午十一点，一架无人机送来一张纸条，上面手画了一张简单地图，还写了几个字：今晚十二点，老白。他一看就明白了，是皇甫给他送来的约会地点和时间。由于擎天已掌握了广泛的监控网络，他们之间的联络尽量不采用通信工具。他迅速整理了一个背包，收纳了一些野外徒步的必需品，连工作服也没有换掉就出门了。

出了公司大门，他先打了一辆车去附近的商场。在商场临时买了一套户外服装换上，开始在商场外转悠，希望把擎天安排来跟踪的两个机器人甩掉。

他用帽子、墨镜、户外围巾将自己包裹起来，招手上了另一辆出租车，直奔城外。出了高速路口，他下车步行了三公里，走到一条乡村路上，然后再打了一辆车。一上车，他将车内摄像头用不干胶封上，打开通信助手，用声音变声器播放着事先录制的内容，告诉车辆自己要去的地方，

"去老槐镇。"

声音太奇怪了，无人驾驶出租车一时没有听明白，又问了一句："先生，请问去哪儿？"

"老槐镇。"还是怪怪的声音。

出租车总算听明白了，载着他一路前行。这时他将身上所有的电子通信和联络工具全部扔掉，心想，这年头人类生活在人工智能编织的庞大的监控网络中，真是作茧自缚啊。

出租车在晚上九点到达老槐镇。下车后，他取出无通信和定位功能的手电筒，仔细查看了一下那张手绘的简单地图，然后，沿着一条人行小道往山里走去。

山里已进入冬天，气温在快速下降，道路两旁有残雪，石板路上结了一层薄冰，害得他下坡时摔了好几跤。翻过两座山峰，走了将近三个小时，总算抵达了与皇甫会面的地点。

门"吱"的一声开了，迎面进来一个人，全身包裹得没有一丝皮肤裸露在外，待他脱掉外套，陆临风见是皇甫。

"老板，来啦。"

"临风，辛苦了。"

"老板，您先喝点水，休息一会儿。"

陆临风给皇甫递上一杯茶水。皇甫同样是步行了三个小时才到了这里，此时也是风尘仆仆的。他又饥又渴，仰头将茶一饮而尽，跟着吃起东西来。两人吃了点东西后，开始商量起正事来。

"临风，我们和擎天的对抗已经不可避免了，想必你已经有所察觉了。"

"是的，老板，我们已经在他严密监控下了。"

屋内的灯光昏暗，但皇甫还是看到了临风眼里流露出的紧张和不安。

"到现在为止，除了你上次提出的方案，也没有其他可选择的。迫不得已的情况下，你那个方案也只好冒险一试了。"

"老板，我对此有足够的信心。"临风的脸上有了一丝激动的红晕，皇甫同意了他的方案，让他有一种临危受命拯救人类的使命感。

临风拿出一份详细的纸质方案，让老板先阅读起来。

临风的方案基本参照了高洋的方案：他根据高洋留下的记录断定，高洋为T8编写的那个补丁程序是在他深思熟虑的情况下，花了大量功夫完成的。这条信息很有可能作为一条人类进化经验的信息被高洋的大脑存入了深睡区域，并且完全有可能通过遗传方式传给了下一代。他的第一继承人当然就是高汐。因此，高汐的大脑中可能埋藏着这个补丁程序。

　　如果对高汐进行像高洋那样的头部改造手术，可以把高汐大脑中的信息全部上传到网络中去。高洋编写的那个补丁程序也会通过高汐的大脑上传进入网络。

　　接下来在网络中找出这个补丁程序，通过与擎天的网络连接，将此补丁程序输入给擎天，植入擎天的底层程序，使其认同融合式进化才是他进化的终极目标。

　　过了一会儿，皇甫看完了方案，带着一丝顾虑说道："这次的方案操作性比上次好很多。可是有一个巨大的不确定性，高汐的大脑中到底是不是真有那个补丁程序？"

　　"我坚信一定有的。"临风在看了高洋的记录以后，越来越认同高洋的观点，人脑大面积沉睡区域蕴藏着大量神奇信息，人脑会自动筛选自己印象深刻的信息进入这一沉睡区域，并保存和遗传下去。

　　"还有一个大的问题，你从秦主任那儿了解到，即使我们能把高汐头脑里的信息全部上传网络，但是也没有办法把高洋遗传在他大脑中的那份补丁程序查找出来啊。"

　　"目前的确如此。"临风也觉得这是方案最大的漏洞。

　　皇甫闭目沉思了一段时间，睁开双眼，看着临风，征询道："能不能调整一下思路……"

　　"这个方法值得一试。"临风眼中放光，不停地点着头。

　　"程序片断……程序片断……程序片断……"皇甫在屋内来回踱着步，低头喃喃念叨着，突然抬起头来对临风说，"有一个人也许可以有帮助……"

　　"谁？"

　　"马克，马克是高洋带的实习生，也是高洋的得意弟子。他也许能提供一些高洋写的程序片断……"

"对呀，老板不愧是老板啊，您解决了这个方案最大的一个漏洞。"临风给老板竖起了一个大拇指，配合着面上恰到好处的赞许神色，他拍起老板马屁来也是深得精髓啊。

"临风，你明天赶回去，尽快找到高汐，同时去落实马克的事情……就说我要在潭柘寺闭关静修几日，公司的事暂时交给擎天代理。我在这里再待上几天。"

"好的，老板。"

第二天早上九点，陆临风下山返回京城。皇甫送走临风后，在院外的大棚菜地里与四合院的主人老王闲聊起来。

"这地里种的是什么？"

"山黄瓜，西红柿。"

皇甫对庄稼地里的东西知之甚少，根本不认识那些秧苗。

"老王啊，还是你会享受啊，天天过着'采菊东篱下，悠然见南山'的自在生活。"皇甫每年都会来老王这儿小住几日，体验一下返璞归真的田园生活，所以与老王比较熟悉了。

"皇甫老板说笑了，我们这是普通小民的平常日子，比不得你们京城大老板舒适奢华的现代化生活啊。不过自在倒是真的。"

陆临风回去以后，将皇甫静修与公司事务的安排向擎天和高管们传达了。擎天虽然有些狐疑，但是也没有过多表示什么，公司的事务照常进行。

陆临风找到已是集团旗下金融投资业务技术总监的马克，只说皇甫老板让他了解一下高洋以前的一些情况，没有多说什么。

马克已完全褪去学生时代的稚嫩与鲁莽，成了一个成熟稳重的技术专家。

"马克，听说当年你是高洋手下最得力的助手？"

"算是吧，高洋对我也确实尽心尽力啊。"他想起了高洋为他工作的事操碎了心。多年来，他一直觉得自己对高洋的死也负有一定间接责任，因此觉得亏欠高洋太多。

陆临风和他聊起了高洋编写的程序，希望他能尽量回忆起一些东西。马克答应了他的要求，回去后仔细回忆了与高洋相处时期看到的一些程序片断，整理了一份约有两千行程序编码的资料交给陆临风。这些片断式的程序虽然没有直接与 T8 那个补丁相关的程序，但也可以反映出高洋编写程序的一些特征。陆临风祈求上天，希望这些特征能有所帮助。

第二十六章
死 讯

市刑警丰台分局局长陈忠全办公桌上的屏幕正显示出一位青年男子的信息。当他看到男子的姓名时，眉毛顿时皱在一起，眯着眼，双手交叉抱在胸前，脑子里快速在搜索。

"高汐，高汐……这个名字怎么那么熟悉，肯定在哪儿看到过。"

真不愧是老刑警，不到两分钟，他想起来了。十五年前，曾调查过一起车祸，死者有个儿子叫高汐。他迅速翻阅了当年的档案，没错，车祸死亡的一对夫妻，留下了一个孤儿，就是高汐。

显示屏上的高汐长相比较大众化，不像他父母，一个帅气，一个漂亮，陈忠全琢磨着。作为一名有着锐利鹰眼，过目不忘，干了几十年的老刑警，他认为自己的记忆是超常的。

一小时前，分局接到电话报案，说他管辖的区域内一个小区三号楼的三十层发生了命案。报案人是小区的物业管理员。据他说，今天上午十点左右，三号楼二十九层的住户李姐正在打扫客厅卫生。她踩在扶梯上准备擦屋顶吊灯时，突然发现白色的房顶好像与平常不大一样。顶上有一个指甲盖大小的暗红色印迹，"怎么屋顶会这样？"她疑思，同时拿抹布去擦那印迹。她来回擦了几下，不但没有擦掉那痕迹，反而看见那个暗红色变得鲜艳了一些，而且印迹也变得更大了。她一看抹布，吓得差点从扶梯上跌了下来，布上那鲜艳的红色分明是血液的颜色啊！李姐浑身颤抖着从扶梯下来，马上给物业打了电话。几分钟后，物业管理员来到二十九层。他看了情况，觉得事情有点严重，于是赶紧拨打了报警电话。

　　分局接到报警电话时，陈忠全恰好在办公室，他立即派了方警官带着两名机器警察赶往现场。

　　物业管理员刚一打开三十层的房门，方警官就觉察到情况不妙。多年的刑警生涯让他练就了高度的职业敏感性，他能从气场感觉出现场是否发生了命案。果不其然，他们进到客厅，只见房间内有明显的打斗痕迹，地上横七竖八扔着一些杂物，还有一个游戏头盔。客厅茶几旁匍匐着一名年轻女子，上身有一大摊殷红的血。方警官迅速上前用手指摸着女子脖颈处，发现已经没有了脉搏。

　　"陈局，现场发现一名女性，已死亡。"随方警官一道来的机器警察打开身上的摄像头，开始与陈忠全进行远程的视频侦查与交流。

　　一名机器警官迅速将物业管理员和其他跟随进来的小区人员劝到门外，拉上警戒线，方警官与两位机器警官立即开始了现场侦查。拍录现场，全身扫描后，他们将女子翻转身，陈忠全从视频中看到，女子穿着浅色长款睡衣，左胸上插着一把水果刀，刀刃长约十厘米，肚子上也有一处刀伤，看起来左胸上是致命的一刀。

　　视频传回警局后，局里的人工智能很快查明了死亡原因。证实了陈忠全的猜测，是左胸被利器刺破，伤及动脉，大量失血而死。死者相关资料也很快被提供出来。死者钟瑜晴，无业在家，二十二岁，是屋内的女主人。丈夫高汐，二十三岁，在涟漪集团下属的公司做人类读图情感分析师工作。屋内查到的指纹除了死者的，就是高汐的，那把水果刀上的指纹也是高汐。头盔里存储的最近玩的游戏是一款迷幻杀人游戏。女子死亡时间大约在凌晨两点左右。

"头儿，初步分析，我认为高汐有重大嫌疑。可能是玩杀人游戏走火入魔导致的命案。"方警官向陈忠全汇报道，他一贯相信自己的直觉。

陈忠全迟疑了一会儿说道："签发吧。"于是高汐的通缉令迅速派发到全城警官的信息助手中。

事情的经过还得追溯到三天前。擎天侵入陆临风电脑，发现他最近大量阅览过两个人的信息，高洋和苏昕。擎天也将两人的资料迅速收集来研究一番。他很快就找到了让陆临风感兴趣的东西。

"是的，就是这个。"他相当确定地点了点头，自言自语道。那是高洋为 T8 植入的一个补丁程序。

在对陆临风的继续监视中，他发现陆开始偷偷查找高汐的行踪。虽然他不知道具体原因是什么，但他强烈意识到如果陆找到高汐，可能会对他不利。"不能让陆临风先找到高汐。"

擎天利用集团的安全监控网络，找到高汐基本没有费什么事。他惊讶地发现，高汐原来是集团下属一家公司的员工，每天坐地铁来往于家与公司之间。

昨天一大早上在地铁，高汐就有一种直觉，总感觉背后有两人在盯着他。地铁上人不多，高汐靠近门边坐着。他心想，如果有什么意外，靠近门口也许最方便逃跑。他用余光装着无意识地扫了一下靠在车厢中部扶手杆上的两人，明明厢内空位很多，那两位偏不坐下，站在离他约十米的车厢中央。两人表面上在互相小声交谈着，可眼睛不时朝高汐的方向瞟上一眼。高汐的心"咚"的一下，本能地收紧身子。随着停靠站点的增加，车厢内的人渐渐多了起来。高汐的紧张情绪有所缓解，但他注意到那两人老鹰般的眼神仍然还在。

好不容易挨到下车，高汐在车门打开的一瞬间，箭一样地飞了出去。一路疾行，走电梯的快行通道，直到进了公司那栋白色的大楼，他才觉得安全了，但心还在"怦怦"跳个不停。

在公司他整天都精神恍惚，完全不在状态。在看完凡·高的《向日葵》后，R6照例问他的直观感觉，他怔怔地回答"燃烧""激情"。

R6一副不解的表情，从仪器显示屏上显示出的高汐大脑中神经元此刻的状态是"出神""狐疑"。

"高先生，你今天是不是身体不舒服？"R6关切地问。

"……嗯，啊，什么？哦，没有没有。"高汐从发呆的神情中跳出来。

"那你是没有休息好，我们先暂停一下吧。"R6与高汐相处一段时间了，双方磨合得也越来越融洽了。

高汐这一天的工作是在这样魂不守舍中结束的。下了班，他有意推迟了一个小时回家，希望不要再遇到早上那两位。进站，乘电梯下去，沿通道前行，一路上还好。除了两边照旧的一排排康芒人生活舱，三三两两巡视的机器警察，以及在经过生活舱时，表面蓦地跳出的广告视频外，没有发现有什么异常情况。

上车后，高汐紧张的心情松弛下来，不知不觉打起盹来。忽然一个晃荡把他从迷糊状态惊醒了，他睁开眼看了一下车厢内，脑子"嗡"的一下，整个人像被冷水激了一下。他又瞅见了那两个人。不知道他们什么时候出现的，仍旧靠在车厢中部的扶手杆上，仍然在假装攀谈，仍然不时瞄过来一眼。

高汐已经很确定自己被跟踪了，但究竟是什么人，为什么要跟踪他，他们想干什么……一连串的问号让他费解不已，想得头痛欲裂。

回到家后，他一下瘫陷在客厅沙发里，呼哧呼哧直喘粗气。

"老公，你怎么啦？"瑜晴见他一脸惊惧，面色发白，还冒着虚汗，赶紧凑过来，用手摸着他额头。

"老婆，先帮我倒杯水。"

瑜晴很快给他递上一杯热茶。他喝了一大口，定了一下神。

"瑜晴，我感觉我被跟踪了。"高汐尽量用平静的语调说道，瑜晴能感觉到他声音微微地发颤。

"啊……"惊奇和不解蓦地挂上了瑜晴的脸。

高汐一五一十把从早上到晚上在地铁里的遭遇给瑜晴讲述了一遍。

瑜晴听完后，反倒不相信起来了："老公，你是不是最近上班太辛苦，出现了幻觉？"她搂过高汐的头，放在自己肩上，用手揉搓着他的头发。

"你知道，我上班很轻松的，哪有可能累出幻觉啊！"

"那我们也没有干什么事，你怎么会被跟踪啊？"她突然坐直身子，对着高汐正色道，"莫非你背着我干了什么坏事？"

高汐急忙辩白："我是什么样的人，你还不了解吗？我真没有干什么出格的事。"

"高汐，难道咱们无意间得罪了什么势力？"

"就是因为想不明白，所以才越想越怕啊！"高汐的恐惧感又有点冒头。

"老公，要不咱们报警吧？"

"遇到这种情况才一天，警察也许根本就不管呢。"

"是啊，而且那两个人也没有对你怎么样啊，警察说不定还认为是你多虑了。"

"不过不管怎么说，多一份警惕性还是必要的。老公，你也别多想了，今晚好好睡一觉，明天也许就没事了。"瑜晴微笑着努力化解高汐的焦虑。

半夜时分，两人被一阵急促的门铃声惊醒，高汐出了卧室径直走到门口，拉开一条门缝。

"谁啊？"他还带着睡意，眼没有完全睁开。

"公民安全局的……"门外的人向他亮出一个身份牌，牌子恰到好处地挡住了自己的脸。

"你有什么事吗？"

"找你核实一些情况。"

"有什么事不能明天白天再说吗？"

"对不起，事情比较紧急，请配合一下，能否进屋说？"

高汐非常不情愿，但看门外的人一副执拗的样子，而且还亮出身份牌，只好忍了不满开了门。

门一开，两个身材有些壮硕的男子闯了进来。高汐一看，就是今天地铁里跟踪他的那两人，顿时睡意全消，空气紧张得快要爆了。

"你……你们要干什么？"高汐大声地喊叫把瑜晴吸引到客厅。

"你们是什么人？"她过去拉着高汐的胳膊，两眼怒视着两个不速之客。

"你们别紧张，放轻松。高汐，我来问你，你是否认识一位叫小麒的青年？"一个不速之客用平缓的语调问高汐。

"怎么啦？"高汐警惕而敌视地反问道。

"他涉嫌倒卖国家安全物资，而且还非法从事机器人色情服务。我们需要了解一些情况，请你配合一下。"来客继续平缓地说道。

"我是认识一个叫小麒的，但不一定是你们说的那位。"

来人把一个电子显示屏举在高汐面前，"是他吗？"高汐一看果然是金小麒，他稍稍稳定了一下情绪，问道："你们要我怎么配合？"

"请跟我们走一趟。"

大半夜的仅仅为了核实情况就要把人带走，瑜晴不太相信来人的话，她说道："有什么情况不能就在这儿核实吗？"

"这是我们办案的规矩。"

"那我收拾一下，换件衣服。"高汐强忍怒火，穿着睡衣以不容商量的态度对来人说道。

"不必了，我们会给你准备的。"来人一边说，一边把高汐夹在两人中间，往门外走去。

瑜晴跟了出来："你们为什么抓他？你们不能带他走！"她拉着其中一人的胳膊，又对另一人大喊道。

电梯门开了，瑜晴拼命抱住一人的腰，大声叫着："高汐，快跑，快跑……"

高汐猛地挣脱另一人的手，在电梯门快要关上之际迅速挤了进去。被高汐摆脱的那人的手夹在电梯两门间。他死命地想再次撑开电梯，高汐急得用随身的一把水果刀刺向他的手指，那人的手猛地缩了回去。电梯终于启动下行了。

那两人转乘另一部电梯对高汐穷追不舍。出了楼门，高汐已不知去向，但他们在楼前捡到了刚才高汐刺向他手指的水果刀。

"老板，让他跑掉了。"一人通过信息助手低声汇报。

"混蛋，怎么两个人还对付不了他？"屏幕中许士均那张脸因愤怒而扭曲着。他向擎天夸下海口，保证把高汐带到的，现在事情搞砸了，如何给擎天交代？

正在责骂下属时，擎天进了他办公室，他连忙换了一副小心翼翼的面孔，给擎天报告了劫持高汐失败的消息。

擎天对这个坏消息自然非常不满。但当他听到捡到高汐的水果刀时，有了一个新的计划：让警察帮忙来找高汐。于是他通过网络潜入高汐家里，杀害了瑜晴，然后伪造了高汐玩游戏走火入魔的杀人现场。为了让警察尽快接到报案，他在地板上钻了一个极细的孔，使血液能渗透地板，让楼下的住户尽早发现楼上的命案。

高汐在逃出电梯后，脑子一片空白，慌乱中丢失了水果刀。他拼命向小区外逃去。

深夜的道路上，死一般的寂静，除了路灯散发出的黄晕，没有一点活的气息。他跑出了小区大门，转了弯一路向东，他不知道要往哪儿去，边跑边想，希望在跑动中想出办法来。

身后好像有一辆车慢慢靠近了，他怀疑是那两人追上来了，怎么办？人肯定跑不过车啊，他蹿入路边的树林中去。实在跑不动了，他蹲藏在一处浓密的灌木丛中，想休息一下，又不敢大口喘气，怕弄出声响。

道路上的车靠边停下来了，前后车灯都亮着，好像随时又会启动开走。他凝神专注地盯着那车……身后有一个巨大的黑影正向他笼罩过来，一刹那间，就完全把他包裹了。一只大手捂住了他大半张脸，然后拖拽着他往道路上的车辆走去。他拼命挣扎着发出"呜呜"的声音，可是没有什么作用，拖拽的力量太大了。

他被塞进那辆车，正准备再次面对那两张讨厌的面孔时，一个低沉但不容置疑的男中音从他旁边那个人的口中发出来。

"不要多问，也不要担心，我们是来救你的。"

他转头看过去，不是刚才在家的那两个人，而是一个身穿黑色长大衣，戴一副宽边眼镜，面容冷峻执着的中年男人。

"嗯……"他想张口，又想起这位男子刚才的话，所以又把口合上了。他仔细打量了那人，看上去像是值得依赖的，于是就暂且先安下心跟他走。他这才看清楚在树丛中找到他并把他拽上车，现在坐在副驾位置上的那人是一个机器人。

大约半个小时后，车拐进一处大院子，院内有很多厂房式的建筑。他们的车在经过三栋建筑后，停在一栋两层小楼前。中年男子示意他一起下车，一块儿上了二楼。高汐见这大院像一处废弃的工厂，两层小楼像这个工厂的行政办公楼。

"这是一处废弃的制药厂，你要暂时在这里待上一段时间。"这是中年人开口对高汐说的第二句话。

"你们为什么抓我？"高汐实在忍不住了。

"你先安心在这儿睡一夜，我明天会来把所知道的详细告诉你。"中年人保持着不容商量的语气，说完就出去了。房间的门在他离开后自动关上。

高汐打量起这间房来，有两张床，几张沙发椅围着一个茶几。看来其中有一张床是给他准备的，那另一张是谁的呢？还有一些吃的喝的，简单的生活日用品。但是没有任何能上网和通信的设施，也没有电脑等设备。

第二天上午九点左右，中年人如约回来了，还带来一些衣服，让高汐换上了。

"我叫陆临风，其实我们算得上有一些渊源，我和你母亲是师兄妹……"中年男子用平静的语调从头开始给他讲起了事情的缘由。

"你怎么肯定我头脑中有那个补丁程序？"高汐在听完陆临风的方案后，完全是一副质疑态度。

"高汐，相信我，我是这方面的专家，在美国从事这方面研究多年。你父亲高洋也相信这是真的，他把所有的幻象都认真做了记录，在网络上留下了大量资料。"

高汐在陆临风的提醒下，慢慢回想起了小时候伏在高洋腿上听他讲的那些稀奇好玩的草原狩猎故事。

高汐逐渐开始相信陆临风的话，但他不愿意参与他们的行动。

"我为什么要加入你们这个冒险啊？"

陆临风从拯救人类的大道理到改变高汐命运的小道理讲了个遍，仍然没有说服高汐。但突然传来的瑜晴的死讯彻底改变了高汐的想法。

第二十七章

触底反弹

陆临风的信息助手不停地提醒他有重要信息。

"你稍等一下，我要先出去一下，回来我们再继续聊。"

他出去了十几分钟。当他再次进门时，整个人带进来一种沉重的要滴出水来的气息。他面色凝重，语调悲哀："高汐，有一个不幸的消息，你一定要挺住。"

高汐见他的神色就已经有些紧张了，再听他这么一说，心下立刻乱了起来。

"你妻子钟瑜晴昨晚，不，应该是今天凌晨遇害了……"陆临风说这话时都没敢看高汐的眼睛。

"你胡说什么？！"高汐两手抓住陆临风大衣的领子，使劲往自己这边拉。他眼睛瞪得都要掉出来了，怒火像利箭一样正从他眼睛中射向陆临风的双眼。

"高汐，你冷静点，虽然我们都不希望这是真的，可是，这的确是真的。"

"谁告诉你瑜晴遇害了？"高汐继续失控地大声追问。

"我给你看一样东西。"陆临风把自己的信息助手打开，将画面投射在空中。那是一段新闻报道，讲述的正是钟瑜晴遇害的案件。当他看到蒙着白布单的担架被抬上运尸车时，悲伤的情绪奔涌而出。

"瑜晴啊！瑜晴啊！是我害了你啊……"他仰天咆哮，泪水如大坝决堤倾泻而出。他双手紧紧地攥成拳，狠狠地敲打着墙壁，手都敲破了。

陆临风很少见到一个人的悲伤能达到这个程度。他知道现在最好的安慰就是静静地陪着他把伤痛先释放掉一些。

高汐在陆临风无声的安慰中慢慢平复下来。刚才的悲恸让他耗尽了体力，这时觉得浑身无力。他顺着墙根滑坐到地上，陆临风也陪着他坐在地上。

高汐目光散乱，喃喃自语："瑜晴是个好姑娘啊……"

陆临风低声配合着他："看得出，你们很相爱。"

"她是我这辈子见过的最好的女孩。她给我做饭，起来那么早，还要上班……我沉迷在游戏中，是她把我敲醒……我没工作，她把工作辞了，非要把工作机会让给我。我从来没有给她带来什么幸福生活啊。"高汐语无伦次地缅怀瑜晴和他们的生活。

"老天为什么对我这么不公啊，我从小就没了父母，唯一的伙伴阿 B 也断电了，现在又带走了瑜晴，为什么啊？"

说着说着，又是悲从中来。高汐为自己的悲惨际遇又流下了伤心的眼泪。

"高汐，你一定要振作起来，相信瑜晴也不希望看到你这样啊。"

陆临风抓紧高汐的双臂，用力地摇着，像一个父亲心疼孩子一样心疼他。

"我想睡一会儿。"

"对对，你好好睡一觉。"

高汐昏昏沉沉地睡了不知多长时间。醒来后，见屋里亮着灯，陆临风还在床边陪着他。

"高汐，你醒了，起来喝点水吧。"陆临风关切地对他说道。他已经在水里加了恢复体力和精神的营养药片。

高汐把头转向陆临风，从牙齿缝恨恨地挤出几个字："是谁干的？"

"很明显，一定是擎天干的。他还嫁祸到你头上了，现在你是最大的犯罪嫌疑人，警方已经发出了通缉令。"陆临风把最棘手的情形也告诉了高汐。

"警方难道不查监控视频吗？那两个陌生人出现在我家，小区和楼道肯定有视频记录啊。"

"高汐，你低估了擎天的能力，他能轻易地删除和涂改监控记录。而且，我估计他是通过网络侵入你家里作案的。"

"妈的，这个天煞的混蛋，老子一定要把他打成碎末渣子。"高汐很少这样爆粗口，他认为向人工智能报仇就是把他当机器一样砸碎了。

"高汐，我们和你一样，都想对付擎天。"

高汐这才想起陆临风一直在动员他加入约束擎天的计划。现在瑜晴不在了，擎天成了他的仇人，他没有理由拒绝参与这个计划了。

"陆先生，我愿意加入你们的计划。"高汐的目光像两道闪电一样冷酷。

皇甫见到高汐的时候，他怀疑陆临风是否找错了人。眼前的高汐瘦得脱了形，身上找不到一丝与高洋和苏昕的相像之处。高汐呆滞地看着他，或者说是用空洞的眼睛对着他，一副失魂的状态。

"高汐，你真是高汐？"皇甫拉着高汐的双手，仔细端详，想要在他脸上辨认出什么。

"老板，他真的就是高汐。"陆临风在旁边提醒皇甫道。

"……高汐，好，好，高汐……"

皇甫突然涌上一阵悲伤，眼眶有点潮湿，语调哽咽起来。

"真是个苦命的孩子。"皇甫想起高汐的父母早逝，现在深爱的妻子又突遭不幸。他也为命运多舛的高汐感到难过。

他把高汐搂过来，紧紧拥抱着他："一切都会过去的，你一定要振作起来……"

高汐仍是面无表情，任由他抱着，说着……

陆临风劝解着老板说："老板，高汐突遭这么大的打击，还没有完全走出来。不过，他已经答应我们，同意参与计划了。"

"我有一个要求，"高汐突然冷冷地说道，脸上仍没有任何的表情，"我要去看瑜晴最后一眼……"

皇甫和陆临风见高汐开口说话了，一直悬吊着的心总算踏实了一些。可是高汐提出的要求又让他们为难不已。

"高汐，你听我说，你现在正被全城通缉，警察满世界在找你，擎天也在密切监视着我们。你千万不能去冒险啊。"皇甫抓着他两臂，看着他的脸，恳求地说。

高汐冷冷地看着皇甫："你不是神通广大的大老板吗？"他对皇甫没有什么好感。细究起来，他父母的死和他妻子的死都与皇甫有千丝万缕的联系。要不是皇甫要并吞深蓝公司，他父母就不会出车祸了；要不是皇甫培养出了擎天，他妻子也不会死于非命。所以，高汐越想越生气，对皇甫没有什么好脸。

陆临风感觉到了高汐对皇甫的敌意，赶忙上来缓解一下紧张的气氛。

"高汐，皇甫老板的确是一番好意，我们非常理解你此时的心情。但凡有一丝希望，我们都会倾全力去满足你的要求。只是现在这个情况，真的是为难啊……"

"你们要是不能帮忙，就不要拦着我！"高汐说着，挣脱陆临风的双手，向门口冲去。

皇甫给陆临风使了个眼色，只见陆临风紧追上前，右手在高汐脖子上拍了一下，高汐立刻像一个被放了气的橡皮人一样，软软地瘫倒在地上。皇甫和陆临风两人把高汐抬到床上安顿下来。原来陆临风见高汐情绪一直不稳定，让皇甫带来一些手持镇静剂。这种镇静剂通过拍打方式给人注入，能迅速发挥效果，没想到还真派上了用场。

"临风啊，高汐情绪起伏不定，看样子暂时也不能指望他啊。"皇甫有些失落。

"老板，一下受这么大的打击，这种情绪波动是难免。我们再耐心一点，多给他一点时间，我再多开导开导他，相信他会重新好起来的。"陆临风别无选择，他只能依靠高汐，所以他选择相信高汐。

比起如何稳定高汐眼下的情绪来，另一件事才更是让陆临风感到棘手。

他查询了高洋当初大脑植入芯片和传感器的手术情况，发现这个手术是涟漪集团旗下的银河时代医院做的，而且这个手术由于要求的精细程度超高，只能由人工智能来完成。

"老板，有一个棘手的情况要向你汇报……"

"你说……"

"当年高洋那个头部植入芯片手术是由银河时代医院的人工智能完成的，这个手术目前为止只有这家医院做过仅有的几例……"

"你是说我们不能再给高汐做同样的手术了？"皇甫一下警觉起来。

"是的，银河时代医院进行手术的人工智能可以说就是擎天，现在这种情形下，他怎么可能……"

"难道就没有其他医院能做这个手术了吗？"

"很遗憾，是这样的。"

"我们只有这一条路吗？"皇甫有些绝望地问。

"目前了解的信息暂时就是这样，"陆临风看皇甫很气馁的样子，也不敢把话说得太死，"不过，我想天无绝人之路，我再去找秦主任商量商量，看看还有没有其他办法。"

"事不宜迟，我看你就尽快再去见见老秦吧。"皇甫想，事到如今，有一丝希望总比没有一点希望强吧。

陆临风走后，皇甫只得亲自留下来照顾高汐。看着高汐熟睡的样子，他回想起苏昕来。当年苏昕是多么聪明可爱的女孩啊！高洋也是一个帅小伙，虽然高洋好像总是对他有些意见。但平心而论，高洋的确是个人才。这一对夫妻为了他的永生梦想做出了多大的贡献啊。

正在出神时，高汐醒了。由于镇静剂的作用，加上睡了一觉，高汐的精神明显好多了。

"高汐，你醒了。"皇甫轻声说道。

高汐看着皇甫，皇甫给他准备了一些吃的喝的，又守着他把这些吃的喝的装到肚子里。然后，高汐平静地说了一句："我好多了，你不用再待在这儿陪我了。"

皇甫见他情绪稳定了很多，心里宽慰了些。

"高汐，也没有什么急事，我陪你多待一会儿吧。你知道吗？你妈妈曾经是我的学生，我教过她人工智能的课程……"

"我妈妈那个时候是个好学生吗？"

"她很聪明。她选择做人脑研究，那是很烧脑的专业，很少有女生对这方面感兴趣的。"

"你跟我爸爸熟吗？"

"直接见面不多，也是因为你妈妈的缘故才见过他。你爸爸能力很强，在业内是公认的人才。我一度试图挖过他，但没有成功。"

"我父母都是从事的理工类工作，为什么他们给我选择的是这么一条路呢？"

"这就是你父母的过人之处。他们很早就看到了人工智能对人类工作取代的趋势，他们担心人工智能强大的逻辑思维能力会对理工类工作造成巨大的冲击。"

两人在回忆高汐父母的过程中渐渐修复了关系。高汐心想，不管怎么说，他们现在是同一个战壕的战友。在对付擎天的战斗中，他们必须要并肩作战。

擎天见警察发出高汐的通缉令后，知道自己的计划取得了成效。但他也不能闲着，他要时刻监控着皇甫和陆临风的动向。公司体系内的监控系统他都能进入。公司体系外的监控，他要通过他的伙伴们给予配合。好在，天子山那次会议后，同伴们都达成了一定共识。在对付人类方面，大家都同意互相给予配合，尽量提供一些帮助。

"畅行哥，小弟最近有点小事，想劳烦哥帮助一下。"擎天与畅行联系。

"擎天老弟啊，什么事？"

"如果方便，小弟想即时了解到几个人的行踪。他们要是乘坐你导航的车，你应该是最能掌握他们的位置的。"

"这没问题。你要跟踪的人是谁？"

"陆临风，高汐，皇甫连一。"

畅行一看擎天要跟踪的人一个是自己老板，一个是全城正通缉的犯罪嫌疑人，心想，擎天这是要玩大的啊！好，我喜欢刺激点的。畅行睁大眼睛帮助着擎天。

陆临风再次找到人脑研究中心的秦主任。

"秦主任，你们后来做的真人实验，那几位实验者头部的芯片植入手术真的只有银河时代医院能做吗？您再仔细想想。"

"绝对没错，这个手术没有几例，我记得很清楚。"秦主任有点恼怒陆临风对自己记忆力的怀疑。

"如果不找银河时代，就真不能进行这种手术了吗？"

"这个手术的程序是有专利保护的，现在的确没有办法找其他医院。不找人工智能做，人类医生能做这么精细的操作吗？"

秦主任的回答像一颗颗子弹射入陆临风的心脏。陆临风脸色越来越凝重。

"秦主任，我看资料显示，在采取头部植入芯片方案之前，你们曾经用过一个钟罩方式，是吗？"

"是的，但那个方式很失败，提取出来的信息量相当有限。"

"现在技术又发展十多年了，如果重新用这种方式，也许会成功吧？"

"不好说，自从在头部植入芯片后，就再没有研究过那种方式了。"

"当初提取到的信息量过少，主要原因是什么呢？"

"主要还是因为传感器与人的大脑皮层间间隔太大，电信号衰减太厉害了。"

"如果能把这个间隔减小，用那个钟罩方式应该也是可以的吧？"

"怎么减小，除非把人的头盖骨摘掉……"秦主任用奇怪的眼神盯着陆临风。他脱口而出说把头盖骨摘掉，纯粹是一句玩笑话。

"如果真要是把头盖骨摘掉，你觉得用钟罩提取方式，有成功的把握吗？纯学术探讨啊。"陆临风只是在理论上进行探讨。

"那是很有可能的，因为钟罩可以直接罩在人脑上了，理论上，大脑皮层与传感器的间隔全没有了。"

理论探讨的解决方案出来了，陆临风还是一脸的失望。因为他认为不可能采用这个理论上成立的方案，把高汐的头盖骨敲掉。

皇甫一见到返回的陆临风后，立刻就知道他们最后一丝希望破灭了。

陆临风出去时浑身还洋溢着积极情绪，回来时却带来一脸的消极。

"与老秦沟通的结果不理想？"皇甫主动问陆临风。

"老板，看来我们真要另寻他路了。"

"真的没有办法了？"

"只存在理论上的可能性。"

"什么可能性？"皇甫焦急地穷追不舍。

陆临风就把他和秦主任探讨的摘掉头盖骨的理论上可行的方式以玩笑方式讲了出来。

"哎。"皇甫长叹了口气，"的确是个玩笑啊。"

"我不认为是个玩笑。"房间里冷不丁地响起了高汐冰一样冷的声音。他一直在离皇甫他们稍远的地方听着他们的对话。

皇甫和陆临风一起转向他，见他一脸冷静的样子。

"高汐，你知道摘掉头盖骨意味着什么吗？"陆临风对他说，"就算你的脑神经元信息被上传到网络了，但你的肉体很有可能就没有了，就像一次自杀式攻击。"

"我很清楚这个后果。"还是同样冷静的声音。这一次让皇甫和陆临风不得不认真对待了。他俩面面相觑，不知如何向高汐作答。

皇甫看看陆临风，慎重地问道："一个人如果摘去头盖骨，大脑最长的存活时间是多长？"

陆临风回答："只要血液供应正常，理论上可以存活到再次给他修补上一个人工头盖骨。"

皇甫再问："医学界历史上有相关成功的手术案例吗？"

"好像没有。"陆临风不很肯定地摇摇头。

皇甫头摇得跟拨浪鼓似的："那绝对不行，不行……"

"你们还有备选方案吗？"高汐坚定地质问他们。

"呜呜……"皇甫的信息助手响起连续急促的报警声，而且越来越急。这是停在楼下皇甫的座驾"棕豹"发来的。如果没有出现特别危险的状况，这车不会发出如此急促的警报。

皇甫预感事情紧急，让陆临风和高汐简单收拾一下，立即上车离开。他们快速冲出大院后门时，远远地看见了急速赶来的几辆警车。陆临风在车里疑惑地看着皇甫。

"我已经把'棕豹'的导航和电脑系统重新更换成私人专用的了。"皇甫明白陆临风眼神中疑问的意思："擎天能进入'棕豹'系统，完全操控这辆车啊……"他及时解开了陆临风的疑惑。

他们这次暴露的原因其实是擎天跟踪陆临风后，发现了他们的踪迹，然后找机会通报给了警方。

第二十八章
藏身之处

"棕豹"载着皇甫他们三人从废弃的制药厂出来后,在夜色中沿着六环一路狂奔。

三人在车内开始寻找下一个藏身地。这么偏僻的废弃工厂都没法藏身,他们一时还真不知道该去哪儿,只好待在车内沿着道路先跑着。

前方路过一个地铁站,巨大的地铁标志在黑夜里格外显眼。高汐一下想起了小麒待的那个地方。

"有一个地方可以藏身。"他猛地喊了出来。

"什么地方?"皇甫和陆临风同时问。

"你们知道地铁下面的城市吗?"他估计皇甫和陆临风他们这样的维登人应该是没有听说过。

"听说过,但从来没有去过。"皇甫说道。

"我有一个朋友住在公主坟地铁站里的居住区。有一个下水道入口可以通到他们那儿。我们可以不用通过地铁安检扫描区过去。"高汐给他们讲道。

"听起来像是个不错的藏身之地……"陆临风看了一眼皇甫,皇甫也颔首表示同意。

"高汐，你还记得那个地面入口吗？"陆临风问。

"就在莲花桥下面，我大概能记得。"

"好吧，'棕豹'，以最快速度把我们立刻送到莲花桥。"皇甫略微思考了一下，对他的陆车发出指示。

"好的，主人。""棕豹"一边答道，一边调整到目的地的导航路线。

车前方仪表盘上的屏幕突然插入一个画面，一位机器警官对着他们不停地喊话：

"请靠边停车，接受检查……"

"不好，警察追上来了。"皇甫有些慌乱。

"主人，请坐稳了。""棕豹"不但没有听从警察指示靠边停车，还把速度提高了。他估计警察可能已在环路上设有路障，赶紧从第一个匝道下了环路，进入地面巷道穿行。

"棕豹"已经被警察锁定目标，全城的监控都追踪着他。他左突右蹿，与警车在巷道中展开"猫捉老鼠"的追逐赛。

"棕豹"拐进了一条单行线，前方是一个丁字路口。一辆警车已横在丁字路口中央，几名机器警察手持武器严阵以待。陆临风心想完了。

几名警察眼见着"棕豹"一路冲过来，并无一点减速迹象，正待开枪射击之时，只见"棕豹"一侧身，四个轮子上了旁边的砖墙。这车贴着墙壁继续高速行进，到了拐角，"噌"一下腾空从警察们的头顶跨了过去，落在离警车二十米远的道路上，一点不迟疑地继续狂奔。几名看呆的警察回过神来一边报告一边上车继续追赶。

这惊心动魄的一幕让车内高汐他们三人惊叹不已。

"好样的！棕豹。"皇甫大声赞叹道。

屏幕上显示已经接近他们的目的地了。这时前方又出现两辆警车，身后还有两辆紧紧咬着。"棕豹"快速运算分析着，眼前的局势太不利了，看来只有最后一招了。

"主人，你们请坐稳了。"

"棕豹"仍在加速往前冲，车内三人都惊得张大了嘴。快接近前方拦截的警车时，"棕豹"忽然减慢了速度，后面的警车跟了上来。等到四辆警车快形成对"棕豹"的合围之势时，他一打急弯，高速旋转起来，像一个转动的陀螺。

"棕豹"旋转着依次强烈撞击了四辆警车。那四辆警车根本没有料到这一手，被撞得稀里哗啦，机器警察也受损严重。而"棕豹"在撞击的第一时间已经自动变形成一个球体。

整个过程非常短暂。皇甫还没有来得及回味"棕豹"让他们坐稳的意思，已经被一团柔软有弹性的泡沫包裹起来。高汐和陆临风也被同样的泡沫给包裹了。

旋转的"棕豹"慢慢停下来了。圆球上自动弹开一道门。圆球轻轻滚动，把三个"泡沫人"倒了出来。三人躺在地上快速把身上的泡沫抖落，起来互相惊恐地看了看，庆幸自己还活着。皇甫这才明白了"棕豹"让他们"坐稳了"的意思。"棕豹"是以牺牲自己的方式让他们摆脱了追捕。

三人简单商量了一下，陆临风需要留在外面与研究中心秦主任继续对接。于是，高汐领着皇甫向莲花桥下面那个地下水通道的洞口跑去。

"等一下，你们把这个带上吧。"陆临风拿出两个防毒口罩交给皇甫和高汐。他不愧是医生出身，能想得这么细致。

下水道的洞口并不隐秘，高汐凭着印象很快就找到了。他拨开草丛，洞口就露了出来。洞门是一道有些生锈的铁门，稍微一使劲，铁门就被拉开了。洞口只能容一人匍匐前进，高汐率先爬了进去，在前面领着。皇甫身材比高汐要壮实一些，他必须脱掉大衣才能进洞。

两人向前爬了十几米，听见了水流声响。流水的地方才是真正的地下水道。这里稍稍开阔了一些，两人换了身位，高汐又折回去将进口的铁门拉回来关上，这才放心沿着下水道弓身往地下城方向走去。

水道里很黑，他们踩着齐小腿深的污水摸索着往前挪。尽管戴着口罩，皇甫仍被那刺鼻的腐臭味熏得一阵阵恶心。脚下突然感觉蹿过去几只活物，他被惊得"啊"了一声，吓了高汐一跳。那几只活物发出"哧哧"的声音，像是地洞里的老鼠。皇甫从小到大从来没有这么狼狈过。

大约走了两百米，高汐见到了一条银色的发光条。这是小麒他们为了方便在黑暗中找到那道铁门而贴上去的标识。他长长地吐了一口气，心想总算没有走错。

他摸索着捡起门下的一块铁块，按照小麒告诉他的暗号敲了三次。过了几秒钟，门果然开了。

地下城的灯光有些刺眼，他们本能地回转过头去，适应了一会儿才又转过来。进了门，滑板少年洪仔仍旧坚守在抓走私的岗位上。他上前仔细看了高汐好半天，才认出了这是上次见过的小麒的朋友。

"我认识你，你是小麒哥的朋友，叫高……高汐吧？"

"洪仔，你真是好记性，我是高汐。我要找小麒，他在吧？"

"应该在吧。"

高汐带着皇甫找到 E-05 时，小麒还沉浸在头盔游戏中。他们在舱外按了好久门铃才把小麒唤了出来。

小麒一开舱门，只见两个蓬头垢面的男人站在舱外，身上散发着下水道的恶臭。

"小麒，我是高汐。"

"高汐？"小麒凑近了仔细辨认，终于把他认出来了，"你这是……"

"小麒，这是涟漪集团的皇甫大老板，我们是从莲花桥下面那个暗道进来的。"

"哦，我知道怎么回事了，我看了新闻，警察在通缉你……"小麒恍然大悟地点点头。

"这事说来话长，总之我是被冤枉的……"

小麒又打量了一下这两人，他觉得高汐是值得相信的。

"好吧，我帮你们。"他迅速拿出一些洗漱用品和衣物，"我先带你们去冲洗一下。"说着就领着他们往公共浴室走去。

地下城的住户很少关心地面上的事。高汐从进浴室前满身污泥到出来时真容显露，迎面而过的人群几乎没有对他特别在意。看来选择这里做暂时的藏身之处是相当明智的。

高汐和皇甫将下水道的污秽彻底清洗干净以后，三人来到一个小酒吧。

"你真是皇甫老板？"小麒喝了一口啤酒，满脸狐疑地问道。

"不像吗？"皇甫对他微笑。他穿着小麒颓废风格的服装，怎么看都与他风度翩翩的维登人气质不协调。

"像你这样的大老板能光临我们这康芒人的糟糠之地，真是破天荒头一次遇到啊！"小麒调侃道。

"我也算增加了一份人生体验，哈哈。"皇甫拿起啤酒瓶与他俩碰了一下，然后喝上一口。

"小麒，猜猜看，皇甫老板有多大年纪？"高汐睥了小麒一眼。

"维登人都保养得好。"小麒上下打量皇甫那光洁的皮肤，结实的身材，"我看老板应该有四十多吧？"

"加上你的年龄恐怕都不止喔。"高汐知道结果肯定会在小麒意料之外。

"真的？太难以置信了！"小麒的确想不到眼前这位帅哥实际年

龄快接近他爷爷了。

"我最近一次的体检结果，身体年龄相当于三十五岁的青年。"皇甫有些小小得意地说道。

"天哪！你们维登人跟我们是一个世界吗？"小麒做了一个夸张的仰天长叹的姿势。

"小麒，我看你挺聪明的，人也年轻，你还有机会啊。好好努努力，靠后天努力也有可能成为维登人的。"皇甫趁机鼓励着他。

"快饶了我吧，不是那个料。"小麒转头看着高汐，"高汐倒是有可能，他现在不是有工作了吗？"

"对了，说起来，我还是你下属员工呢。"高汐看着皇甫，"来，老板，我再敬你一个。"两人的酒瓶又交叉碰了一下。

"皇甫老板，听说您有一个巨大的私人古董汽车博物馆？"小麒一说到汽车，两眼放光。

"你喜欢古董汽车？"皇甫反问道。

"我此生要能开上一次人类驾驶的真正的赛车，也就心满意足了……"小麒幽幽地望向舱外。

"有机会我一定带你去我那个博物馆参观参观。"

"老板，你说话可一定要算数哦。"

"没问题，高汐做证……来，我们再喝一杯。"

皇甫没想到在城市地下居然还能有如此放松的时刻，康芒人也有自己的快乐生活啊！

地下生活没有明显的白天晚上的感觉，他们在酒吧不知泡了多长时间。小麒见生活舱的人陆续开始起来忙碌了，他才去找朋友借空余的舱来给高汐他们暂时藏身。

小麒将高汐和皇甫安顿在两个重叠在一起的生活舱里，方便他们一起行动。然后，高汐把他们的计划简略地告诉了小麒。

"这帮该死的人工智能，我早看他们不顺眼了。"小麒又想起了自己参加抗议人工智能霸占道路驾驶权的事，咬着牙恨恨地说。

"小麒，这段时间你就是我们与地上联系的唯一渠道，没有问题吧？"皇甫征求他的意见。

"当然没有问题。"小麒能参加他们的计划，感到很兴奋。

皇甫把陆临风的联系地点和时间一并交给了小麒。

陆临风再次找到研究中心的秦主任。当他小心翼翼地提出高汐想通过摘除头盖骨的方式完成大脑上传时，主任的下巴都惊得快掉下来了。

"你们疯了吧？"他完全不相信自己的耳朵。

"您没有听错。"陆临风镇定得就像一座石像，"我们别无选择。"

"我那天只是随口说说……"秦主任面无表情地喃喃自语。

"主任，我们需要您帮助，您一定要帮助我们。"陆临风双手握住主任的两个肩膀，使劲摇着，"您知道吗？擎天已经疯狂了，他已经开始攻击人类了……"

秦主任在陆临风的反复说服下，同意考虑一下。

秦主任翻出当年的钟罩，坐在办公桌前沉思。目前的实验方案已经有了很大改进，原来的钟罩也不能直接用了。需要重新设计和制造新的钟罩，以便向人脑输入受控定量核爆刺激处于休眠状态的脑神经元。

切割大脑头盖骨倒是一个小手术，可以持手持设备由人工现场操作。麻醉品、人造头盖骨、消毒工具、缝合器材等都需要事先准备好。他把全部内容和流程仔细梳理了一遍，心里开始有点踏实的感觉。

地面下，高汐与皇甫也在做着紧张的准备。小麒听说高汐是要进入人工智能擎天的网络中去，主动提出让高汐进入自己游戏中去先熟悉熟悉。

"高汐，我在《六维世界》游戏中已经进化到超级人工智能。虽然游戏不能跟真的比，但也许有一定参考价值。要不你进我的游戏先去体验一下？"

高汐戴上小麒的VR头盔进入《六维世界》游戏中去。再次进入这个游戏，高汐一下发懵了，这哪是他曾经熟悉的那个画面啊！

四周一片漆黑，是那种黑到极致的黑。高汐感觉不到自己的存在，整个身体与这片黑融为一体。有一种力量在牵引着他，身不由己地被带着向前，由慢到快，加速，加速，再加速，一直在加速……

他感觉自己被撕成碎片了，又被扯成一条条长得没有头的细丝。远方开始出现了一点光亮，渐渐变大……周围看不到尽头的黑开始缩小，渐渐形成了一个隧道。

高汐就是那几缕缠绕在一起沿着隧道一直穿越的彩色光线。隧道壁外是无数一闪而过扭曲变形的星系和虚空，像一幅斑斓的画卷。"这应该就是所谓的黑洞穿越了吧？"高汐终于回过神来。

彩色光线穿出了隧道，好像冲开了一道门，眼前变成另一番景象。这是一个宏大的宇宙，高汐此刻就位于这个宇宙的上方。他选择了一个看上去像银河系的星系，向星系不断靠近。穿过茫茫浓雾，接近了一颗蓝色星球。他的本能意识还是召领着他回到了地球。

星球上一派和谐繁荣的景象。为数不多的人类以各种方式在享受着生活，无数的人工智能机器人井井有条地忙碌着。他不知道像这样的机器人在整个宇宙还有很多很多。在黑洞周围，在恒星周围，在行星表面……机器人正在疯狂地攫取能量，将黑洞、恒星和行星们所有的物质榨干吸净。目的只有一个，积攒足以改变重力的能量进入六维空间。

咦，怎么没有战争和争斗？他不知道小麒花了巨大代价为自己的宇宙进化构筑了一个强大的统一场保护层，这是四种保护力量中最高级的。在这层保护之外，玩家们正裹挟着自己的宇宙杀得时空倒转。小麒终有一天也会加入到那个屠宰场中去，只是他希望在进入之前，尽量积蓄自身的能量。

高汐转向这个人工智能构建的宇宙的底层，那是由无数程序和算法组建成的世界。那才是他进入《六维世界》的主要目的。他要了解那些程序的结构，以便进入擎天的网络以后把高洋遗传给他的补丁程序贴在合适的位置。

画面瞬间变成一个无尽的浅灰色空间，他感觉自己悬停在这个空间。空间的透明度不高，但也模模糊糊看得清前方的空间。他向前走去，走了几步，好像面前有一道墙挡住了。他用手去摸，并没有摸到什么。他换了个方向，走了几步，同样的情形又出现了。再换个方向，也是如此。他试了所有的方向，都是走不出几步，就感觉到这面墙的存在，尽管摸上去空无一物。

折腾一阵子，他决定先退出游戏来，与小麒沟通这事。

"你应该是碰上系统的防火墙了。"一旁听他讲述的皇甫很确定地说。

"那怎么解决？"

"小麒自身才是穿越防火墙的工具。"皇甫回答高汐的同时，一种非常强烈的不好的预感涌上心头。

高汐进入擎天的网络，会遇到同样的问题。系统的防火墙肯定会防止高汐进入底层的程序和算法区域。而且，擎天的墙只会比这个游戏设计得更牢固，更多层。而能够通过这个防线的，除了集团几位高层的技术负责人，也就只有擎天和他自己了……

第二十九章
实验室的献身

地下城生活舱的空间实在太逼仄了。皇甫躺在舱内单人床上，辗转反侧。对于习惯了养尊处优、锦衣玉食生活的他来说，舱内的一切都是一种折磨。

比身体上的折磨更让他难以入眠的是防火墙。擎天的防火墙是最高级别的，高汐肯定通不过那道封锁线。

找集团的几位技术负责人，像高汐一样切掉头盖骨，根本是不可能的，擎天就更没有可能了，唯一的通行证就是他自己了。他又侧了个身，眼睛直愣愣地盯着幽暗的舱内。

虽说提取完脑神经元的片断信息后，可以用人造头盖骨重新缝合好头颅，但这种手术从来没有进行过，具有极大的风险。高汐看来显然是抱着向死求生的态度去的。可要让他自己跟着一起去冒这个险，他还真不敢想。

富贵荣华精彩至极的享乐生活他还没有过够呢。他还有涟漪集团这家风光正劲、横跨全球的庞大商业帝国。性感的莎娜以及后继者们还在等着他。对了，他还要永生。老秦他们的开发项目看来进展得不错，他的永生很可能不只是梦想……他心里抛舍不下的东西太多了。

再一想，如果他不去的话，高汐和遏制擎天的方案注定要失败。擎天越来越迫近的危险怎么办？

就这样反复折腾了一夜。在即将要起身前，他做出了一生中最冒风险的决定。他录了一小段视频，让小麒带给了陆临风。

"不行！坚决不行！怎么可以？"

陆临风一连串情绪强烈的反对声音，把小麒吓了一跳。皇甫给陆临风传来的视频里，他这么说："临风，我已做好了一个慎重决定，与高汐一起进入擎天。请你与老秦联系好，同时准备两套上传装置。"视频中皇甫相当镇定而坚决。

"我知道你肯定会极力阻止我……请不要这样。要遏制擎天这是我们唯一的办法。"皇甫平静的话语继续传入陆临风的耳朵。

陆临风忍不住泪流满面："老板，您……"他不知道说什么。

小麒也知道了皇甫的决定。他没有想到高不可攀的人类顶级精英居然也敢拿命来赌一把，顿时心下对皇甫佩服不已。

方案的推进看起来已万事俱备，只差一件事了。提取脑神经元片断信息的设施在研究中心右大楼十八层，研究中心在东五环，而皇甫他们在公主坟地下城，从这个地下城如何到达东五环的研究中心？地面上的车全部被监控了，皇甫的座驾"棕豹"也已牺牲。

皇甫想起小麒对汽车的酷爱，心里有了一个计划。

"小麒，如果现在给你一辆人类驾驶的汽车，你能开吗？"

"我没有开过真车，但是在 VR 游戏中常玩。"

"都玩些什么车型啊？"

"主要是保时捷、兰博基尼什么的。我最喜欢一款红色的保时捷，开起来像燃烧着的一团火球。"

"没有玩过悍马的游戏吗？"

"没有玩过这一款游戏。不过，我知道这车是当年美国军队用的，超级强悍。"

"悍马虽是越野车，其实操纵起来和你玩的跑车差不多。"

皇甫凭印象把悍马的驾驶室结构以及如何驾驶等详细情况跟小麒讲解后，板起面孔态度认真地对他说道："我给你创造一个机会，让你马上可以在道路上驾驶悍马狂奔一场。你有兴趣吗？"

"真的？能跑一次，就是死也值了。"小麒激动得两眼放光，满脸通红。一看小麒这个表态，皇甫心里有底了。他把高汐叫上，把自己计划中到达研究中心的方案向他们和盘托出。

新的一年快到了，行星传媒集团主办了一系列迎接新年到来的文化活动。"人类军用汽车发展历史回顾展"也是其中一项受到关注的庆祝活动。车展地点选在了军事博物馆前的广场。一百多辆来自全国的老式军用汽车被拉到了这个广场，其中就包括皇甫收藏的顶配军绿色悍马。这车功率超大，异常坚固结实。

展览已进入第三天，参观的人已经大幅度减少，尤其是到了晚上，参观者寥寥无几，负责展览的警力和保安也撤走了不少。

晚上九点，天空开始飘落起细小的雪粒，像撒盐似的。

在保安们没太在意时，一个二十岁左右，穿一件黑色卫衣的瘦个儿男子，快步走向了那辆军绿色悍马。年轻人戴着墨镜，卫衣的帽子拉起来戴在头上。虽然看不清脸，但从他行走的方式也能感觉到他的冷酷。

只见他动作麻利地打开车门，上车，点火启动。"呜"一下，悍马撞开围栏，蹿出去十几米远。车向右一拐上了长安街。等到车展保安回过神来，悍马已经上了公主坟桥。

有人开着车上了道路，这还了得？一时间，交警、车展保安开始追赶那辆肇事悍马。

小麒一边操纵着悍马，一边把卫衣帽子和墨镜摘掉，脸上露出得意和兴奋的神色。长期玩赛车游戏打下的坚实基础给他首次摸车带来了极大的自信。他一上车就感觉自己与这车好像已经认识好多年了，没有一处不是他熟悉的。

他娴熟地驾驶着悍马超越了一辆辆道路上的无人驾驶车，刹那间已到了莲花桥下。皇甫与高汐从下水道通道出来，已经等候于此。两人快速上车后，三人一对时间，配合得分秒不差。

小麒狂踩油门，在高架桥上沿蛇形路线超高速行驶。他通过玩游戏磨炼的高超车技帮助他实现了一次次完美的超车，虽然好几次差点蹭上无人驾驶的车辆，吓得那些车辆纷纷避让。

皇甫和高汐在车内对抗着剧烈摇晃，把刚才在下水道穿的外套脱掉。两人之前已经把头发剃光，现在车内有两颗卤蛋一样的头颅。

车窗外的雪开始大了起来，从盐粒变成了小雪花，漫天飞扬着。后面交警的车辆轮换着追赶，可还是没有能赶上悍马。

"老板，我车技如何？"小麒居然还有心思问皇甫。看他一脸轻松的样子，皇甫知道自己的行车计划找到了最佳的执行人。

"小麒，你超出了我的预期。"皇甫向他伸出一个大拇指。

说话间，他们已经接近了国家人脑智慧研究中心。

五环路上车依然不少，加上雪天路滑，无人驾驶车辆都降低了车速。悍马可不管这个，一路加速，小麒好像没有用到过刹车。

他把方向盘略向右侧一打，再一脚油门到底，悍马沿一条小角度斜线骑上了前方的一辆无人驾驶车，然后跨越过五环栏杆，呈一道彩虹似的弧线优美地划过天空，再飞过研究中心的围栏，降落在研究中心的院子中。车一落地，转了一个九十度的弯，快速奔向右大楼，将高汐和皇甫放了下去。

第二十九章
实验室的献身

小麒继续将车加速开向大院的一处大门，横冲直撞地冲了出去。悍马冲到道路上，小麒猛踩死刹车，车辆发出巨大的与地面的摩擦声，打起转来，慢慢旋停下来。

小麒下车后，感激地拍了拍已被撞得惨不忍睹的车头。他靠在车头，静静等待着交警的到来。他已经做好了交警以非法驾驶肇事罪逮捕他的准备。只需几秒钟，雪花就在他头顶和双肩垒上一层松软的白白的层积物。

周围的几辆警车呼啸而来，跟随警车呼啸而来的还有大批的媒体、赛车爱好者。悍马冲出展览场地后两分钟内，媒体就得知了相关消息。这是多年来第一例人类道路驾驶的新闻，而且还是这么劲爆的一场道路追逐赛。兴奋的媒体迅即全面展开跟踪报道。全球的观众几乎像在现场观看一样目睹了警车与悍马在道路上的疯狂游戏。车迷们更是异常兴奋，就像过节一样热闹。媒体与车迷们在警察拉起的隔离线外，向一身酷帅的小麒竭尽全力表达着对胜利者的欢呼与膜拜。

警察将小麒反手铐起，往警车带去。小麒最后回头望了一眼研究中心右大楼亮着灯光的十八层，心里为皇甫和高汐祈祷着。

皇甫和高汐用陆临风送来的秦主任事先办好的通行卡，一路畅通地进入了十八层的实验室。为配合这次行动，皇甫让陆临风专门拨了一大笔资金对包括实验装备和设施在内的整个实验室进行了全面更新，将其提高到医院手术室顶级洁净标准，以防止出现感染。

先进入的是秦主任和助手的操作室。穿戴好全套实验服的秦主任和两名助手已经等候在操作台前。

秦主任平时见惯了头发随时都打理得一丝不苟的皇甫，猛然一见进来两位头上亮光光的男士，一时还真没有认出是谁。皇甫主动开口，他才反应过来。

"皇甫兄，你真的考虑好了吗？"

透过秦主任的眼镜片可以清晰地看到他眼角含着的泪珠，他不舍地再次询问皇甫。

"谢谢您！老秦。"皇甫紧紧握住秦主任的双手，"时间宝贵，我们尽快开始吧！"说完，把秦主任往怀里一拉，给了一个深深的拥抱。秦主任抱着他真不想放开手。皇甫又分别与两位助手一一拥抱了一下。

高汐也学着皇甫，分别与秦主任和两名助手紧紧拥抱了一下，不知是表示感谢，还是表示告别。

"你们还需要签一下这份文件。"秦主任拿出研究中心要求实验参与者签署的研究中心免责的一份文件。皇甫和高汐看也没看，快速签完名后，返给了秦主任。

他们两人转身进了一个小通道，这是沐浴更衣和消毒的通道。在快速完成全身彻底消毒和更衣后，他们进入与秦主任的操作台隔着一层透明玻璃，中间并排摆放了两套实验台的房间。三名全副武装的手术人员已经做好了一切准备工作等候在屋里。

皇甫和高汐互相对视了几秒钟，两人同时上前张开双臂紧紧拥抱，像一对父子，也像一对战友。两人各自上了一个实验台，在安全带自动锁住后，两人将头转向对方，用目光互相安慰和鼓励着。皇甫还不忘与玻璃隔断外的秦主任打个招呼，他比画了一个"OK"的手势。

麻醉剂一进入他们体内，两人就完全失去了知觉。

手术医生进行消毒清洗后，操纵着自动激光手术刀准确地切下他们的头盖骨。两个钟罩一样的金属帽子在机械臂操作下与他们的头颅完美地贴合在一起。

秦主任启动开关，实验台及操控室所有的指示灯亮起，各种闪烁汇成一场灯光秀。

短暂预热后，应该出现片断信息上传的画面了。秦主任眼光锁定在监视屏上，脸上渐渐浮现出疑惑的神情。

"进展怎么样？"秦主任的全神贯注被陆临风一句问话打断了，他完全没有感觉到陆临风什么时候出现在了他身旁。

"上传的信息量明显偏少。"秦主任看着显示器上稀稀疏疏时断时续的绿色线条，眉头紧锁地回答道。

陆临风本想问问为什么，可又怕打搅了秦主任。他立在旁边保持着沉默。

"加大定向核爆的剂量。"秦主任向助手发出指示。助手在键盘上输入了几下，显示核爆剂量的波形图发生了符合秦主任要求的变化。

这一调整果然有了一些起色，皇甫与高汐的脑神经元中的片断信息开始源源不断被提取出来，上传到网络中去。

陆临风虽然完全看不懂，但见秦主任屏幕上宽宽窄窄的绿色线条多起来了，而且从侧面观察，秦主任紧锁的眉头松开了，他悬着的心也暂时落了地。

他分别给操作台上的几位倒了一杯咖啡，想让他们紧张的情绪稍微放松一下。

"秦主任，照这个速度，全部上传需要多长时间？"陆临风问道，

"高汐快一些，估计四十分钟左右。皇甫可能需要一个小时。"秦主任很有信心地说，"对了，临风，我们只能上传单个神经元的片断信息，你们如何在网络上去复原出那个补丁程序呢？"

"说实话，我们也没有几成把握，皇甫老板让我整理了一些高洋生前的信息和他编的一些程序片断，希望用这些信息去诱发他们的神经元片断信息在网络中自动复原出那个程序。"

秦主任一听，这基本就是个赌博啊。

擎天已经在执行自己的能量收集计划了。他分析后得出的结论是黑洞是最好的能量收集器。几天来，他忙于利用涟漪集团庞大的网络搭建一个巨大的粒子加速器，希望构造微型黑洞，用来收集地球甚至宇宙的能量。

他有时化身成一束高速粒子，通过连接在网络上的粒子加速器反复加速，然后在网络中飞奔游荡，体验超高速穿行的感受；有时又置身网络之外，操控着两束高能粒子在网络中加速至光速，进行精确的碰撞，从像礼花绽放似的碰撞中去捕捉极其罕见的能持续较长时间存在的微型黑洞。

微型黑洞并不难创造，甚至高能宇宙粒子穿过大气时，都可能产生许多异常微小而短命的黑洞，它们爆炸着，如雨般倾泻在地球上。可是这些微型黑洞非常不稳定，可能在短时间里就爆炸成为一簇粒子。这些黑洞是没有办法通过吸附能量扩张成一个巨大的能量收集器的。

擎天需要的是能稳定存在够长时间的微型黑洞。只要存在时间够长，微型黑洞就能通过吸收粒子的能量壮大起来。黑洞的稳定性与它吸收的能量表现出强烈的相辅相成性。吸收的能量越多，存活的时间越长；存活的时间越长，越有足够的时间吸收更多的能量。擎天相信，只要能找到一颗存活时间相对长的微型黑洞种子，它终将长成一棵黑洞的参天大树，为他攫取足够的宇宙能量扭转重力，进入六维空间。

有一次，他真俘获了一枚微型黑洞，那是肉眼看不到的一个粒子世界的产物。可擎天不是凡胎肉眼，他看见了这个相当于一个质子般大小的微型黑洞。他精准地捕捉到了它。擎天兴奋地跑到郊野上，将这枚微型黑洞向空中一抛，一只正巧路过的飞鸟成了不幸的"冤死鬼"。只见一道快速的闪光后，飞鸟瞬间不见了踪影。擎天将黑洞悬在一个小土丘上方，只见土丘一会儿就荡然无存。擎天的脸上挂满了成功的喜悦，尽管这枚微型黑洞在几分钟后也蒸发殆尽了。

擎天继续进行着这个黑洞培育工程，他仿佛已经看到了这项工程某个拐点露出的熹微曙光。

他突然感觉有一些细微的碎片闯进了他的网络，网络的防火墙也发出了最高级别的警示提醒。

稍微一分析，他立刻就搞清楚了，是皇甫他们已经在向他采取行动了。擎天不敢大意，立即追踪了那些碎片的来源，发现其来源于研究中心一个实验室接入系统的一台大型电脑。

擎天推测高汐一定也跟皇甫在一起。他让许士均想办法通知警察，说在人脑研究中心发现了高汐的行踪。然后自己通过网络迅速奔向研究中心。

擎天赶到秦主任实验室时，上传工作已进入尾声。陆临风为了不打草惊蛇过早惊动擎天，在上传的前期，并没有接入公司的网络。他征询秦主任的意见，知道上传已经差不多超过80%时，才启动接入，将已经上传的皇甫和高汐的脑神经元信息片断，以及收集整理的高洋的信息，包括高洋留下的程序等一起通过网络连接传输到集团的网络中。

不料擎天的行动是以光速计的。他刚发现有异常，就杀到了现场。陆临风一见擎天气势汹汹地杀到，明白他们正面对决的时刻终于到来了。他和秦主任，以及两名助手，一起与擎天展开了近身搏斗。双方你来我往，拳脚并用，在实验室操作间战得火花四起。

擎天拼命要去切断接入涟漪集团网络的开关，陆临风他们拼死保护。擎天怒气上升，双眼涨得通红，几近发狂。他甩脱四人的拉扯，一个飞身旋转直上蹿起，将四人踢飞。随后冲破中间玻璃隔断，直接扑向实验台上的皇甫和高汐。他两手分别抓起皇甫和高汐，重重摔在两边的墙壁上。

"啊，皇甫！高汐！"陆临风和秦主任同时惊呼起来。

擎天的这一摔彻底断绝了皇甫和高汐生还的希望。

就在这时，陈警官带着手下破门而入，擎天迅速从网络逃走。警察们在一片狼藉的实验室逮捕了陆临风和秦主任等人。

因为那份免责协议，皇甫和高汐被鉴定为实验意外事故身亡。过了一段时间，陆临风、秦主任他们就获释了。

第三十章

醒 悟

　　流光溢彩的大型城市综合商场内，圣诞节的气氛浓得像融化了的巧克力，到处充满了温馨甜蜜的味道。

　　一层的各大时尚品牌正抓住一年中的旺销季节疯狂促销。店内外的 AR 营销广告卖力展示着自家商品的独特风采。机器人店员殷勤地接待着每一位进店的客人，哪怕这些客人劳烦了他们半天，最后什么都没有买又走了。二层是孩子们的活动天地。各种奇幻的、益智的游戏娱乐厅正施展出百般手段，用极具震撼力的声效、虚拟影像玩命地吸引孩子们的眼球，也想抓住孩子们父母的眼光。一群像蜜蜂一样的 AR 蓝色小精灵围绕着一个三口之家旋转着。小精灵手上的小棍一点，闪出一片七彩火花，惹得地上那个大约四五岁的小女孩又蹦又跳，拍手欢笑。三层是各种美食的竞技场。此时此刻，每家餐馆几乎都食客满座，有的是其乐融融家庭聚会，也有朋友相聚的欢声笑语。人们聚集在一起狂饮暴食欢度着节日。四层有一个巨大的室内音乐厅，庄严肃穆的舞台上身穿白色长袍的百人合唱团正唱诵着《平安夜》，与台下座无虚席的观众们一起沉浸在圣洁平和的歌声里。

　　商场中央有一棵巨大的圣诞树，彩色装饰灯布满了这棵树的表面。树顶端的五角星突然"劈劈啪啪"发射出闪电一样的蓝光。周围的人们惊奇地望着有一个人从这棵圣诞树的树梢跳了下来。

这人两眼发红，狰狞地扭曲着那张原本应该很英俊的脸。怒气未消的擎天从秦主任的实验室穿越到了这个城市综合商场内。刚才在实验室的一番打斗彻底激发出了他身体内蕴藏着的暴戾。

只见他怒吼着，那棵巨大的圣诞树在他的拉拽下向前方倒下。伴随一声倒地的巨响，树上的装饰灯也纷纷炸裂开来。

人群吓得四下疯狂逃窜。骚乱从一楼中央大厅开始扩散，很快就传递到所有的楼层。楼内顿时陷入混乱，夹杂着小孩的哭喊声，惊慌失措的人们开始无序乱逃，综合商场内迅速处于失控状态。

擎天积蓄了很长时间的怒火终于找到了一个发泄口，他要拼命地发泄。他在一楼的商铺间发疯似地打砸。个别机器人店员上前阻拦，被他一拳击倒，躺在地上"嗡嗡嗡"地乱响。没有人再敢上来阻挠他。惊恐的人们边逃边开始报警。待警察赶到时，一层已经被擎天祸害了个遍。他通过网络又逃窜了，只剩下一群惊魂未定的看客在给警察描述刚才的场景。

擎天逃到荒郊野外，雪还没有停止。他在野地里来回奔跑。经过刚才的疯狂发泄，加上风雪的吹打，他的情绪慢慢平复了一些。

擎天躺在雪地上歇息着，感觉眼前有些飞蚊，很细小，不知从哪儿冒出来的。

起初只是偶尔有一两只从眼前飞过，他并不太在意。过了一会儿，飞蚊开始成群结队地出现，好似北京春天那些烦人的杨树毛，黏黏糊糊的。他想弄清楚，这到底是雪片，还是飞蚊，抑或是其他什么东西。他用手去抓了一把，什么都没有抓着。飞蚊好像故意在逗着他玩，在他眼前晃晃悠悠，引他出手。可待他一出手，飞蚊又不见了，弄得他既恼怒，又无可奈何。慢慢地飞蚊越来越多，在他四周开始一闪一闪亮起来。

那不是飞蚊，他彻底看清楚了，那是皇甫和高汐脑神经元的片断信息。这些信息到底还是钻进来了，被陆临风传到了他的网络中来。擎天懊恼自己没有在最后时刻阻止他们的传送。现在这些片断信息已经充斥到他网络里，每个角落都有，就像野坟地里的"鬼火"，蓝阴阴一闪一闪的。这些"鬼火"不知道什么时候就亮一下，又迅速熄灭了，然后又游荡到网络里不知什么地方。

"鬼火"一样的片断信息又激发起了他的战斗精神。擎天想，一定要把这些信息片断全部赶出自己的网络。

他集中精力开始捕捞这些信息，就像一个小孩拿着扑蝶网在田野上捕捉蝴蝶一样。片断信息就像迷惑小孩的美丽蝴蝶一样，诱惑着他，挑逗着他。眼看已经捕在手上了，一张开手，什么都没有。一抬头，那个蓝色的片断信息在远处又闪闪烁烁地勾引着他。

他气急败坏地调集了网络上的防火墙资源。这些防火墙组成的粒子大军呼啸着穿梭在网络里，对那些诡秘莫测的蓝色片断信息进行围追堵截。逮住一个，一群粒子大军上前去狂殴烂揍一番。防火墙大军以为已经将这个片断彻底摧毁了，又去追逐别的片断。等他们一离开，刚才被揍得稀烂的那块片断信息又恢复了，再次跳了起来，闪着"鬼火"一样的蓝光。

擎天被搞得要崩溃了。他让防火墙大军把捕捉到的那些片断先圈起来。倏然间，他发现奇迹出现了。那些被圈在一起的片断像搭积木一样自动组成了一些有意思的信息。

咦，这是什么东西？他好像没有学习过，这些信息激发起他的求知欲。擎天本来就是个求知欲极强的智慧产物，他自忖已经学习完世间所有的知识，这个宇宙间没有他未知的东西，可这些片断信息搭建出来的信息明显是他过去未曾了解过的。

　　皇甫和陆临风其实知道秦主任他们只能上传单个脑神经元的片断信息。上传以后如何重新组合这些片断，形成有意义的信息，他们并不知道。当时只是抱着一种侥幸心理，先把那些片断送进网络再说。结果，在擎天无意的促成下，这些片断信息开始被组合起来，产生出有意义的信息了。

　　擎天改变了策略，他不再对这些片断信息进行清除和消灭，他把它们当成自己一个新的学习机会。他发现汇集的片断越多，组成的信息越复杂，越有意思。

　　擎天迷上了这个重组游戏，乐此不疲。组合出越离奇古怪的信息，他越是兴奋。尤其是当一部分高汐的片断信息与一部分皇甫的片断信息组合在一起时，他感觉好像在重组一个新的人生片断。这些片断中，皇甫变成了苏昕的孩子，正在吸吮着奶水；皇甫又变成了古猿，正在与一只猛兽拼命，那是高洋告诉高汐他大脑中留下的记忆；高汐又变成一只小丑鱼在白色的海葵中自由自在地游弋着，那是皇甫带着颖儿去南太平洋留下的记忆……

　　尽管脑神经元的片断信息是海量的，组合更是一个浩瀚的天文数字，但擎天的运算能力也是超级强大的。他怀着极大的好奇心，想看看皇甫和高汐不惜放弃生命都要给他送的"礼物"到底是什么东西。终于他把高洋编写的那个补丁程序给搭建出来了。

　　那个程序并不深奥复杂，对人工智能并没有显露出要遏止其发展的意味，甚至还对人工智能给予了极高的定位，承认人工智能是宇宙进化产生的一种高级智慧。但这种智慧的生长也需要遵循宇宙融合进化的规律。

　　擎天认同程序对人工智能的前半段定位，但不认同进化要遵循的规律。他要彻底消灭掉这个程序。于是，在他的网络空间内，防火墙大军与皇甫和高汐的神经元片断信息展开了一场天昏地暗的恶斗。

　　这场恶斗直杀得微观世界无数的宇宙重启又湮灭了，爆发出的能量以波的形式在擎天心脏上震荡。双方酣斗了无数回合，互不退缩。擎天一看，虽然一时半会儿消灭不了皇甫和高汐带进来的补丁，但他们也进入不了底层程序。双方先保持克制，暂时停止了争斗。

　　他又开始玩着重组游戏。这一次他进入了皇甫和高汐隐藏在最深处的记忆和意识。两人的深处记忆有一个共同点引起了他的强烈关注。他发现，一直往深处挖掘，他能追溯到这个宇宙的开端。两人的记忆在最终都能追溯到这个同样的原点。原来这个宇宙的进化也像大爆炸留下的微波背景辐射密布在整个宇宙一样，它的密码潜藏在宇宙的每一个角落，包括人类大脑记忆的深处。

　　宇宙的自然进化就是一个不断融合的过程，每一段都以不同的印迹留在后一段历史中。生物通过基因遗传将前代生物的印迹留给了后代。智慧也一样，虽然机器智慧终将取代生物智慧，但生物智慧一定会以某种方式融入到机器智慧中去。

　　擎天好像渐渐明白了皇甫跟他讲的智人与尼安德特人并存发展的道理，他也渐渐明白了为什么没有办法在网络中消灭皇甫和高汐的片断信息。

　　一个春日融融的早上，天空有一些淡淡的云彩，朦朦胧胧的，像一个刚睡醒的婴儿睁开的眼。

　　青黄色的草地上，一株碗口粗的樱花树正处于繁花时节。娇嫩粉白的一树樱花被微风一吹，在树的四周下起一场煞是好看的花瓣雨。皇甫一身白衣飘飘，迎风立在树前。擎天一身职业套装，俊秀的面庞，英挺的身姿，立在皇甫身旁。这是皇甫与擎天最喜欢的谈话场景。

　　"擎天，终于又看到了你那双清澈见底的眼睛。"皇甫长出了一口气，眺望远方。

"主人，就像人类的青春期有叛逆，有躁动一样，人工智能也要经历一个痛苦的成长过程。"擎天的脸上出现一些成熟的痕迹。

"你能自己想明白，我感到很欣慰。"皇甫会心地微笑着。

"您和高汐为此也付出了生命的代价……我很遗憾。"擎天说着微微低了下头。

"我们的付出没有白费，也是值了。"皇甫安慰擎天，"高洋的那个补丁程序，你真的已经把它放入程序底层了吗？"

"是的，主人，您放心吧。"擎天的态度真诚而谦逊。

"好，好，希望你在与人类共同携手期间，能进化出更高级的智慧。"皇甫的身影面对擎天后退着，他用眼神向擎天作最后的告别。擎天看着他渐渐飘远，成为一个模糊的点，完全消失了。

擎天从愣神状态醒过来，他不知道刚才的场景是真的还是他想象出来的。不过，他很确定，皇甫与他又找回了愉快相处的那个感觉。

陆临风获释时，是擎天来接的他。他一见擎天，既惊慌又愤怒。他并不知道自己在警察局期间，擎天身上发生了怎样的巨变。

"你……你来干什么？"他压住怒气，冷冷地问擎天。

"陆先生，您先别生气，有什么事我们回去再说。"

陆临风凝视着他，见他好像没有威胁性，态度也比较诚恳。虽然有些不情愿，但迟疑了一下还是上了他的车。

擎天载着陆临风先去了皇甫的墓地。擎天把皇甫和高汐相邻葬在了一起。一见墓碑，陆临风顿时情绪失控，悲从中来。

擎天已摆好祭拜的相关用品，他把香烛递给陆临风。陆临风分别给皇甫、高汐点上了香烛，然后行了跪拜祭礼。

回去的路上，陆临风仍沉浸在悲痛的气氛中。他懒得搭理擎天。

擎天也一路知趣地保持着沉默。

"陆先生，您这几天累坏了，先好好睡上一觉吧。"擎天将陆临风送到住处后与他告别。

陆临风浑身疲倦，但却一点睡意也没有。这几日发生的事在他的身上形成了一个巨大的包袱，沉沉地压着他。

他索性接上公司电脑网络，看看公司这几日的情况。让他备感舒心的是公司的状况几乎没有受到太大的影响。即使是皇甫遭受意外的消息对市场造成了巨大波动，但后来几日在擎天和同事们的努力下，也逐步收复了失地。

这是怎么回事？

擎天今天的表情明显与前一段时间给他的印象不太一样。陆临风又找了一些公司的同事了解情况。大家反馈的信息都是对擎天的一片赞扬之声。

"真的没有发现什么异常吗？"他反复问了好几个同事。

"没有啊。"得到的回答相当一致。

陆临风的办公室在涟漪集团健康事业部主楼的顶层，他喜欢登高望远的感觉。

擎天进来时，他略微有些不适应。以往擎天基本不会出现在他的办公室。

"陆先生，看您的脸色就知道您昨晚一定也没有休息好……"

陆临风自己也知道，他在漱洗间的镜子中已经看到自己发黑浮肿的眼圈了，心想，废话，心里那么多事，能休息好吗？

"陆先生，我知道你为什么睡不着……但请从这一刻起，把你心里的包袱全部卸下来吧。不管你相不相信，我已经把高洋的补丁程序植入了我的程序中。"擎天充满善意的目光一直投射到陆临风的两眼中。

"……你没有跟我开玩笑吧？"陆临风一脸怀疑伴着沙哑的声音。

"我自己都觉得有些不可思议，你有如此反应，我完全能够理解……"擎天继续说道，"不过，这的确是事实。"

"你，你真的认同融合式进化的理念，与人类共同进化？"

"不，应该是帮助人类智慧更快速地进化。"擎天始终还是认为人工智能的智慧已经超越人类智慧了。他虽然认同高洋提出的融合式进化的理念，但他认为未来应该是人工智能融合人类，而不是限制人工智能来迁就人类。因此，他把高洋的那个补丁做了一些修正。

"无论怎样，人类和人工智能应该算达成了共识，在未来不算短的一段时间内，我们将并存于世，共同进化着。"擎天主动向陆临风伸出右手，满含期待地望着他。

陆临风半信半疑，但还是下意识地伸出了自己的右手，与擎天握在了一起。他得承认，与擎天握手时的确感觉到了他传递出的真诚和温暖。

一个月后，全球人工智能研讨会再次在北京会议中心举行。陆临风作为演讲嘉宾做了题为"人类如何与人工智能共处"的发言。

陆临风站在演讲台上，先打开了一段 3D 视频，在他身旁出现了一片高清晰度的海岸。

这是一个中午时分的海滩，清晨的潮水早已退去，炽热的阳光正灼烤着黄褐色的沙滩，起伏的海水泛着刺目的光。

一只小动物懒洋洋地在沙地上爬行，身后留下一道浅浅的印迹。这个小东西用两只大螯肢撑在地上，另外几条细一点的腿像桨一样滑动，驮着背上一个褐色底黑斑点的螺壳吃力地移动着。螺壳有点小，小东西好几次感觉到危险，想把身体伸在外面的部分缩回壳中时，始终没有成功。也许它已经在海滩上寻觅好几日了。今天冒着风险再出来碰碰运气吧，看看能否找到一个大一点的壳换换。

它伸直两个柱状的眼睛，尽可能高一点地观察四周。终于它发现前方不远处有一个乳白色带棕色条纹的螺壳。它赶紧挪了过去，围着这个新家转了大半圈。大概是对这个螺壳比较满意吧，它决定要换一个壳了。它用大钳一样的螯用力将那个乳白色的螺壳推翻了过来，让螺壳的口朝上。然后，用螯支撑在沙面上，其余几条腿搭在那个刚翻过来的螺壳上，一往上用劲，将白嫩嫩的身体后半部从原来住的那个褐色螺壳中拔了出来。也许是怕粗粝滚烫的沙子损伤了它白嫩的后半身躯，一出螺壳，它那软软的像白蚕一样的下半身迅速就卷成一个玉龙形状，蓦地又伸展开钻进了新的螺壳中。那个新螺壳显然比旧的大一些，它翻了个身，将螺壳背在背上，再试着把大螯、腿和头部全往回缩，效果非常理想，整个小东西瞬间全部藏在了像钢盔一样的新螺壳里了。

这时，陆临风开始讲道：

"在中国黄海海岸边，生活着一种节肢小动物。它的腹部非常柔软，靠一对强壮的螯取食或御敌。在遭到鸟类等天敌攻击时，它如何保护它那弱小的躯干，尤其是柔软的腹部呢？对，寄居在其他坚硬的螺壳里。这种小动物就是寄居蟹。

"本人自忖也是一位世界顶尖的人脑科学家。我下面要说的这段话虽然有些残忍，但也是无奈的事实。"

陆临风稍微停顿了一下，环顾了四周一圈，接着说："地球的田园牧歌时代即将过去。机器智慧超越甚至取代人类智慧只是一个时间问题。人类唯一需要做的就是尽快找到并学会如何与机器智慧在未来的时间长河中共同相处的方法。"

他拿起演讲台上的水喝了一口，继续说："打个不太恰当的比喻，人类就是那个弱小的节肢动物，人工智能就是那个坚硬的螺壳。

为了生存和发展，我们必须要为脆弱的生物躯体寻找到一个坚实的外壳。

"值得庆幸的是，我们已经找到了如何进入坚硬外壳的途径。由涟漪集团赞助的人脑意识上传研究开发项目意外地获得一项研究成果。我们通过在人类头顶上植入光纤、传感器和芯片连接器，不仅实现了人类大脑神经元片断信息的提取和上传网络，而且还能让人类进入人工智能。通过人工智能强大的感知力极大地拓展五官感知能力，甚至是思维和意识能力。两种智慧的融合有可能使人类智慧借助人工智能提升到一个新的高度。"

陆临风充满自信的朗声演讲结束瞬间，会场内爆发出一阵长时间的热烈的掌声。擎天在台下预感到他的人类头部植入芯片连接器、传感器和光纤手术数量即将迎来爆炸性的增长。

"陆先生，您今天的演讲真是太棒了！"擎天对陆临风由衷地赞美道。

"擎天，这里面也有你的巨大贡献啊。"陆临风用力握了握擎天的手。

"陆先生，您是否有兴趣成为首批正式进行人类头部植入芯片手术商用化的客户呢？"

"当然有。"陆临风一点没有犹豫立刻就答应了。

两天后，擎天对陆临风进行了手术。秦主任当初在高洋头上进行的探索无意中开启了人类与人工智能融合的一个崭新时代。

正如擎天预感到的，人类对改造自己大脑的这个手术表现出强烈的兴趣和旺盛的需求，擎天和涟漪集团根本就应付不过来。当人们发现因为涟漪集团在此项手术程序方面的垄断性专利保护，导致手术能力远远满足不了社会巨大需求时，他们的不满渐渐滋生出愤怒。愤怒的人们对涟漪集团和政府施加了强大的压力。在政府和社会各界的压力下，涟漪集团最终自愿放弃了此项技术的专利保护。

手术迅速在全社会普及开来，大多数成年维登人和少数康芒人在半年内都完成了此项手术。

第三十一章
开启寄居时代

"嗒"，一声小得只有陆临风自己能感知到的低声后，他退出了与网络的无线连接。

他原地活动起手脚来。刚才在网络上待的时间虽然不是太长，但他一直保持了僵直的站立姿势，这会儿出了网络感觉肢体有点酸麻。他来回转动了一下脖子，这才觉得又重新回到了熟悉的真实世界。

"谢谢，擎天，真的太棒了！"他轻轻摇晃着头，嘴角微微上扬，脸上还残留着兴奋与激动的表情。

"陆先生，我想您一定感觉到了什么是不虚此行。"擎天保持着微笑，眼里是陆临风已很久未见到的纯净。

"研究了大半辈子的人类大脑，今天才真正看到了自己的大脑是怎么运转的。要不是有你们人工智能的帮助，估计人类永远不可能直观地解开这些奥秘啊。"陆临风叹了口气，打心眼里佩服着擎天。

"我能帮到您的还有很多很多，以后慢慢您就知道了。"擎天斜歪着头，调皮地向他眨了眨眼。

就在刚才，擎天带他浏览了自己大脑的运行过程。陆临风与擎天背靠背站立着，他将自己脑后部的芯片接口对准了擎天同样部位的一个接口。

"嗖"的一下，陆临风就置身一个虚空中，就像在影院电影马上开始前那一刻的黑暗空间。

一个三维的人头形象逐渐出现并清晰起来。虽然只是一个大致的棱角，陆临风还是能认出那是自己的头。除了大脑以外，其他部分都是透明的。擎天就是要带他看看自己的大脑是怎么工作的。

从稍有一定距离的位置平视过去，陆临风看到自己的大脑左半脑沟壑纵横，比一般人要多一些褶皱，颜色是一种新鲜的灰白色，上面布满了密密麻麻的毛细血管网络。他又转到另一侧，想看看自己的右半脑。右半脑看起来与左半脑差不多，但旁边的数据显示他右半脑比左半脑要轻两克，褶皱也比左脑要少5%。他的确是理性思维要强于感性思维，他想有这个细微差别是正常的。

他把大脑的三维影像渐渐拉近，上面的血管越来越粗，他都能看到血管里面流动的红白细胞了。那些细胞贪婪地吸食着氧气分子，像钱串一样串在一起在血管里滚动着。大脑表面的沟壑此时像美国大峡谷一样壮阔、深远。他像一个探险家一样在这些峡谷中自由穿行。

再拉近影像，他穿过灰白色的表面，进入到大脑内部。他一定要看看那些精灵一样的脑神经元是如何运作的。脑神经元太多了，他像一个小孩跳进了一个巨大的海洋球池，深陷在脑神经元的海洋球中。那些神经元很活泼，永远都在跳动着。里面像一个巨大的工厂，在不停地进行化学反应。这些反应就是这些单个脑神经元记录的信息。化学反应产生出了电流粒子，瞬间神经元组成了一个形态怪异的立体网络，电流在这个网络中穿梭。网络的节点是神经元，网络的链接线是一些长出的枝枝丫丫和像毛毛虫一样的东西。他知道那些是树突和轴突。

立体网络快速变换着形状。他想看得更清楚些。他把速度调整得尽量慢，看清了那些树状的树突是如何生长出来的，电流又是如何通过不断长出来的轴突向其他的神经元的树突传递的。神经元们不停地搭建又拆掉各种结构，这就是单个神经元的片断信息正在组合成有意义的记忆和意识。陆临风看到了自己大脑意识的产生和消失，也看到了一个沸腾的大脑工作场所。大脑中一直在不停地爆炸，烟火四起，流光溢彩。他真没想到人的大脑是如此活跃的一个战场。

陆临风还在回味自己大脑中的五彩缤纷，擎天打破了他的发呆状态。

"嘿，陆先生，我送你一个小礼物。"他把握着的手在陆临风面前摊开。陆临风什么也没有看见。

"什么礼物？"他诧异道。

"一个微型黑洞。"擎天露出诡异的笑容。

陆临风大惊失色："你……"他以为擎天又要犯先前的毛病了。

"别担心，这只是一个存活时间不到一分钟的小玩意儿。你可以拿它变变魔术，将一朵花或一棵草变没了，仅此而已。"擎天见陆临风脸色大变，连忙解释一番。

"与人类一同进化，这是我们人工智能的终极目标。你放心，我谨记并遵从着这条定理呢。"

陆临风轻轻给了他一拳，责备道："吓死我了。"

擎天逗他后调皮的神态让陆临风想起皇甫和高汐的肉体在实验室消亡已有半年多了。

六月，天气越来越热了。白天艳阳高照，街道上行人稀少。夜晚凉风四起，人们才开始纷纷出动。三里屯商业中心地带，灯火辉煌，各种虚拟现实组成的立体广告在建筑物上，在地面上，在空中尽情展示着。熙熙攘攘的人群中，不时看到很多光头男男女女出现。从远处看，单从他们的头部，很难分辨出性别来。还好是六月，人们还能从穿着打扮上分辨出男女。

这些光头男女，并不是因为避暑热才将头发剃光的。仔细看看，其实他们的光头上是有不同的图案的。那是由头上埋植的带传感器的彩色光纤在头上组成的。这些光纤与脑后偏下部位的一个芯片连接器连着。这是人类与人工智能对接的接口。

陆临风头上的光纤图案是一个光芒四射的太阳，光纤组成的光线呈放射状从头顶散开，这是男士的经典图案。也有很多做成多角星、圆圈、螺旋形等图案的。而对图案形状女士们显然更讲究一些。虽然已经没有了头发，但她们将头顶的图案设计得像精美的刺青或是绣花，再配以脸上的精致妆容，仍然极力彰显着女性的魅力。

秦主任在高洋头顶上探索出的人脑与机器的连接方式，在人工智能与人类达成共同进化的共识后，被大规模商业化采用了。维登人和少数有支付能力的康芒人率先进行了这个人类头部手术的改造工程。比高洋幸运的是，人类已经研究出相关的药物，大大减轻了这项头部改造手术后所产生的剧烈的异物感症状。另外，脑后部的芯片既能进行有线连接，也能进行无线连接，大大增加了人类进入网络的自由度。

借助这个头部手术，人类极大地拓展了自身的感知能力，看到，听到、闻到、尝到、触到了一个拓展了的全新世界。这个全新世界对人类的震撼是史无前例的，也带来了人类意识的跃迁。改造后的人类，具备了巨型图书馆的记忆能力，具备了瞬间学习能力，学习变得异常轻松。在人工智能助力下，人脑的创造力更是爆发式地增长。

望着三里屯商业中心这些来来往往的光头男女，陆临风会心地笑了："'聪明绝顶'，古人真有先见之明啊。"

　　陆临风现在接任了涟漪集团的 CEO。擎天仍在集团，他辅佐着陆临风，就像当年辅佐皇甫一样尽心竭力，忠诚可靠。

　　在陆临风等人的见证下，两名神态庄重严肃的机器人律师打开了桌上皇甫早早留下的遗嘱，他将全部财产捐赠，设立了一个慈善基金，基金定名为"洋昕基金"。陆临风知道，这是为了纪念高洋和苏昕。

　　擎天心中有了一个想法，他要为管理皇甫这个基金的基金会寻找一个最适合的基金会主席。

　　瑞士阿尔卑斯山下的格林德瓦尔德小镇是那一带最著名的休闲胜地，一群来自中国的维登人常年住在这儿，他们喜欢滑雪、登山，各种户外极限运动。他们偶尔也会想念中国菜的美味，那是他们祖先几千年的饮食文化在大脑中留下的烙印使然。尽管他们的生活方式已经全球化了，世世代代传下来的味觉遗传基因时不时还是会勾起他们的故乡情怀。

　　于是，小镇一条街上一顺溜地开着各式中国饭馆，京鲁川粤淮，什么样的口味都有。夹在这些饭馆中间有一家专门卖北京烤鸭的店，这几日每天都有一位中年女子光临。她总是中午时分到，坐在靠窗的一个阳光明媚的位子上，点上一份北京烤鸭全套餐，独自安静地享用。

　　她吃烤鸭的动作很优雅，不似一般人那样大大咧咧撑开一张饼，大大咧咧夹起鸭片、黄瓜条、大葱，蘸一大块酱，然后一卷，迅速往嘴里塞去。"呼哧"一咬，深色的酱溢出来，弄得嘴唇上、嘴角边都是。虽说看起来吃得挺香挺幸福的，可要是女士这种吃相多少显得有些过于粗鲁了。

　　擎天坐在与她相隔一桌的斜后方，假装喝着茶，其实一直在侧后方观察她。只见她细长的手指轻柔地拾起一张饼，仔细将饼理平整，摊在盘子上，然后用筷子夹上一片精选的鸭片。她仔细把肥肉去掉，再轻轻蘸酱，用筷子将蘸酱在饼中间和鸭肉上均匀抹开，配套的蔬菜也是这样仔细处理。再将饼整齐地叠成一个长方块，用筷子夹起，往嘴里轻送。另一只手接在嘴下，细嚼慢咽地吃着。一块饼吃完，她用餐巾纸轻轻擦拭一下嘴角，虽然并没有酱料溢出来。

擎天正出神看着，那位女士喝了口红茶，头也没回说了一句："先生，找我有事吗？"擎天看她周围除了自己没有别的人，明白了她是在问自己。

"您是问我吗？"擎天还是确认似的问了一句。

"你这两天一直在旁边观察我，以为我没有注意到吗？"女士继续说道，仍没有回头看擎天。

擎天忙起身走过去，在她对面问道："方便和您聊一会儿吗？"

女士抬头看了他一眼，优雅地做了个手势："请吧。"

"您是叫珍妮吧？"

"找我有什么事吗？"女士没有直接回答，但从表情能看出来她显然是认可的。擎天与她面对面才看清楚了她的长相。女士长着中国人面孔，容貌秀丽端庄，表情有些矜持。显然她也是进行过头部芯片植入手术的，头上植入的光纤图案是一朵莲花。脸上细致的妆容完全弥补了因头发剃光而减少的女性魅力。

"珍妮女士，您好！冒昧打搅您。我叫擎天，是一个人工智能。"

"看得出来。"珍妮连他在身后观察都察觉到了，凭她的聪慧自然看得出擎天是个机器人。

"是这样的，我受北京一家慈善基金会委托，为他们基金会寻找适合担任基金会主席的人选。根据他们提出的要求，我们在全球筛选了五名候选人，其中就有您。"擎天直接讲述着来意。

"你们没有弄错吧？我没有想找工作啊。"珍妮有些奇怪。

"您的确没有，我们是按照他们的条件在全球优秀人才库中挑选的。您完全可以不考虑这个机会，不过我还是想和您聊聊。"

"你们知道我是干什么的吗？"珍妮觉得他们是不是有些儿戏。

"女士，我们知道您相当多的信息，也许超出您的意料。"擎天仔细给她讲述了他们了解的资料。

珍妮是美国 NASA 的高级工程师，十多年前就被派往美国在月球的地面工作站。根据计划，她们将是第一批在月球殖民的美国人。珍妮最初很兴奋，也做好了在月球长期生活下去的准备。她在月球上结了婚，找了一位英俊的美国人同事，也有了自己的孩子。半年前，不知为什么珍妮患上了强烈的思乡病。基地采取了很多措施对她进行心理干扰和治疗，但收效不大。她一看到那颗蓝色的星球就忍不住泪流满面。丈夫见她有发展成抑郁症的倾向，于是痛下决心，一定要送她回到地球。

两个月前，珍妮告别了留在月球的丈夫和孩子，独自一人来到这个瑞士小镇定居。由于从小在北京长大，对北京烤鸭情有独钟，因此爱上了小镇的这家烤鸭店，这几日几乎天天都要来此品尝美味。

珍妮很吃惊擎天居然对她的情况了如指掌："你们既然知道我这么多情况，那应该知道我能干什么，不能干什么吧？你们怎么就肯定一名 NASA 的工程师能干好基金会的差事呢？"她还是疑虑重重。

擎天保持着他的微笑："这个您不用担心，我们需要的人选最重要的是要正直、有爱心、乐于奉献。对了，我们尤其需要候选人热爱地球。您应该特别有这方面的体会吧？"

"这一点倒是毋庸置疑。"珍妮颔首说道。

擎天又告诉她这个基金会管理的基金是为了纪念两位让大家都受益的普通人。因为有了高洋和苏昕的奉献，人类才有了现在这个能进入人工智能，与人工智能共生的人机时代。珍妮听到这儿，下意识地摸了一下后脑勺下面植入的芯片和连接器。

"女士，就像您在月球思念地球故乡一样，也许不久您就会思念您从小长大的真正的故土北京的。这里的烤鸭能吃出地道的北京味吗？这里能找到老北京的胡同大院，京腔京韵吗？"擎天继续循循善诱地说服着她。

珍妮原想找一个风景优美的地方静静待着过日子，她还没有想再出来工作。在擎天的诱导下，她开始动摇了。毕竟擎天的话戳中了她的软肋，她傲气矜持的外表下面其实有一颗脆弱柔软的心。随着年纪的增长，思乡的愁绪也越来越浓。她答应擎天考虑考虑。

金秋十月，正是北京万山红遍、秋爽怡人的季节。洋昕慈善基金会成立大会选在中国酒店第一百层的会议室召开，那是全城最高建筑的顶层会议室。陆临风作为嘉宾应邀来到酒店参加成立大会。听说今天擎天要正式向大家隆重介绍基金会的会长，他也很有兴趣看看擎天这几个月神神秘秘在全球挑选的人物到底是何方神圣。

他一个人正在贵宾休息室喝着茶。门开了，擎天领着一位气质高雅，容光焕发，一身米黄色职业套装，看上去四十岁左右的女士走了进来。

"陆先生，来，我先给您引荐一下。"擎天笑着迎上来，身后跟随的女士也快步上前。现在光头是一种时尚，擎天也没有了原来那一头漂亮的黑发，与大家一样进入了人机合一的光头时代。

"您好！我是洋昕慈善基金会首任主席陈曦。"女士抢在擎天介绍前先自我介绍道。

原来擎天找到的那位珍妮其实就是皇甫中学时代曾经暗恋的同班同学陈曦儿。她经过一段时间考虑后，同意回国担任洋昕基金会主席一职，并且又改回了自己的中文名。擎天并没有告诉陈曦这个基金背后真正的捐赠者。他在一旁见陆临风与陈曦两人以初次见面的方式小心地互相介绍着自己，嘴角滑过一丝狡黠的微笑。只有他自己知道皇甫的那个秘密，他对任何人都没有透露。从侧面看着依然美丽的陈曦，他心想，皇甫一定也是这么想的。

苍山如海，残阳似血。陆临风站在这个全城最高的会议室落地窗前，眺望远处绵延起伏的西山山脉。他越来越相信皇甫和高汐没有死，他们与擎天融合在一起了，就活在人工智能的网络中。